DEU MATCH

Emma Lord

Deu match

TRADUÇÃO
Guilherme Miranda

PLATA FORMA 21

TÍTULO ORIGINAL *You Have a Match*

Text copyright © 2020 by Emma Lord
Published by arrangement with St. Martin's Press. All rights reserved.
Publicado mediante acordo com St. Matin's Press. Todos os direitos
reservados. Publicado originalmente em inglês nos Estados Unidos por
Wednesday Books, um selo de St. Martin's Press Publishing Group.
© 2023 VR Editora S.A.

Plataforma21 é o selo jovem da VR Editora

DIREÇÃO EDITORIAL Marco Garcia
EDIÇÃO Thaíse Costa Macêdo
ASSISTENTE EDITORIAL Andréia Fernandes
PREPARAÇÃO Marina Constantino
REVISÃO João Rodrigues
DIAGRAMAÇÃO Gabrielly Alice da Silva
ARTE DE CAPA Kristen Solecki
ADAPTAÇÃO DE CAPA Gabrielly Alice da Silva

Dados Internacionais de Catalogação na Publicação (CIP)
(Câmara Brasileira do Livro, SP, Brasil)

Lord, Emma
Deu match / Emma Lord; tradução Guilherme Miranda.
– Cotia, SP: Plataforma21, 2023.

Título original: You have a match.
ISBN 978-65-88343-57-9

1. Ficção juvenil I. Miranda, Guilherme. II. Título.

23-154731   CDD-028.5

Índices para catálogo sistemático:
1. Ficção: Literatura juvenil 028.5
Tábata Alves da Silva – Bibliotecária – CRB-8/9253

Todos os direitos desta edição reservados à
VR EDITORA S.A.
Via das Magnólias, 327 – Sala 01 | Jardim Colibri
CEP 06713-270 | Cotia | SP
Tel.| Fax: (+55 11) 4702-9148
plataforma21.com.br | plataforma21@vreditoras.com.br

Para Evan e Maddie e Lily, o bando de bobalhões de sangue-frio de que, todos os dias de minha vida humana, sou grata por participar.

um

Tudo começa com uma aposta.

– Abby, sou cem por cento mais irlandesa do que você. – É como começa a dita aposta, quando Connie, que, de fato, não tem como ser mais ruiva, me desafia à mesa do almoço.

– Não basta ser ruiva para ser irlandesa – argumento, com a boca cheia de Cheetos sabor Flamin' Hot. – E meus avós por parte de pai eram, tipo, tão irlandeses que sangravam batata.

– Mas nem você nem nenhum dos três gremlins que você chama de irmãos são ruivos – Connie argumenta, evitando por pouco derramar chili na montanha de guias de estudo apoiados na mesa.

– Foi por pouco aí, hein? – provoco.

Connie chuta meu pé de leve. Eu me sentiria pior se ela não fosse tão maravilhosa a ponto de já ter sido confundida com a atriz que faz Sansa Stark mais vezes do que consigo contar numa mão, uma façanha especialmente impressionante, considerando que moramos num bairro residencial de Seattle a alguns zilhões de quilômetros de distância de qualquer pessoa famosa além de Bill Gates.

– Não que eu apoie essa baboseira anglo-saxã…

Eu me encolho, e então o chili de Connie cai, *sim*, em sua pilha de guia de estudos. Fica evidente como ela está dedicada a fingir que as coisas entre mim e Leo não estão estranhas quando limpa os feijões de um dos guias com o título espalhafatoso VOU. BOTAR. PRA. FODER. NESSA PORRA DE CURSO AVANÇADO DE CIÊNCIAS POLÍTICAS!! sem ameaçar me matar.

– ... mas vou fazer um daqueles testes de DNA por correspondência – Leo completa a frase em um resmungo, sentando-se com sua lancheira ao lado de Connie.

– Ah, é? – pergunto, inclinando-me sobre a mesa e fazendo contato visual deliberado com ele.

Leo, a âncora de nosso trio, nos conhece desde que éramos pequenas – no meu caso porque moramos no mesmo bairro; já Connie, pelo futebol. Então nós duas o conhecemos há tempo suficiente para saber que isso é meio que uma grande coisa. Leo e a irmã foram adotados nas Filipinas e não sabem quase nada sobre seus pais biológicos e a situação deles, e, até agora, ele não parecia ter nenhum interesse em investigar.

Mas todos estamos fazendo a matéria Antropologia Avançada e no meio de um projeto em que estamos aprendendo a forma certa de rastrear e denotar nossas árvores genealógicas. Daí a disputa entre mim e Connie para ver quem é mais irlandesa, e provavelmente a curiosidade nova de Leo sobre suas origens.

Leo dá de ombros.

– Pois é. Tipo, acho que estou mais curioso com as coisas de saúde que dá para descobrir do que qualquer outra coisa.

Nós duas sabemos que isso é só uma meia-verdade, mas Connie provoca para eu não ter que fazer isso:

– Coisas de saúde?

– Também pode colocar você em contato com outros membros de sua família biológica se eles já tiverem feito o teste – Leo diz rápido, mais para seu pote gigante de jambalaia do que para nós. Antes de podermos fazer outra pergunta, ele acrescenta rápido: – Enfim, tem desconto na compra de mais de um. Se toparem, posso comprar o de vocês junto com o meu, e vocês podem me pagar depois.

Connie tira o monte de guia de estudos da mesa para dar espaço para o resto do almoço de Leo, uma miscelânea de sobras desencontradas deliciosas de suas aventuras culinárias do fim de semana.

– Quer saber, tenho um dinheiro da sorveteria guardado.

Franzo o nariz. Todos sabemos que tenho guardado o dinheiro que consegui trabalhando como babá dos supracitados irmãos "gremlins" durante as noites de casal dos meus pais às sextas-feiras, mas também estou de olho numa lente nova para Gatinha, minha câmera, cujo preço tenho acompanhado bem de perto on-line.

Mas os olhos de Leo encontram os meus e se fixam como não faziam direito há meses. Ao menos, não desde o Grande Incidente Constrangedor – mais conhecido como GIC –, que ainda me esforço ativamente para apagar da mente. Algo em seu olhar deixa isso para trás, e entendo de imediato que a questão não é o desconto.

– Sim. Sim, vamos fazer.

Connie sorri.

– Quem perder vai ter que fazer *soda bread* para a outra.

Leo, o único de nós que sabe mesmo cozinhar, se empertiga com isso.

– Eu ajudo quem perder.

Connie e eu selamos o acordo, e Leo começa a falar sobre uma fusão de pão com cereja, chocolate e canela, e a aposta está valendo quando o sinal toca para marcar o fim do almoço.

Para ser sincera, horas depois que todos cuspimos em tubos e enviamos nossos kits, já me esqueci da coisa toda. Há notas perigosamente baixas para resolver, aulas particulares infinitas para aturar e pais preocupados, ainda que bem-intencionados, para evitar. Além disso, com Leo concentrado na formatura e Connie fazendo mais matérias extracurriculares do que posso contar nos dedos das mãos e dos pés, cada um dos três basicamente gira em torno de planetas diferentes.

Mas lá está, um mês depois: um e-mail em minha caixa de entrada me direcionando a um site que pelo visto sabe mais sobre mim do que eu mesma aos dezesseis anos.

Desço a tela, com um fascínio mórbido pelos detalhes. Diz que provavelmente tenho cabelos castanhos (certo) e cacheados (certo até demais), e que tendo a ter uma monocelha (uma grosseria, mas também certo). Diz que não sou propensa a ser intolerante à lactose e nem a ter problemas para dormir, mas que tenho mais chances de ficar vermelha ao beber bebidas alcoólicas do que a maioria (anotado para futuras empreitadas universitárias). Também diz que sou 35,6 por cento irlandesa, um fato que guardo imediatamente para jogar na cara de Connie quando chegar a hora.

Mas seja lá o que mais isso sabe sobre mim é interrompido abruptamente pelo zumbido do celular. É uma mensagem de Leo para o chat em grupo: **Os resultados do teste de DNA chegaram. Não deu em nada.**

É o tipo de mensagem que não preciso esperar para alguém

responder para saber que vamos todas para a casa de Leo. Mesmo assim, espero alguns minutos, colocando Gatinha em seu estojo e mascando um chiclete para dar a Connie a chance de me alcançar para chegarmos lá ao mesmo tempo.

– Está indo para onde, filhota?

Permita-me traduzir, porque, nos últimos meses, desde que ele começou a trabalhar de casa com mais frequência, eu me tornei quase fluente na linguagem de pai. Nesse caso, *Está indo para onde, filhota?* significa algo como *Tenho quase certeza de que você não terminou de refazer aquele trabalho de inglês em que reprovou, e estou cem por cento usando isto como uma forma carinhosa mas profundamente passivo-agressiva de tocar no assunto.*

Aperto ainda mais o capacete, mantendo os globos oculares o mais imóveis possível, embora resistir a revirar os olhos agora possa acabar estourando algo em meu cérebro.

– Para a casa do Leo.

Meu pai abre um daqueles sorrisos afáveis e constrangido, e me preparo para o momento habitual do discurso que ele e minha mãe vêm aperfeiçoando desde o começo do ano letivo, quando minha média ponderada começou a despencar.

– Como está a boa e velha Agenda Abby?

Ah, sim. A infame "Agenda Abby". Essa forma de expressão engraçadinha inclui, embora não se limite a isso, todas as aulas particulares exaustivas em que meus pais me matricularam, os encontros estudantis de preparação para o vestibular de que me obrigam a continuar participando, e uma lista gigante de todo o meu dever de casa em um quadro-branco na cozinha (ou, como gosto de chamar, a Lousa da Vergonha). Dou ponto para eles por criatividade, ainda que não por sutileza.

– Pai. Faltam, tipo, cinco dias para as férias de verão. Estou de boa.

Ele ergue as sobrancelhas e, exatamente como pretendia, há uma nova onda de culpa – não porque eu me importe tanto assim com algo relativo à Agenda Abby de Aliteração Aborrecente, mas porque ele parece completamente exausto.

– Vou *estar* de boa – eu me corrijo. – Mas é sábado. E é ilegal falar sobre lição de casa aos sábados.

– Disse a filha de dois advogados. – O sorriso dele é irônico, mas não o bastante para me dizer que estou livre dessa.

Sopro um fio de cabelo rebelde do meu rosto.

– Tenho mais um rascunho pronto, beleza? Passei metade do dia nele. Agora posso, por favor, dar uma olhada no sol antes que ele devore a terra?

Ele concorda com a cabeça.

– Vou dar uma olhada no rascunho quando você voltar.

Fico tão aliviada por minha fuga bem-sucedida que praticamente faço buracos na rua com meu skate a caminho da casa de Leo. É só depois que paro e tiro o capacete da cabeleira cacheada que vejo a mensagem de Connie, que mais uma vez está presa em uma reunião da Associação do Grêmio Estudantil e, com isso, me largou na cova dos leões.

– Puta merda.

Se fosse alguns meses atrás, passar um tempo a sós com Leo teria sido apenas mais uma tarde normal de sábado. Mas não estamos mais nesse "meses atrás". Estamos nessa porcaria de agora, e estou parada que nem uma idiota na frente da garagem dele, a sombra do GIC me perpassando como um fantasma da humilhação movido por feromônios.

Antes que possa decidir o que fazer, Leo me avista e abre a porta da frente.

– A Day raiou – ele diz.

Em vez de apelidos, os cumprimentos de Leo incluem toda e qualquer expressão com a palavra *Day*, que por acaso é meu sobrenome. Começo a revirar os olhos como de costume, mas pauso ao vê-lo no batente – o sol está começando a se pôr, projetando cores quentes em seu rosto, deixando o castanho de seus olhos com um tom de mel e refletindo em seu cabelo escuro. Estou louca para saber como seria a visão pelas lentes de minha câmera, uma vontade com que não estou acostumada. Quase nunca fotografo pessoas.

Na verdade, nos últimos tempos, meus pais me mantêm tão ocupada que mal tiro fotos.

A expressão de Leo começa a mudar, provavelmente porque o estou encarando há tempo demais. Desvio o olhar de modo abrupto e empino o skate na subida para o alpendre da frente da casa.

– Exibida – ele diz.

Apoio o skate na porta e mostro a língua para ele. Sinto um alívio por estarmos de volta em clima de brincadeira, mas a sensação se desfaz num instante pelo que ele diz na sequência.

– Cadê a Connie?

Ele se crispa assim que pergunta, mas faço o que faço de melhor e finjo que não é nada.

– Ocupada com uns detalhes de última hora do Lava-Jato de Teclados para o levantamento de fundos do penúltimo ano.

– Lava-Jato de Teclados? – Leo está no último ano do ensino médio, junto com seus amigos que não são Connie e Abby, então está por fora de metade das coisas que acontecem em nossa vida. – Tipo um lava-rápido para teclados?

– Já vi você usar o seu como prato de comida, então vou adicionar seu nome na lista.

Eu o sigo para dentro da casa, inspirando manteiga quente e queijo queimado e, como sempre, o leve aroma de canela. Leo acende a luz da entrada, que expõe a torre precária de frigideiras, panelas e ingredientes diversos atulhados no pequeno canto do balcão que lhe pertence na cozinha. O notebook dele está apoiado em cima da mesa, tão aberto e exposto que imagino que os pais e a irmã dele, Carla, tenham saído.

Estou prestes a perguntar sobre os resultados do exame de DNA exibidos, mas antes ele coloca um prato na minha cara.

– Bola de lasanha?

Tiro uma embalagem do bolso e cuspo meu chiclete nela.

– Pode apostar.

– Cuidado, está… quente – Leo diz, com um suspiro, vendo que ignorei o aviso por completo enfiando uma inteira na boca.

Meu céu da boca se queima no mesmo instante, mas não a ponto de eu não apreciar o sabor ridiculamente delicioso – as lendárias bolas de lasanha, um dos muitos artifícios de Leo para cozinhar de verdade em casa. Ele se tornou um pouco esnobe em relação a fornos e não bota fé que o dele mantenha a temperatura constante, então comprou um forninho elétrico de última geração – daí tantos petiscos e receitas em miniatura, então sempre sinto que estou em um *food truck* chique quando na verdade sigo presa como sempre nas profundezas dos subúrbios de Seattle.

– Você está bem? – ele pergunta, com seu misto habitual de exasperação e preocupação.

– Você poderia ter ido em casa – digo, a ricota literalmente fumegando em minha boca.

Isso é parte do motivo por que Leo foi essencialmente absorvido pela família Day – nossa cozinha é enorme. E, embora todos sejamos gratos por todo aquele espaço extra de balcão para colocar as várias caixas de pizza da Domino's durante um frenesi alimentar, ninguém em nossa família de fato cozinha. Leo, por outro lado, é basicamente a Ina Garten de nossa escola e precisa de espaço para manifestar seus sonhos de Food Network (sem falar na massagem no ego que é ter os irmãos Day celebrando sua pizza de seis queijos usando toda a capacidade dos seus pulmões minúsculos).

Não que Leo venha aqui muito hoje em dia. Não somos mais tão bons em ficar sozinhos juntos. E, por mais solidária que eu queira ser agora, não consigo evitar que meu olhar fique se voltando para a porta, nesse silêncio que Connie costuma preencher.

– É Gatinha? – Leo pergunta, olhando para meu estojo da câmera.

Aí está de novo – o ciclo tenso de pânico e alívio. A linha vacilante entre *será que estamos de boa?* e *estamos de boa o bastante.*

– E todas as suas sete vidas.

– Ela só deve ter umas quatro agora – diz Leo. Ele sabe melhor do que ninguém: foi ele quem a batizou, depois de ela ter sobrevivido a algumas quedas aflitivas, mergulhos parciais em corpos d'água e aquela vez em que pensei que seria legal me pendurar de ponta-cabeça em um trepa-trepa para capturar o pôr do sol pelas grades de metal e acabei com a boca cheia de borracha do piso de parquinho. – Pode fazer esse favor? – ele pergunta.

Grudo o queixo no peito, escondendo o sorriso enquanto tiro Gatinha da bolsa. Leo estende o braço sobre minha cabeça a fim de pegar os pratos brancos bonitos da mãe dele no armário, e começo a dispor as bolas de lasanha neles. Por um tempo, ficamos tão envoltos no silêncio tranquilo que quase me esqueci do desejo de que Connie estivesse aqui: tiro algumas fotos das criações de Leo com Gatinha, ele faz o upload delas e as publica no Instagram dele, e eu prontamente devoro todos os espólios.

Ele tem o hábito de fazer o upload de todas as minhas fotos também. Penso que não vai fazer isso hoje, mas ele me surpreende estendendo a mão na direção de Gatinha. Tento não o observar enquanto ele vai passando pelas vistas do alto do prédio onde minha mãe trabalha, em Seattle, um horizonte arrebatador pontuado pela Space Needle, as nuvens contrastantes e pesadas no céu.

Fico na ponta dos pés, espiando a tela. Minha cabeça mal bate no ombro dele, o que me força a chegar tão perto que o cheiro inebriante de canela toma conta do ar e aquece meus pulmões. É a assinatura de Leo – enfiar canela em tudo. Bolinhos, burritos, pudim, queijo quente. Mesmo quando não tem como dar certo, ele encontra um jeito de fazer funcionar. Desde que éramos crianças, ele sempre cheirou como se tivesse rolado em uma vitrine de enroladinhos de canela.

Ele para numa imagem, virando a câmera para eu conseguir ver melhor. Leo diz que não entende nada de fotografia, mas, das dez ou doze fotos que tirei, escolheu minha favorita – aquela em que a luz está um pouco mais dura, bem quando o sol estava começando a sair de trás de uma nuvem.

Ergo os olhos para aprovar com a cabeça, mas ele já está me observando. Nossos olhares se encontram, e no dele há uma suavidade que me mantém presa – e, sem aviso, o calor de seus dedos passa sob meu queixo. O ar para em algum lugar inútil em meu peito, suspendendo-me no momento, em direção a algo que se forma nos olhos de Leo.

– Você, hum... tinha um pouco de queijo – diz. – No seu...

Toco o ponto em que sua mão encostou. Parece estar pulsando.

– Ah.

– Então, hum, posso postar?

Tento encontrar os olhos dele de novo e, quando o faço, tudo que vejo é aquele castanho mel de sempre. Era de se imaginar que, graças à câmera, eu teria experiência suficiente para saber quando algo não passa de um jogo de luz, mas não consigo ignorar a decepção que sei que não deveria sentir.

– Sim, se quiser – digo, afastando-me dele e de seu aroma outonal e me voltando para a mesa.

Leo limpa a garganta.

– Da hora.

Faz um tempo que ele publica essas fotos em um Instagram separado que fez para mim, embora a ideia me deixe um pouco ambivalente. Ele diz que vai ser bom conseguir alguns seguidores, ter um tipo de portfólio e uma forma de me conectar com outros fotógrafos, como ele e um amigo que fez no acampamento de verão têm feito com suas contas. Mas a verdade é que sinto um pavor visceral da ideia de compartilhar minhas fotos com quem quer que seja. A ideia de pessoas desconhecidas verem meu trabalho me faz me sentir tão estranhamente exposta que nem olho a conta.

Além disso, se de fato houver seguidores, tenho certeza de que estão mortos de tédio – quase todas as fotos que tirei no último ano mostram os mesmos lugares várias e várias vezes, enquanto a coleira acadêmica em que sou mantida fica mais e mais curta a cada dia. E, mesmo se não fosse por isso, não ando saindo muito nos últimos tempos. A fotografia era meu *lance* com o vovô. É difícil ir a qualquer lugar não familiar sem meu parceiro no crime.

Um zilhão de hashtags e uma porção de macarrão com queijo retratada com maestria depois, a bola de lasanha de Leo está postada no Instagram, e uma grande porcentagem delas está em meu estômago. Leo se senta no sofá, observando as curtidas chegarem, e me sento no braço do móvel, hesitando antes de me permitir deslizar com um baque nas almofadas desgastadas ao lado dele.

– Então vamos continuar enchendo a barriga de queijo ou conversar sobre o lance do teste de DNA?

Não sou muito boa na arte de mudar de assunto. Nenhum de nós é, na verdade. Sou direta demais, Leo é sincero demais e Connie – bom, Connie apenas não tem tempo. Portanto, Leo estava mesmo esperando pela pergunta, o nervosismo lhe escapando em um suspiro.

Cai um silêncio, e chega esse momento vacilante de incerteza em que penso que ele pode dizer que não é nada, e não vou saber como não levar para o lado pessoal. Mas então ele se vira para mim com a maior franqueza dos últimos meses.

– É... sei lá. Tipo, sabemos que, estatisticamente falando, as chances de não haver nenhuma outra forma de vida no universo são, tipo, zero. – Ele cutuca uma costura em sua calça jeans que ainda não se soltou mas está quase lá. – Mas por que o silêncio? Eles não sabem sobre nós? Ou só não conseguem entrar em contato com a gente ainda?

Cutuco o ombro de Leo com o meu, hesitante a princípio, mas então ele se apoia um pouco em mim. O alívio é quase constrangedor. Odeio que seja preciso que um de nós fique triste para as coisas parecerem normais.

— Minha família é o paradoxo de Fermi.

Espero caso ele queira elaborar. Mas é isso que acontece com Leo, porém. Sempre entendo mais sobre ele nos segundos que se seguem a um comentário do que quando ele emprega palavras.

— Bom, seja lá o que isso queira dizer... tenho certeza de que é por que eles não conseguem entrar em contato com você — digo. — Não consigo imaginar ninguém não querendo conhecer você.

Leo se eriça. Alivio um pouco o clima porque nós dois precisamos disso:

— Mesmo você sendo meio bobalhão.

Isso tira uma risada abrupta dele.

— *Ei.*

— Os fatos são os fatos.

Ele cutuca meu joelho com a palma da mão, sua pele tocando a minha pelo buraco de minha calça jeans. Seus olhos pairam em uma cicatriz antiga, pouco acima da patela. Não lembro a origem dela, mas Leo deve se lembrar. Ele sempre guarda esse tipo de coisa, como se fosse um defeito dele — desde quando éramos pequenos, eu sou a aventureira e ele é a rede de segurança. Eu subindo e pulando e me enfiando em lugares onde não deveria me enfiar, e Leo um pouco atrás, avisando e se preocupando e provavelmente desenvolvendo úlceras no meu formato em cada um de seus órgãos durante o processo.

Antes que ele possa comentar sobre a cicatriz, repouso a cabeça em seu ombro, como quando éramos crianças e cochilávamos um em cima do outro no ônibus – uma das poucas vezes em que eu ficava parada por mais de alguns momentos. Só que não é como costumava ser. Há uma firmeza nova nele, e ele agora é tão alto que minha cabeça não se encaixa no mesmo lugar. Isso nos deixa mais próximos, eu tentando encontrar onde me apoiar, ele se encolhendo para me permitir me encaixar.

Eu realmente não deveria fazer isso. Sei que não. Mas sinto que estou testando minha coragem com o universo – como se pudesse fazer tudo parecer normal, mesmo que esteja longe disso.

Porque o normal não é ter meu coração batendo na garganta e esquentando minha bochecha encostada na manga de sua camiseta. O normal não é notar a forma como o cheiro de canela dele não é mais tão tranquilizador quanto era, mas estonteante, tornando-se algo mais doce e inato demais dentro de mim para ser nomeável. O normal não é ter esse crush enorme, idiota e ridículo em um de meus melhores amigos, muito menos quando definitivamente não é recíproco.

E lá está: o GIC vindo à tona e borbulhando por toda parte. Meu cérebro curte tanto reviver aquilo que às vezes quase fico grata por meus pais me manterem ocupada – quanto mais tempo passo tentando acompanhar o ritmo das aulas, menos tempo tenho para pensar em como estraguei minha relação com Leo de maneira tão colossal e quase destruí o nosso trio no processo.

Tiro a cabeça do ombro dele, virando-me para olhá-lo.

– E, sabe, a base de dados desse negócio é atualizada o tempo todo – insisto. – Daqui a alguns meses você pode olhar de novo e algum parente seu *vai* ter feito o teste. Não é o fim do mundo.

Leo deixa a ficha cair.

– Não sei se quero, tipo, ficar esperando por isso, sabe?

– Então me dá a senha que eu olho para você.

Ele bufa uma gargalhada que é ao mesmo tempo agradecida e evasiva.

– Eu ainda vou ficar esperando por isso.

– Então vou mudar sua senha. Anotar num papelzinho e comer.

– Você é ridícula – ele diz.

– Estou falando sério – digo, pronta para digitar. – Tirando a parte de comer.

– Para que serviria essa parte?

Estamos fugindo do assunto, mas consigo ver que ele ainda não terminou de desabafar. E, embora não vá desabafar sobre tudo hoje e é provável que isso se manifeste em mais um de seus frenesis culinários que vai garantir o meu almoço e o de Connie por uma semana, podemos pelo menos tentar.

Volto a olhar na direção dele, esperando.

– Nem penso muito sobre isso, na verdade. Quer dizer, não pensava, até pouco tempo atrás. Mas sempre meio que imaginei que, se quisesse saber, eu poderia.

– Você não pode perguntar para seus pais?

Leo olha para a entrada, como se um deles fosse entrar pulando pela janela do alpendre.

– Bom… a adoção foi sigilosa, então…

– Você acha que eles não ficariam de boa com você procurando?

– Não, não, eles… é claro que ficariam – diz, os olhos ainda pousados na frente da casa.

A coisa mais Leo sobre Leo é o seguinte: ele vive colocando os sentimentos dos outros à frente dos dele, sempre tentando manter a paz. Uma mulher quase o atropelou perto do Pike Place Market ao passar por um sinal vermelho e, quando a motorista quase teve um ataque histérico, Leo pediu desculpas para *ela*. É como se ele fosse um barômetro de emoções humanas e, sempre que alguém está desequilibrado, ele se sente obrigado a pender a balança para o outro lado.

Isso é um tanto mitigado, ao menos pelo fato de os pais de Leo serem dois professores formados em psicologia que notaram esse traço antes mesmo de ele começar a formar frases completas. Os dois trabalham muito, mas compensam com noites de jogos em família, passeios aos fins de semana e uma empatia parental infinita que deixaria *A família Sol-Lá-Si-Dó* no chinelo. Se há pessoas preparadas para lidar com filhos que fazem perguntas como as que Leo tem, são eles.

Mas isso não quer dizer que Leo não vá se convencer a evitar essas perguntas, pensando em todo mundo menos nele.

– É só que não tem nenhuma página no wikiHow que diga como falar para seus pais que você está procurando pela família que de fato se pareça com você, sabe. – Ele pausa antes de acrescentar: – Além disso, Carla não quer saber.

Ah. Carla e Leo foram adotados juntos e são irmãos de sangue bilaterais de idades tão próximas que vivem sendo confundidos por gêmeos. Mas isso é tudo que sabem sobre a adoção – que vieram em dupla, quando Leo tinha um ano de idade e Carla era uma bebezinha.

– Acho que é justo – digo, com cautela.

– Sim. Mas é… sei lá. Nunca fui bom em… não saber as coisas.

Eu e Leo podemos ser diferentes em muitos aspectos, mas neste somos parecidos até demais: o fator "curiosidade".

A vontade dele de *saber* existe desde que o conheço. Ele vive tentando entender como as coisas funcionam, não importa se é aquele tal de paradoxo de Fermi ou a quantidade precisa de tempo necessária para conseguir as claras em neve perfeitas com uma batedeira. Na pré-escola, ele deixava todos os professores doidos, terminando toda explicação que alguém dava sobre qualquer coisa com um "Mas por quê?". Até hoje, a mãe dele ainda imita a vozinha aguda dele – "Mas por quê? Mas por quê? Mas por quê?" – com um brilho irônico no olhar.

Para mim, porém, a questão é *fazer*. Enquanto Leo está ocupado questionando as coisas, eu me ocupo em não as questionar o suficiente. Quando uma ideia me vem à cabeça, não consigo me convencer do contrário: cortar o cabelo para ver se vai crescer de volta da noite para o dia. Pular a placa de ENTRADA PROIBIDA em uma trilha para ter uma vista melhor. Seguir seja lá o que estava passando por minha mente durante o infame GIC.

Talvez seja por isso que sempre gravitamos em torno um do outro. Evito que Leo caia de precipícios erguidos por seus pensamentos. Ele evita que eu caia de precipícios de verdade. Nós protegemos um ao outro.

– Vem cá – digo, abrindo meus resultados. – Me mostra como entrar na parte do teste de ancestralidade para eu poder hackear sua conta depois.

Leo fica rígido. Uma van decorada por palavras bajuladoras nas cores de nossa escola estaciona diante da casa de Leo, e Carla desce e acena para as outras líderes de torcida no veículo. Leo se levanta do sofá tão rápido que parece ter sido eletrocutado.

Então os ombros dele se afundam, como se algo que ele guardou por tempo demais dentro de si começasse a se desfazer.

– É, hum... bem fácil – murmura. – Só clica na parte de "Parentescos" embaixo de "Ancestralidade".

Carla me avista através da janela e aperta o passo, a mochila dela chacoalhando nos ombros e seu rabo de cavalo balançando. Aceno para ela, esperando a página carregar, e Leo solta um suspiro.

– Acho que é melhor deixar isso tudo para lá – diz. – Pode ser uma perda de tempo e eu deveria estar focando em meu futuro, sabe?

Ele diz algo mais que é abafado pelas palavras na tela de meu celular, que fazem um barulho alto demais em minha cabeça.

– Abby?

Eu me levanto tão rápido que tropeço no carpete. Leo me pega antes que eu caia para a frente, e há um choque momentâneo pelo calor das mãos dele em minha pele. Antes que isso me deixe totalmente paralisada, somos interrompidos pelo barulho de meu celular quicando no carpete e caindo no assoalho de madeira desbotada.

– Hum... estou interrompendo alguma coisa? – pergunta Carla, alternando o olhar entre mim e Leo com um sorriso tênue.

Leo me solta de modo tão abrupto que me sinto como um balão que alguém deixou escapar por acidente. Fico ao léu. Sem rumo. Sem saber para onde ir, exceto que preciso sair daqui *rápido*, para longe de paredes e palavras em uma tela e da maneira como Leo está me olhando, como se já estivesse prevendo com dez minutos de antecedência a próxima idiotice que vou cometer.

– Eu tenho que... acabei de lembrar... tenho uma aula de reforço – digo, sem pensar.

Leo baixa a mão para pegar meu celular, mas me agacho rapidamente, pegando o aparelho antes dele. Ele tenta fazer contato visual comigo, mas não consigo, ou tudo vai transbordar antes mesmo que eu saiba o que isso significa.

– Abby, o que foi...

– Em um sábado? – Carla pergunta, franzindo a testa.

– É por conta, hum... – Os dois estão me encarando. Tento pensar em alguma matéria que eu esteja cursando ou mesmo qualquer palavra aceitável em nosso idioma que possa usar para pedir licença, mas só existe espaço para um pensamento em minha cabeça agora, e ele está inflando como um balão. – Só tenho que... preciso... depois te mando mensagem.

Leo me segue até a porta, mas sou rápida demais para ele. Em questão de segundos, coloquei o capacete na cabeça, peguei Gatinha, enfiei meu celular no bolso de trás e subi na calçada mais rápido do que meu velho skate caindo aos pedaços já andou. No meio do caminho, a idiotice que Leo com certeza previu acontece: passo por uma rachadura na calçada, saio voando como um boneco de teste de colisão e acabo caindo de bunda alguns segundos muito vergonhosos depois, cheia de hematomas e com o skate caído na grama do quintal de alguém.

Fico ali sentada, o coração batendo em meus ouvidos, a boca sentindo um gosto metálico por ter mordido a língua. Faço um exame corporal rápido e descubro que, embora a vergonha possa ser letal, todo o resto continua até que intacto.

Só depois tiro o celular do bolso, vendo que a tela ficou completamente rachada. Eu me crispo, mas isso não me impede de destravar ou abrir a página que está gravada em minha memória desde que a vi – uma solicitação de mensagem de uma menina chamada Savannah Tully que diz: Ei. Sei que isso é superesquisito. Mas topa se encontrar?

Uma solicitação de mensagem de uma menina chamada Savannah Tully, que o site de DNA identifica como minha irmã bilateral.

dois

Quando você descobre que seus pais esconderam uma irmã mais velha de você por todos os dezesseis anos que habita na Terra, a última coisa que você provavelmente deve fazer é inspirar fundo e gritar: "*Mãe!*".

Mas atravesso a porta e é justo isso que faço.

Ela leva cerca de dez segundos para vir, e esses são, ao mesmo tempo, os dez segundos mais longos e mais curtos de minha vida. Tão longos que entendo que o que aconteceu vai me mudar por completo para sempre; tão curto que chego à conclusão de que não quero isso ainda.

– O que aconteceu? – ela pergunta, com os olhos arregalados e fixados em meus joelhos. Baixo os olhos e só então noto as manchas de sangue ao redor dos buracos de minha calça jeans, que se alargaram tanto que parece que estou tentando mandar minhas pernas para outra dimensão.

Abro a boca.

– Eu...

Seu braço está sujo de tinta verde do projeto de educação artística de um de meus irmãos, seu cabelo castanho desgrenhado está preso num coque alto, e ela está equilibrando um cesto de roupa de um lado do quadril e uma pasta de depoimentos do outro. Fica ali parada com todo aquele ar *maternal* – o cenho franzido e os dentes mordendo o lábio inferior e, de repente, tudo parece absurdo.

Essa é uma pessoa que conta detalhes macabros e ridiculamente pessoais sobre seus casos, sabendo que não vou dar um pio. Uma pessoa que me explicou sobre sexo de maneira muito franca quando eu estava na terceira série e interrompi uma das noites de cinema dela e de meu pai durante a cena da janela embaçada do carro em *Titanic*. Uma pessoa que *chorou* quando me contou sobre o Papai Noel porque se sentia muito mal por mentir.

Essa não é uma pessoa que guarda segredos, muito menos de mim.

– Eu... caí do skate.

– Você está bem? – Seus olhos estão se voltando para o kit de primeiros socorros, que, por conta de mim e de meus três irmãos, é estocado com mais regularidade do que nossas lancheiras.

Faço que não é nada, sem olhar nos olhos dela.

– Estou. Super! – O que poderia ter soado crível se eu não quase tropeçasse na sequência na montanha de sapatos infantis de velcro e luzinhas empilhados de qualquer jeito perto da porta enquanto tento correr para o meu quarto.

– Tem certeza?

– Sim!

Um momento se passa, um daqueles que se dilatam antes de ela chamar a minha atenção por alguma coisa. Paro diante da porta de meu quarto, preparando-me para isso: *Sei que você sabe aquilo que eu não queria que você soubesse!* Como se ela tivesse lido isso em minha cara assim que entrei, e apenas tivesse juntado as peças com seus poderes psíquicos incríveis de mãe.

Em vez disso, ela diz:

– Bom, deixei alguns daqueles folhetos em cima de sua cama, se tiver tempo...

– Valeu! – eu a interrompo, e fecho a porta rapidamente atrás de mim.

Vou direto para meu notebook, como se abrir uma tela nova vai fazer o que vi na outra desaparecer. Mas, para fazer isso, preciso tirar a pilha dos tais folhetos brilhantes e espalhafatosos de cima dele, bem com um Post-It que diz "Parece divertido!!" colado no topo.

São todos do Acampamento Reynolds, um novo programa de verão sobre o qual o orientador da escola falou com meus pais. Ele tentou me convencer a ir, dizendo-me com o ar bem-humorado por detrás do pote de doces do tamanho de um crânio de seu escritório que é perfeito para "jovens como eu" – ou seja, jovens cujas perspectivas de ir para a faculdade estão diminuindo a cada decimal perdido na média ponderada. O objetivo é deixar os alunos prontos para o vestibular e o processo de candidaturas universitárias e tudo mais que existe no fogo cruzado em que vou ser lançada no ano que vem.

Até duas horas atrás, minha missão de vida era escapar disso. Mas toda e qualquer noção de linearidade em minha vida acabou de ir pelos ares.

Jogo os panfletos em cima do colchão, tamborilando os dedos no teclado enquanto espero o notebook ligar. Quem quer que seja essa *Savannah*, ela não pode ser minha irmã de verdade. Trocaram minha saliva pela de outra pessoa ou me mandaram os resultados errados. Afinal, o negócio dizia que eu tinha mais propensão a cantar melhor do que a maioria das pessoas, mas sou tão desafinada que meu irmão Brandon – talvez a criança mais tranquila que já existiu – se matava de gritar quando eu tentava cantar para ele quando ele era bebê. Esses são os resultados do teste de DNA de alguma outra menina ligeiramente irlandesa com tendência a monocelha que foram trocados com os meus e, daqui a algumas horas, vamos estar todos sentados à mesa de jantar rindo da coisa toda.

Mas olho a página "Parentescos" mesmo assim para me certificar de tudo antes de prestar queixa do serviço. *Savannah Tully*, diz o nome no alto da lista.

E então meu coração se contrai como uma esponja em meu peito. *Georgia Day*, está escrito. *Predizemos que Georgia Day é sua prima de primeiro grau.*

E o próximo: *Lisa McGinnis*. *Predizemos que Lisa McGinnis é sua prima de segundo ou terceiro grau.*

Os nomes abaixo – primos de segundo, terceiro e até quinto grau – são desconhecidos. Mas eu e Georgia nascemos no mesmo mês e, embora ela more em São Francisco, nós mantemos contato, marcando uma à outra em memes do Tumblr de vez em quando e trocando mensagens sempre que o número de mortes em *Riverdale* fica um pouco absurdo. E Lisa definitivamente me adicionou no Facebook menos de uma hora depois do funeral do vovô no verão passado.

O que só pode significar que...

– Ai, meu *deus*.

Só percebo que gritei quando escuto uma batida na porta e a cabeça de meu pai surge.

– O que foi?

Fecho o notebook.

– Pensei que tinha visto uma aranha.

Minha voz sai tão alta que chega ao quarto dos meninos, onde uma comoção começa no mesmo instante.

– *Aranha?* Onde? – intervém Brandon, que morre de medo delas.

– Aranha? *Onde?* – questiona Mason, que está passando por uma fase obsessiva pelo Homem-Aranha.

Antes que alguém mais se meta na conversa, uma panela cai com estrondo na cozinha, o que só pode significar que Asher está tentando fazer macarrão sozinho outra vez. Meu pai se crispa, e minha mãe grita "Deixa comigo!" com o mesmo tom exasperado de sempre, e assim começa o número extremamente familiar na trilha sonora do caos da família Day.

– Você terminou aquele rascunho?

Consigo ouvir o cansaço na voz do meu pai mesmo antes de ele entrar no quarto, o tipo de cansaço que já ultrapassou os níveis de "pai de três meninos e uma adolescente muito teimosa". Desde que vovô morreu, parece que ele e minha mãe nunca param quietos. Meu pai vai ao escritório ao raiar do dia e minha mãe chega em casa tarde da noite, os dois tentando desesperadamente garantir que alguém sempre esteja em casa ou perto o suficiente para ficar de olho em todos nós agora que meu avô não está aqui.

E é por isso que me sinto especialmente mal por estar oscilando no limite entre um C e um D+ em inglês, e especialmente *especialmente* mal por ele nem ficar bravo como um pai normal ficaria e, em vez disso, estar lendo a enésima versão desse trabalho sobre por que Benvólio, de *Romeu e Julieta*, é um empata-foda por não parar de pegar no pé dos amigos.

Tá, o argumento é um pouco mais acadêmico do que isso,

mas a ideia principal é a mesma. Inglês não é exatamente o meu forte. Não que eu não goste de ler nem que seja má aluna – na verdade, até este ano, eu estava indo bem na escola –, mas meu problema com o inglês, em particular, é que odeio discutir, e discutir é cerca de noventa por cento de qualquer aula de inglês. Claro, é uma discussão nerd e organizada, mas continua sendo uma discussão – sobre uma teoria, a motivação de algum personagem, ou seja lá o que o autor quis ou não dizer.

E é impossível ter uma personalidade mais tipo B do que a minha. Não tenho interesse em argumentar nem debater. Se você me der a bola de sorvete do sabor errado? Vou tomar. Entrar no meu quarto e cortar as mangas de meu suéter vermelho para sua fantasia de Homem-Aranha? É a vida.

Passar dezesseis anos mentindo na minha cara sobre uma irmã que mora a poucos bairros de distância?

Bom.

– Sim – digo covardemente, como a covarde que sou. Tiro as folhas da impressora e entrego para ele.

Meu pai franze a testa.

– Que bicho te mordeu?

– Nenhum.

Meu celular vibra, e uma foto de Connie fingindo lamber a vitrine da Yellow Leaf Cupcake surge em minha tela. Ninguém em sã consciência liga para outra pessoa hoje em dia, mas Connie vive tão ocupada sendo sempre uma aluna prodígio que diz não ter tempo para digitar.

– Sei que é um saco, mas fica um pouquinho melhor a cada vez, né? – diz meu pai, erguendo a redação.

Nem um pouco. Pego o celular e meu pai se despede com

um aceno, levando consigo o quinto rascunho de meu trabalho maldito.

– E aí. Coloca o Leo na linha. Preparei um discurso.

– Não estou na casa dele.

– Não?

Há algo quase acusatório no tom de voz dela, e penso que ela vai tocar no assunto: a esquisitice em torno da qual todos circulamos desde o GIC. Mas ela dissipa a tensão antes mesmo que eu possa decidir se é ou não real dizendo:

– Nesse caso, 31,8 por cento, *otária*.

Estou tão removida da realidade que realmente não faço ideia do que ela está falando.

– Você me deve pão de soda. E não vale roubar, você não pode pedir para o Leo fazer tudo para você – diz.

– Hum...

– Enfim, vou ligar direto para o Leo, ele ainda está em casa?

– Sim.

Connie pausa.

– Por que você está tão esquisita?

Minha boca está aberta, mas o fluxo de ar entre meus pulmões e o mundo exterior parece ter sido interrompido, como se eu estivesse respirando dentro de um saco plástico.

Savannah Tully.

– Hum.

Não consigo ir além de monossílabos. Parece que minha língua não cabe mais em minha boca, como se eu tivesse me tornado uma pessoa completamente diferente desde minha malfadada volta de skate da casa de Leo e que não soubesse ao certo como deveria se comportar, como deveria falar.

– Ai, merda. Você é mais irlandesa do que eu, afinal? Você é, tipo, a irmã gêmea secreta de Saoirse Ronan...

– Não. Tipo, sou mais irlandesa, sim, mas...

– É uma das coisas de saúde? Ai, cara, acertei, não acertei? Se fizer você se sentir melhor, eu com certeza recebi o gene celíaco.

– Não é isso...

As palavras saem ríspidas, o que provoca um silêncio. Nunca sou grossa com Connie, com ninguém, na verdade. Fico irritada, sim, e impaciente, mas nunca com outra pessoa além de mim.

Mas nem sei como me sinto agora.

– Abs?

Não consigo. Se eu contar para ela, vai se tornar real. E vou ter que fazer algo a respeito. Certo, não vou *ter* que fazer nada, mas aí é que está – é o fator "curiosidade". Se eu me permitir me aprofundar demais nisso, não vou conseguir deixar para lá, mesmo que seja o que eu mais queira na vida.

Não vou me deixar vencer pela curiosidade. Não *posso* fazer isso.

– Não é... quer dizer, sim, sou mais irlandesa que você. – Mesmo em meio ao que pode ser minha Primeira Grande Crise Existencial, não consigo evitar esfregar isso na cara dela. – Mas eu...

Talvez me arrependa de contar, mas parece que há um certo tipo de pressão se acumulando em mim que pode explodir se eu não botar para fora.

Eu me levanto de um salto da cadeira e volto a fechar a porta do quarto o mais devagar possível, abafando o clique da fechadura. É a segunda vez que fecho a porta em menos de dez minutos. Eu nunca a fecho – meus irmãos entram e saem com tanta frequência que é basicamente outra sala de estar –, então vou ter que ser rápida.

– Diz que tenho uma irmã.

Connie fica em silêncio e, então:

– Hum?

– Tipo, uma irmã bilateral. Uma menina chamada Savannah Tully que *mora a meia hora de nós*, em *Medina*.

– Uau, tipo, Medina de gente rica?

Ela não está entendendo qual é a questão aqui.

– Tipo, bilateral no sentido de que *temos os mesmos pais*. Tipo, os meus pais tiveram outra pessoa antes de mim sobre a qual eu não sabia. E saca só: diz que ela tem *dezoito* anos.

Outro silêncio e, então:

– Ai, meu deus.

– Quê?

– Abby... ela é a sua cara.

– Ela o quê? Como você... como você sabe...

– Ela tem, tipo, meio milhão de seguidores no Instagram.

– Tá, como você sabe que é...

– Porque ela é realmente a sua cara. Vou te mandar o link.

Não, quase digo, mas é tarde demais. Estou curiosa. Estou morrendo de curiosidade e tenho que saber.

Tiro o celular da orelha e clico no link, indo parar na conta do Instagram com o nome de usuário @comosemantersavvy. A bio diz: "especialista em bem-estar, nerd de nutrição, aspirante a sereia. tudo sobre como se manter *savvy*".

Connie não estava exagerando – o número de seguidores dela é obsceno.

Rolo a tela e vejo as primeiras imagens. Uma menina radiante pulando numa praia rochosa, os braços e pernas abertos enquanto usava um biquíni de tiras, a água do estuário de Puget Sound cintilando ao fundo. Outra dela a uma mesa branca de algum restaurante, o cabelo castanho anogueirado soprando ao vento e a língua para fora com um ar brincalhão, o garfo apontado para uma salada colorida. Uma selfie com um labrador retriever, tirada tão de perto que dá para ver a cobertura de sardas em seu nariz franzido, o branco de seus dentes em seu sorriso escancarado como se no meio de uma gargalhada, a perfeição sem poros de sua pele.

Fecho o aplicativo, com as mãos trêmulas.

– Ela não se parece nem um pouco comigo.

– *Claro* que parece. – E então: – E o que você vai fazer? Dá para mandar mensagem para ela?

– Ela já me mandou uma.

– Por que não começou com isso? – Connie exclama. – Falando o *quê*?

Volto a abrir a mensagem e conto para ela, andando de um lado para o outro pelo quarto como se pudesse me distanciar das palavras na tela embora o celular ainda esteja em minha mão.

– Você vai responder?

Não. Sim.

– Não sei. – Acabo fazendo o que costumo fazer quando me deparo com uma escolha difícil: fazer a Carrie Underwood e deixar Connie assumir o controle. – O que *você* faria?

A Connie de treze anos de idade teria me falado o que fazer, junto com um plano de doze passos numa planilha de Excel compartilhada em cores tão agressivas que aquele *leprechaun* da propaganda do cereal Lucky Charms teria sentido calafrios ao avistá-lo. Infelizmente, a Connie de dezessete anos é sábia demais para isso.

– Vamos fazer uma lista de prós e Connies – ela oferece no lugar.

Resmungo, tanto pelo trocadilho que Connie nunca vai deixar morrer como pela perspectiva de fazer a tal lista. Uma lista de "prós e Connies" é diferente de uma lista típica de prós e contras, não apenas porque faz todos revirarem os olhos, mas porque em vez de formular a pergunta "O que aconteceria se eu fizesse isso?", Connie insiste em escrever a lista pensando "O que aconteceria se eu *não* fizesse isso?". Ela insiste que, dessa forma, os contras não são coisas negativas, mas verdades cruas. Connies, se preferir. Acho que faz sentido, porque Connie é nada menos do que brutalmente honesta.

O primeiro pró vem tão fácil que não tem nem por que escrever: eu não deixaria meus pais bravos. Estou supondo que eles ficariam bravos. Certo? Tipo, seja lá o que isso for, não é apenas superesquisito, eles devem ter feito de tudo para esconder de mim.

E não estou exatamente em posição para ficar chateando meus pais. Além de me arrastar para aulas particulares, sempre substituírem minhas telas de celular rachadas e receberem ligações de vizinhos preocupados dia sim, dia não, dizendo que me viram escalar algo que eu não deveria escalar, me ter como filha parece simplesmente exaustivo.

No entanto, outra coisa desbanca toda a culpa: a ideia de uma aliada. Alguém com quem eu pudesse falar sobre coisas que não posso compartilhar com meus pais e nem mesmo com Connie – como o GIC. Ou que às vezes me sinto tão sufocada pelo controle sobre minhas notas que, na realidade, isso piora a situação. Ou que não faço ideia de como vou me encaixar no mundo depois do ensino médio, se é que existe um lugar em que eu me encaixe.

Alguém que poderia ser o que vovô era para mim antes de morrer. Alguém que me entendia tão bem que eu nunca me sentia envergonhada de contar as coisas constrangedoras, nem mesmo de mostrar minhas fotos. Venho de uma família de pessoas que se preocupam e planejam, mas ele sempre foi parecido comigo – amava uma boa aventura, era completamente impulsivo, contava histórias constrangedoras que competiam com as minhas. Eu poderia contar as verdades mais verdadeiras para ele – as boas, as más e até as mais feias, como "tenho quase certeza de que joguei meu aparelho fora e agora ele está em um dos sessenta sacos de lixo atrás do ginásio da escola" – sem nunca ter a sensação de que o decepcionaria.

Aí está. O "Connie". Talvez eu consiga encontrar uma pessoa que me entenda como mais ninguém consegue. Se eu não fizer isso, nunca vou ter essa chance.

– Ei, Abby? Tenho alguns comentários! – meu pai grita.

Fecho os olhos.

– Preciso ir. Mas… não conte para ninguém sobre isso, tá?

– Claro que não. – Antes de desligar, Connie pergunta: – Espera, nem para o Leo?

– Vou contar para ele, só quero…

Gritar com a cara enfiada no travesseiro? Invadir o quarto de meus pais e berrar "EU SEI A VERDADE!" como se vivesse numa história de quadrinhos e houvesse um balão de fala sobre minha cabeça? Fugir, entrar para o circo e nunca mais pensar sobre nada disso?

– Entendido. Boa sorte. – Há uma pausa. – Aliás, é esquisito se eu a seguir?

– Connie?

– Quê? Quero ser que nem ela. Ela consegue fazer aquela postura de ioga maluca de parada de mão. E estou obcecada pelo Rufus.

– Quem?

– O cachorro dela.

– *Tchau.*

Desligo e inspiro daquele jeito que é menos uma inspiração e mais uma decisão. Uma que, sem pensar nos prós e Connies, eu não teria como desfazer se tentasse.

Abro o aplicativo e respondo: **Está livre amanhã?**

três

Conheço tão bem o caminho de minha casa até Green Lake que, mais do que visualizar um mapa de ruas, é como visualizar um mapa de mim mesma. Quando eu era criança, acordava todo sábado ao raiar do dia, esperando, esperando, esperando até vovô me buscar e me levar à Bean Well, a pequena cafeteria que ele tinha aberto com a vovó, que morreu antes de eu nascer. Meus pais passavam o fim de semana colocando em dia as leituras do curso de Direito, e eu ficava comendo bolinhos com gotas de chocolate, colorindo uma infinidade de páginas de dragões e unicórnios, e brincando com os botões da velha câmera Nikon surrada de vovô.

Meu pai para diante da Bean Well com um suspiro quase arrependido.

– Não quer entrar?

Quero. Sinto saudade de Marianne, a gerente, que assumiu depois que vovô morreu, no ano passado. Sinto falta da cobertura de açúcar crocante dos bolinhos e dos fregueses se maravilhando com como estou "grandinha" e do cachorro da sra. Leary, que ama tanto o lugar que às vezes entra por conta própria para pedir biscoitos de cachorro na faixa.

Sinto falta de ver esse lugar como parte de meu dia a dia, porque agora não posso. Marianne vai se aposentar e meus pais vão vendê-lo, e um pedação de minha infância vai junto com ele.

Tiro os olhos da placa acesa que diz Bean Well em cima da porta, voltando-me para Ellie, a barista com suas tranças de Cindy-Lou Who rindo da piada de alguém no caixa.

– Talvez depois – digo. – Ouvi dizer que uma águia-de-cabeça-branca anda aparecendo no parque, pensei em tentar tirar uma foto.

Uma mentira embalada com uma mentira que deu um mortal de cima de um penhasco em direção a outra mentira, mas não é algo que meu pai vá questionar. A verdade é que Green Lake é quase exatamente no meio do caminho entre Shoreline e Medina, o que eu e Savannah concluímos em nossa breve conversa ontem à noite antes de combinarmos de nos encontrarmos aqui.

– Tudo bem, filhota. Mando mensagem quando acabar de falar com o corretor.

Saio do carro e entro na névoa úmida de junho, sentindo meus cachos começarem a se armar como se tivessem ganhado vida própria. Começo a ajeitá-los mas me contenho. Se Savannah for mesmo minha irmã, não tenho motivo para impressioná-la. Somos feitas de todas as mesmas esquisitices, certo?

O que, por algum motivo, não me impediu de compensar o nervosismo mascando todo um pacote de chicletes e trocando de meias três vezes, como se colocar as listradas fosse tornar essa coisa catastroficamente estranha menos estranha.

Um calafrio sobe por minha espinha enquanto atravesso a rua, de olhos bem atentos. Estou alguns minutos atrasada, mas não podia falar para meu pai pisar no acelerador porque tinha um encontro marcado com meu próprio reality show privado. Estou supondo que vou encontrar Savvy perto dos bancos, mas eles estão cheios de crianças com os dedos sujos de sorvete e corredores alongando as pernas.

Estreito os olhos e lá, atrás dos bancos, na direção de uma das árvores imensas que cercam o lago, está uma menina com uma calça capri de treino rosa-clara e um top branco imaculado com uma garrafa d'água, o cabelo penteado em um rabo liso e brilhante sem um fio fora do lugar.

– Dá para ver o rótulo da garrafa? – ela pergunta. – Vão mandar a gente refazer se...

– Sim, o rótulo está bom, é só que as folhas estão fazendo umas sombras estranhas – diz a menina com ela. – Talvez se a gente...

Só consigo ver as costas dela, mas não há dúvidas. Hesito, tentando pensar numa fala introdutória. Algo diferente de: *Ei, posso ser a primeira a dizer: que porra é essa?*

Antes que possa me aproximar o suficiente, o maior e mais fofo labrador retriever que já existiu vem correndo em minha direção, as patas erguidas e pulando em mim como se meus ossos fossem sustentados por ração. Dou um berro, deixando que ele me derrube na grama – *Rufus*, me lembro, de acordo com a investigação que fiz na conta do Instagram de Savannah ontem à noite – e ele solta um ganido de aprovação, deixando um frasco de protetor solar cair da boca.

– Deixa comigo, deixa comigo – diz alguém, a pessoa com a câmera, uma menina asiática com duas tranças embutidas e um sorriso largo. Ou Rufus me fez bater a cabeça com muita força, ou ela tem o braço esquerdo fechado de tatuagens de versões punk de

princesas da Disney e várias relacionadas a Harry Potter no direito.
– De quem *é* isso, seu ladrãozinho peludo? – ela pergunta, vendo o protetor solar a nossos pés. Agora que ela está mais perto, consigo ver pelos traços das tatuagens que elas são temporárias, todas brilhantes e reluzentes ao sol. Ela se volta para mim. – Desculpa – diz, acanhada –, ele só faz isso com a...

Seu queixo cai. Ela me olha de cima a baixo, ou ao menos o máximo que dá para olhar com Rufus em cima de mim.

– Savvy – diz. Ela limpa a garganta, dando um passo para trás como se eu a tivesse assustado, enquanto Rufus continua a lamber minha cara como se eu fosse um pirulito.

– Hum – consigo dizer –, você é...?

Outra mão entra em meu campo de visão, oferecendo-se para me levantar. Eu a pego – mais fria do que a minha, mas não o bastante para anular a estranheza imediata. Sinto que estou deslocada no tempo.

– Ei. Sou a Savvy.

Tinha uma coisa que vovô sempre dizia quando saíamos com nossas câmeras. Ele me mostrava como lentes diferentes capturavam perspectivas diferentes e como não havia duas fotos iguais da mesma coisa, dependendo de quem a tirava. *Se você aprender a capturar um sentimento*, vovô me dizia, *ele sempre vai soar mais alto do que as palavras.*

Às vezes, ainda consigo ouvir a forma como ele dizia isso. O som baixo e grave de sua voz, com aquele leve tom alegre por trás. Sempre me apeguei a isso na infância. Ele tinha razão. Sentimentos eram sempre mais fáceis no abstrato, como prender a respiração enquanto o skate descia a grande ladeira de meu bairro, ou a forma reconfortante como Connie apertava minha mão entre nossas carteiras antes de uma prova importante. Palavras são sempre insuficientes. Empobrecem o sentimento. Acho que, para certas coisas, simplesmente não deveria haver palavras.

Aonde quer que eu vá, tenho essas palavras guardadas em meu coração, mas agora estão pulsando dentro de mim como um tambor que de certa forma me guiou até aqui, a alguns quilômetros de distância e a um pulo de uma rua conhecida, para o sentimento mais ruidoso que já senti.

– Abby – eu me apresento.

Eu a encaro me encarando, e a semelhança é tão extraordinária que não sei bem se estou encarando uma pessoa ou um grupo todo de pessoas. Imagino que, por ter irmãos menores, seja difícil identificar os traços deles que se parecem com os dos meus pais e os que não parecem – eles ainda estão quase sempre sujos e agitados e ainda não estão totalmente formados. Só notei os traços que compartilho com eles porque cresci com as pessoas comentando.

Mas há algo em ver Savvy, com o nariz empinado de minha mãe e a testa protuberante de meu pai, as bochechas redondinhas de Asher e Brandon, e os notáveis fios lambidos de Mason no topo da cabeça, que, mais do que inevitabilidade genética, me parece coisa de ficção científica. Como se ela tivesse sido conjurada aqui, todas as pessoas que amo condensadas numa pessoa muito baixa e extremamente chique.

O cabelo dela, porém – mesmo com todos os produtos que passou, está começando a se desfazer pelo calor, e é igual ao meu, igual ao de minha mãe. Desgrenhado e rebelde, o tipo que se ondula em alguns lugares e se arrepia em outros, então nunca faz o favor de se manter igual de um dia para o outro.

– Uau. É como a Savvy de Outra Dimensão. Uma em que você é mais alta e usa roupas de verdade em vez de trajes esportivos o dia todo – a outra menina murmura, alternando o olhar entre nós. Até Rufus parece inquieto, a cabeça peluda alternando entre mim e Savvy, soltando um choramingo baixo e confuso.

Savannah – Savvy – limpa a garganta.

– É... tipo... acho que a gente se parece um pouco.

Seus olhos me perpassam. Apenas por um segundo, mas vejo os lugares em que se demoram. Meus cadarços esfarrapados. Os rasgos alargados da mesma calça jeans de ontem. O chiclete em minha boca. A pequena cicatriz que corta minha sobrancelha esquerda. A curva de meu rabo de cavalo frouxo, preso por uma chuquinha brilhante de Connie que não combina com nada que já toquei na vida, muito menos com as coisas que tenho.

Tento não me eriçar, mas, quando seus olhos encontram os meus, quase clínicos na maneira como está julgando essas impressões, meus olhos se estreitam. Olho para ela de cima a baixo mas não consigo encontrar uma única falha. Ela parece ter saído de um anúncio de uma loja de roupas esportivas.

– Pois é – admito. – Um pouco.

Cai um silêncio constrangedor em que nós três ficamos lá, olhando sem olhar. Talvez haja uma palavra para esse sentimento, afinal. Talvez seja decepção.

– Sou Mickey – diz a amiga dela, estendendo a mão para mim. – Quer dizer, McKayla. Mas todos me chamam de Mickey, por conta de... – ela diz, mostrando o braço esquerdo, que também inclui uma imagem em degradê do Castelo da Cinderela no Magic Kingdom bem no meio de todos os personagens da Disney. – Meio que meu lance.

Aperto a mão dela, desejando que Connie pudesse ter vindo comigo. Começo até a desejar que Leo estivesse aqui. Pessoas que definem as pequenas fronteiras de meu mundo de uma forma que euzinha, com meu Adidas surrado e minha incapacidade súbita de transformar palavras em frases, não consigo por conta própria.

– Ah. – Minha ficha cai ao ver os anéis empilhados no dedo do meio de Mickey enquanto ela recolhe a mão. – Você é a namorada.

O rosto inteiro de Mickey fica vermelho, começando pelo pescoço e terminando perto da ponta das orelhas.

– Bom, não *a* namorada – me corrijo, perguntando-me se foi uma grosseria. – A namorada de *Savvy*, digo. Do Instagram?

Savvy mencionou a menina com quem estava saindo em alguns posts, mas todos tinham uma energia de namorada imaginária. Além de algumas belas fotos montadas de suas mãos ou legendas se referindo a ela, ela nunca fez uma aparição. Os anéis, porém, lembro de ver no canto de uma foto em um restaurante vegano e fino em que Savvy comeu na Bell Square no mês passado.

– Ah – diz Savvy, parecendo atrapalhada. – Ela não é…

Mickey fica ainda mais vermelha.

– Não, não, somos só amigas. Melhores amigas! Tipo, desde o princípio dos tempos – diz –, mas…

– Desculpa – interrompo-a. – Eu… vi os anéis no Instagram e pensei…

– Você está pensando em Jo. Ela está estagiando num escritório chique no centro – diz Mickey, cuja capacidade de se recuperar nessas situações é muito melhor do que a minha ou, pelo que parece, a de Savvy, que só oferece um "Pois é" como confirmação.

Cai outro silêncio. Chuto um torrão de terra na grama úmida com o pé, bem no momento em que Savvy baixa os olhos e faz o mesmo. É desconcertante. Percebo que é por isso que estamos evitando o que viemos fazer – nós duas estamos quebrando uma regra ao estar aqui. Uma regra tácita. Uma regra enraizada tão profundamente em nosso passado que nossos pais nem nos contaram sobre ela. Essa regra exerce um poder estranho sobre nós mesmo agora, uma diante da outra para provar que somos reais.

– Eu, hum... meu pai vai mandar mensagem em breve. Ele está terminando de fazer algumas coisas ali na rua.

Eu me crispo assim que digo: *meu pai*. Porque não é *meu* pai, é? Tecnicamente ele é *nosso* pai. E só então a estranheza se torna menos abstrata e mais concreta, como uma barreira entre a gente que nós duas podemos tocar.

Savvy acena.

– Quer se sentar?

Olho para o banco, sabendo que, se isso acontecer, o zumbido em meu ouvido vai se transformar num grito.

– Podemos dar uma volta pela trilha ao redor do lago?

Savvy parece aliviada.

– Sim.

– Vou ficar aqui com Rufus – diz Mickey, com uma piscadinha. – Tentar descobrir de quem ele roubou esse protetor fator sessenta.

Conheço Mickey há um total de dois segundos, mas, quando entramos na trilha de cascalho lotada, sinto mesmo a falta dela. Minha garganta está mais seca do que a lixa do meu skate, minhas mãos estão tão suadas que é como se eu fosse uma criatura recém-saída da proliferação de algas no lago. Eu me sinto... diferente de mim. Não como a pessoa que normalmente sou, seja lá quem for. Nunca tive que pensar nisso antes, nunca tive com que me comparar e, agora, há essa régua ambulante e falante com perfil no Instagram, uma nova forma de me definir que nunca houve antes.

Ficamos em silêncio enquanto nos distanciamos das outras pessoas na trilha. Ela guia o caminho como se fosse algo natural, mas, quando olha para trás para confirmar se ainda estou atrás dela, o desconforto que a toma é nítido. Queria saber se para ela é igual a como é para mim – a estranheza de sentir como se eu estivesse olhando para outra versão de mim, e o pavor súbito de que não gosto nem um pouco disso.

quatro

– Então – Savvy começa.

Solto um riso nervoso que nunca soltei antes.

– Então.

Não consigo olhar para ela, mas ao mesmo tempo estou olhando *bem* na cara dela. Meus olhos estão nela e ao redor dela, em todos os lugares e em nenhum lugar ao mesmo tempo. O que há e o que não há de mim nela. Não consigo decidir o que é mais estranho, as partes dela que reconheço ou as partes dela que não reconheço.

Ela sai da trilha de repente, pegando uma garrafa d'água suja abandonada por alguém, e sai andando até a lata de recicláveis. Fico ali parada, sem saber se devo segui-la, mas ela não olha para trás.

– Estava me incomodando – diz a título de explicação quando volta.

Apesar do curto período de tempo, estou começando a ter um gostinho do mundo de Savvy – ou, ao menos, o mundo marcado por Savvy. Limpo. Preciso. Controlado. Muitas coisas que com certeza não sou.

– Eu começo – ela diz, com o ar de alguém que costuma

assumir o comando de situações. – Acho que devo dizer que sempre soube que era adotada.

Estamos caminhando, mas seus olhos estão fixos em mim, deixando claro que tenho a atenção total dela. Pelos meros três segundos de contato visual prolongado, está claro que ela não é uma pessoa que faz as coisas pela metade – quando está concentrada em mim, ela está *concentrada*, parando apenas para sair do caminho dos ciclistas e das crianças de patinete elétrico.

– Acho que devo dizer… que eu não fazia ideia de que você existia.

Fico com medo de que ela possa me entender mal, mas ela apenas balança a cabeça.

– Nem eu de você. Meus pais sempre me disseram que meus pais biológicos eram muito jovens e não ficaram juntos. Mas parece que tiveram você.

Antes que consiga pensar em amenizar isso de alguma forma, eu solto:

– E, tipo, tenho três irmãos.

As sobrancelhas de Savannah se erguem.

– Você tem três irmãos? – Essas são as palavras que ela diz em voz alta. As que eu escuto são: *Nós temos três irmãos?*

Fico surpresa pelo lampejo súbito de possessividade que sinto por aqueles meus moleques selvagens, ridículos e nojentos, que aprenderam todos os truques mais selvagens, ridículos e nojentos comigo. Não porque ache que ela queira ter alguma relação com eles. É mais porque de repente tenho medo de que ela não queira. Como se talvez menosprezasse aquelas pequenas extensões de mim, as bochechas redondas e os dedos pegajosos e os joelhos ralados que compõem meu mundo.

Quando por fim olho para Savvy, porém, há uma leve curva entre as sobrancelhas dela. Como se talvez ela entendesse. Como se talvez tudo que alguma uma de nós pudesse fazer é tentar.

— Talvez sejam quatro — digo, tentando manter a leveza. — Às vezes perco a conta.

Savvy não faz aquilo em que alguém ri de sua piada para preencher o silêncio. Parte de mim respeita isso, mas a maior parte está ansiosa, sem saber o que devo ou não dizer.

— Sempre imaginei que eu tinha sido um acidente — diz Savvy.

— Eu também, para ser sincera. — É a primeira vez que admito isso em voz alta. Afinal, meus pais me tiveram durante o curso de Direito, o que sei que não é nada fácil pela sessão semestral de *Legalmente loira* feita por Connie. Isso, e o fato de que eles nem se deram ao trabalho de ter uma grande cerimônia de casamento. Pelo que sei, uma amiga da família fez todo o lance de "você aceita esse ser humano" e os mandou seguir a vida.

— Mas você tem... o quê, dezesseis anos? — Savvy pergunta.

Faço que sim. Um ano e meio a menos que ela, segundo a foto que ela postou posando com um monte de balões de arco-íris no aniversário de dezoito anos dela, em dezembro. Recebeu mais de cem mil curtidas.

— Sabe o que é doido? Eu nem pretendia fazer o teste — diz. — Foi uma formalidade. Fiz um post patrocinado para o site de teste de DNA... tipo, no Instagram — ela explica, fazendo que é bobagem como se já soubesse que eu sei a respeito e não quisesse entrar no assunto. — Fiz pela parte de saúde. E, sim, pensei que *talvez* um de meus... de seus pais pudesse aparecer, o que, sei lá. Sempre soube que seria fácil encontrá-los se eu pesquisasse. Mas nunca imaginei...

Seus olhos se voltam para os meus em sinal de questionamento, como se eu pudesse saber algo que ela não sabe. Isso me deixa ainda mais nervosa. Não sei a quem devo minha lealdade ou se é que existe lealdade a ser devida. Sinto uma reação instintiva inútil de defender meus pais, e uma reação instintiva ainda mais inútil de falar para ela o que vier à cabeça, qualquer coisa para botar a culpa neles já que mentiram para mim por todos esses anos.

– Não consigo parar de pensar que alguém botou um alucinógeno em meu McFlurry – digo, fugindo de toda a questão. Uma estratégia tirada do que Connie chama de "cartilha de Abby Day sobre evitação crônica de conflito" e Leo apelida de "fazer a Day".

Savvy ignora.

– Nem me fale. Quando chegou aquele e-mail...

– QUACK, quack, quaaacckkk!

Erguemos os olhos de repente e vemos duas garotinhas, obviamente irmãs, agachadas na beira do lago, grasnando. Seus sapatos e suas *leggings* coordenados estão cheios de lama, o cabelo ruivo idêntico escapando do rabo de cavalo de ambas. A menor está empurrando a mais velha para a frente, imitando seus grasnados.

Eu e Savvy seguimos na direção dos grasnados até o lago, e ela me surpreende soltando uma risada breve. Isso a suaviza por um segundo, e vejo algo de familiar nela que vai além de apenas meu rosto.

– Ilha dos Patos – ela diz, abanando a cabeça com ternura para a pequena extensão de terra no meio do lago. É um santuário de aves, tão coberto de árvores que, mesmo sendo pequeno, não dá para ver a margem do lago do outro lado.

Quase não digo. Eu me sinto estranhamente acanhada perto dela, como se conseguisse senti-la me avaliando, avaliando as coisas que nem examinei em mim mesma. Mas o silêncio é mais avassalador do que o barulho de minha própria tagarelice, então digo:

— Quando eu era pequena, pensava que chamava Ilha dos Patos porque era, tipo, algum reino governado por patos.

Não estou pronta para o sorriso incrédulo no rosto dela quando ela se volta para mim.

— Eu também — diz. — Porque as pessoas não podem ir lá. Como se fosse um mundo secreto de patos, certo?

É a primeira vez que ela parece humana de verdade para mim. Tudo nela — sua postura impecável, seu olhar penetrante, as pausas pensativas que ela faz antes de falar — parecia deliberado e planejado, como se estivéssemos vivendo no feed do Instagram dela e todo momento estivesse sendo documentado para o julgamento alheio.

Mas ela se vira para me olhar com um sorriso que está quase se transformando em riso, e é como se alguém tivesse colocado um véu entre nós, revelando uma profundidade nela em que eu não poderia deixar de me ver nem se tentasse.

Talvez seja por isso que me sinto compelida a revelar:

— Já fui lá.

O sorriso vacila.

— Na Ilha dos Patos?

Faço que sim, talvez vigorosamente demais, tentando me recompor.

— Eu e minha amiga Connie, nós… fomos de caiaque até lá uma vez. Só para ver.

Savvy me avalia, sua expressão de "sou legalmente uma adulta e você, não" de volta a pleno vapor.

— É proibido.

Ela tem razão. Considerando o status de santuário da ilha, a proibição da presença de humanos está marcada em placas espalhadas por todo o parque. Mas crianças e canoístas passam perto dela o tempo todo. Se Green Lake tem algum tipo de órgão responsável por impedir as pessoas de fazerem isso, nunca vi.

– Eu sei – digo logo. – Mas tomamos supercuidado. Mal saímos do barco.

– Então foram para quê?

Ergo a velha câmera do vovô, que trouxe no lugar de Gatinha hoje. Não faço isso com frequência, considerando meu histórico questionável de manter as coisas intactas, mas às vezes preciso de uma parte dele comigo. É como um talismã, o peso dele me estabilizando quando ela está em volta de meu pescoço.

– A vista – digo, envergonhada, porque parece um pouco menos bobo do que *Eu queria observar os pássaros*.

Os lábios dela formam uma linha tensa e parece tanto uma cara que meu pai faz que estou me preparando para um sermão, mas ela estende a mão.

– Posso ver?

– Hum?

Savvy aponta o queixo na direção do aglomerado de árvores no meio do lago.

– A Ilha dos Patos.

– Ah, eu não…

Mostro minhas fotos para as pessoas, quase digo. Mas, por mais que eu tenha vergonha de mostrar minhas fotos para os outros, tenho ainda mais vergonha de confessar isso.

Ela inclina a cabeça para mim, interpretando minha hesitação como outra coisa.

– Você não as postou.

– Ah – digo, para ganhar tempo. Tempo para pensar em uma forma delicada de dizer que, por mais que ela possa compartilhar de todo o meu DNA, não pode ver as fotos que tirei com minha câmera. – Talvez.

Ela gesticula de modo impaciente para eu lhe entregar o celular, e fico desbaratada demais para não obedecer. Além do mais, é isso que eu queria, não? Alguém a quem pudesse confiar esse tipo de coisa. E, embora Savvy seja muitas coisas que eu não imaginava, ela ainda pode ser essa pessoa, se eu lhe der a chance.

– Espera. É, hum...

Tento me lembrar do arroba que Leo me deu. Ele estava tão orgulhoso do trocadilho. Algo sobre salvar coisas. Algo sobre meu sobrenome. Algo sobre...

As palavras não vêm, mas o rosto de Leo, sim – a maneira como ele estava radiante em meu aniversário de quinze anos, naquela tarde de agosto depois de enfim ter voltado do acampamento, e Connie tinha voltado de uma viagem, e estávamos todos suando em bicas e tomando nossos milk-shakes sentados diante da praia Richmond. Ele pegou meu celular, os olhos escuros fixados nos meus, um laivo raro de sol atravessando a névoa e iluminando o bronze de seu rosto.

– Não é um presente de verdade. É meio besta. Enfim... pode mudar o nome de usuário se quiser...

– *Mostra* logo de uma vez, panaca – disse Connie, tirando o celular dele e o colocando em minhas mãos.

– Certo. Então. Sabe que eu e alguns de meus amigos do acampamento fizemos um Instagram para as nossas coisas? Não se assuste, mas peguei algumas fotos da sua câmera. Queria encontrar uma forma de salvá-las e...

Lá está, desenterrado de algum lugar de meu cérebro: @salvandoodiadeabbyday.

Abro a página e entrego o celular para Savvy sem nem olhar. Ela navega pela tela e suas sobrancelhas se erguem, parecendo sinceramente impressionada.

– Foi você quem tirou todas essas?

Talvez devesse ficar ofendida pela surpresa na voz dela, mas estou ocupada demais sendo humilhada por meu Instagram parecer um vômito da sociedade de observadores de pássaros.

– Sim.

– São muito boas – ela diz, parando em uma de minhas favoritas: um pardal com o bico aberto, no meio do pio, as asas preparadas, um segundo antes de levantar voo. Praticamente tive que segurar o ar por um minuto para tirar aquela foto, prevendo todos os tremores do corpinho do pássaro, à espera do momento perfeito. – Você pode monetizar isso.

Quase engasgo com minha própria saliva tentando não rir.

– Até parece – falo, pegando o celular de volta da mão dela.

– Não, sério – Savvy insiste. – Esse é o tipo de coisa que daria para vender para jornais locais, lojas de presentes e tudo mais. Por que não tentar? O que você tem a perder?

Tudo, quase digo, embora beire o melodrama e com certeza seja um clichê adolescente. Mesmo que eu não tivesse um pavor mortal da ideia de pessoas espiando o que vejo através de minha lente, a fotografia é a única coisa que é *minha*. Sem nenhum professor me dizendo que estou fazendo do jeito errado, nenhum pai ou mãe fazendo perguntas enquanto trocam olhares nada sutis à mesa de jantar. Ninguém chamando as fotos de figurativas ou literais além de mim.

– Não posso... não quero que seja assim – digo, o que é mais fácil do que dizer *tenho medo*.

– Assim como? – pergunta, cortante.

– Assim... sei lá. – Ela está me observando com os olhos estreitados e, de repente, me pego suando de novo. Não apenas minhas mãos, mas todo meu corpo, como um gêiser em forma de menina. – Eu não... não ligo muito para o Instagram ou toda essa bobagem. Faço isso por diversão.

Santa Ilha dos Patos, preciso calar a boca. Ela fica rígida, e está claro que não só meti os pés pelas mãos como me enrosquei neles. Quanto mais ela me encara, mais os meus circuitos cerebrais se põem a trabalhar em vão, tentando consertar as palavras idiotas com ainda *mais* palavras idiotas, como se eu estivesse montando um sanduíche de idiotices.

– Acho que monetizar pode estragar tudo.

Savvy inspira fundo e escolhe as palavras com cuidado.

– Ganhar dinheiro não me faz infeliz.

Lá está: o implícito que estava me incomodando desde que cheguei aqui. Que ela nem se deu ao trabalho de explicar toda a questão do Instagram porque já sabe que sei. Porque já presume que já dediquei tempo a ela, clicando em seu post patrocinado da Purina, dando zoom em seus potes de salada, fitando a montanha de balões de aniversário.

E, o pior de tudo, porque ela tem toda a razão.

Ela dá as costas para mim, voltando-se para o lago.

– Você vai ter que ganhar a vida mais cedo ou mais tarde – diz, dando de ombros como se não estivesse tão incomodada como claramente está. – Não seria melhor ser fazendo algo que ama?

Jesus. Vim aqui atrás de uma aliada e, em vez disso, consegui encontrar a adolescente menos adolescente de toda a cidade. Meus olhos estão ardendo como os de uma criancinha idiota, e minha decepção é tão descabida que nem sei como expressá-la, exceto...

– Você ama posar com garrafas d'água em um monte de elastano?

Merda.

A boca dela fica tensa de novo, sua cabeça se voltando em minha direção tão rápido que seu rabo de cavalo faz um estalido no ar abafado. Fico paralisada, sem saber qual de nós está mais em choque, ela ou eu.

Abro a boca para pedir desculpa, mas Savvy se vira antes que eu tenha a chance de fazer isso, voltando a olhar para as criancinhas grasnando. Seus grasnados chegaram a um nível extremo, o tipo de frenesi que, pela grande experiência que tenho com meus irmãos, sei que vai acabar em um ataque de risos ou com uma delas chorando.

– Então, nenhum reino secreto de patos? – Savvy pergunta, como se o último minuto nem tivesse acontecido.

O alívio deixa meu corpo pesado, me faz querer sentar na grama ou talvez encher a boca de grama para me impedir de dizer alguma outra coisa que possa voltar a estragar tudo. Não estou acostumada com a dinâmica de conhecer uma pessoa nova, de tentar descobrir uma à outra. Tenho os mesmos colegas de escola e sou melhor amiga das mesmas duas pessoas desde sempre. Isso aqui seria esquisito mesmo se ela não tivesse todo meu DNA.

– Nem mesmo uma dinastia de patos – digo, ao que ela responde com um resmungo.

– Pena – diz, olhando para mim. – Minha mãe sempre me disse que havia todo um reino de patos. Tipo, com um governo próprio e uma soberana e tudo. Ela a chamava de...

– Rainha Quack – dizemos ao mesmo tempo.

Eu a encaro, vejo a dúvida em seus olhos.

– É o que minha mãe me falava – digo.

Savvy considera isso.

– Sempre pensei que fosse algo que minha mãe tinha inventado.

Minha voz sai baixa quando respondo:

– Eu também.

Savvy solta um suspiro, e nós duas contemplamos o monte de árvores no meio do lago, dividindo o mesmo ritmo mas lembrando-nos de um tempo diferente.

– Isso é esquisito – Savvy. – Mas você acha que nossos pais se conheciam?

Franzo a testa. Uma "Rainha Quack" só não basta para fazer uma teoria da conspiração.

– Acho que...

Mas, enquanto contemplo a água, a leve brisa soprando-a para as margens do lago, percebo que essa é a única parte dessa insensatez que faz sentido. Pode ser quase impossível imaginar meus pais entregando uma criança que nasceu apenas um ano e meio antes de mim, mas é ainda mais difícil imaginá-los a entregando para desconhecidos.

Savvy pega o celular e, em um instante, abre uma foto. É de um cartão de festas de fim de ano, tirada na frente da árvore de Natal gigante da Bell Square, compradores andando ao redor deles. Savvy está no meio, abraçada por um homem e uma mulher de postura impecável mas olhos gentis e sorrisos calorosos, vestindo calças cáqui elegantes e malhas de caxemira. Eles parecem modelos posando, mas em um bom sentido. Em um sentido em que meio que dá para saber que, se convidassem você para jantar, colocariam mais comida em seu prato sem perguntar e lhe dariam um abraço apertado à porta.

— Somos nós — diz Savvy.

Estou prestes a dizer alguma bobagem — um comentário sobre como ela se parece com eles que com certeza vai estragar o momento —, mas então pego o celular da mão dela, dando zoom em sua mãe.

— Espera. Já vi essa mulher.

— Ela dá aula de artes. Talvez…

— Não, em fotos. Espera. Espera aí. Espera aí.

Savvy tira o celular de minha mão e joga o peso do corpo sobre os calcanhares, como se dissesse: *Aonde mais eu iria?*

Levo um segundo para lembrar como acessar o Dropbox onde estamos depositando os arquivos de nosso grande projeto de fim de semestre de Antropologia. Aquele que incentivou Leo a fazer o teste de DNA e nos levou a fazer o exame junto com ele, causando isso.

Encontrei uma foto do casamento de meus pais em uma caixa de sapato guardada no armário do porão. Carrego a foto que tirei da foto em meu celular, e lá estão eles, meus pais com toda sua glória do fim dos anos noventa. Minha mãe está com um vestido branco simples com o cabelo tão grande que pequenos objetos são pegos em sua órbita, e meu pai está de terno, radiante e tão esquelético que mais parece um menino do que alguém prestes a ser pai.

E lá, no meio, está a amiga da família que oficiou a cerimônia.

Olho para Savvy para fazer a pergunta óbvia, mas seus olhos se arregalam enquanto olha para a tela de meu celular. É a mãe dela.

– O ano – ela diz, vendo a data no canto da foto. – Foi antes de nós *duas* nascermos.

Sinto meu coração batendo na garganta. Nossos olhos se encontram com tanta urgência que a força desse olhar é como um trovão. Embora parte de mim esteja tentando rejeitar a verdade, nós duas estamos nos encarando com uma compreensão súbita: algo grande aconteceu aqui. Algo muito maior do que poderíamos ter imaginado.

Algo tão grande que meus pais fizeram a escolha de mentir para mim a respeito disso por todos os dias dos últimos dezesseis anos.

Meu celular vibra em minha mão, e tenho um sobressalto. A palavra *Pai* aparece, e Savvy desvia os olhos abruptamente, como se tivesse visto algo que não deveria ver.

Cadê vc? Acabei de terminar

– Merda. – Eu me afasto dela com um pulo, como se ele fosse sair do meio dos arbustos. – Ele já deve estar a caminho.

– A gente precisa descobrir o que aconteceu.

– Hum, *sim*. – Fecho os olhos, os pensamentos voando. – Tipo, meus pais me mantêm superocupada, mas, se estiver livre no domingo que vem, talvez...

– No domingo que vem viajo para o acampamento de verão. – Savvy começa a se afastar de mim, as duas parecendo ímãs repelentes extremamente ansiosos. – Pouco sinal e, tipo, um computador em comum para os funcionários. O Wi-Fi quase não dá conta nem de ligar por Skype.

– Que saco.

Agora que sei a respeito disso, não sei se consigo passar por todo o verão *sem* saber. Nós duas dividimos esse sentimento trovejante, cujo eco ainda zumbe entre nós.

– Mesmo se você estivesse por aqui, vou estar abrigada no centro comunitário sendo metralhada por simulados para o vestibular.

– Venha para o acampamento comigo.

Não é uma ordem, mas também não é um pedido. Ela diz como Connie talvez dissesse – com o peso da história compartilhada e a expectativa de que eu diga sim.

O riso que sobe por meu peito é quase histérico, mas só deixa Savvy ainda mais persistente.

– O nome é Acampamento Reynolds. Dá para pegar um itinerário acadêmico. Meio estudo, meio acampamento normal. Eles acabaram de começar o programa, este vai ser o primeiro ano.

Meu queixo cai. Os panfletos em cima de minha cama. *Acampamento Reynolds.* É o mesmo que meu orientador passou o semestre todo me pressionando a ir – mas a brochura mostrava fotos de banco de imagens de estudantes agressivamente bem-humorados rindo de suas calculadoras. Parecia uma cadeia nerd. Tenho certeza de que ninguém falou nada sobre poder sair.

Savvy hesita, interpretando mal minha reação. Por um momento, ela não é Savannah Tully, Estrela Oficial do Instagram com uma Veia Mandona, mas Savvy, uma pessoa que parece tão perdida e assustada quanto eu.

– É uma ideia ridícula? – pergunta.

Passa por minha cabeça que ela tem muito mais em jogo ao descobrir a verdade do que eu. Se eu for embora, nada em minha vida precisa mudar. Posso fingir que nunca a conheci. Continuar vivendo essa mentira cuidadosamente preservada que meus pais devem ter tido motivos para contar, já que a mantiveram por todos esses anos.

Mas, mesmo se eu conseguisse fingir que está tudo normal, há outra coisa que não consigo esquecer. Basta olhar para aquela foto de meus pais sorrindo com a mãe de Savvy para ver que eles eram mais próximos do que apenas amigos – o tipo de proximidade que tenho com Connie e Leo. Aquela proximidade do tipo inseparável, abrangente, leal até o fim. O que significa que, seja lá o que aconteceu, deve ter sido catastrófico.

Não gostaria de acreditar que isso poderia acontecer comigo e Leo e Connie. A concretização do meu pior pesadelo.

E lá está aquela curiosidade de novo – a necessidade de ir até o fim. De entender o que aconteceu. Se não por nossos pais, então por mim, porque basta imaginar um mundo em que eu não fale com Connie e Leo por dezoito anos para deixar uma dor que tempo algum possa curar.

– Não mais ridícula do que o resto dessa história.

Antes que uma de nós possa mudar de ideia, trocamos números de telefone e saímos em sentidos opostos do parque. Vejo que meu pai está exatamente onde o deixei, parado na frente de Bean Well e olhando alguns documentos com as sobrancelhas franzidas. Eu o observo, tentando encontrar uma forma de acalmar o tornado dentro de mim – a adrenalina correndo por meus ossos e a culpa súbita e esmagadora que sinto.

– Tirou alguma foto boa? – ele pergunta.

Por um segundo penso em revelar tudo para ele, botar tudo para fora, ao menos para tirar esse sentimento de meu corpo e deixá-lo em algum outro lugar.

Mas tentar imaginar como essa conversa se desdobraria só causa um bloqueio mental imenso que de repente estampa a cara de Savvy. Não sei o que ela é para mim, na verdade. Ao menos fora do sentido literal e biológico. Mas o que quer que seja fincou raízes dentro de mim que se emaranharam profundamente.

Então uma voz serpenteante surge em minha cabeça: *Eles mentiram para mim primeiro.* Se eles têm o direito de guardar esse tipo de segredo de mim a vida toda, eu com certeza tenho o direito de guardar um segredo deles.

– Algumas – digo.

Fico com receio de que ele possa pedir para vê-las, mas ele está estranhamente distraído, guardando os documentos numa pasta e se voltando para o carro. Passa por minha cabeça que minha mãe é que deveria estar resolvendo a venda – afinal, era o estabelecimento do pai dela –, e isso me lembra, não sem uma dose extra de vergonha em meu latte de culpa espumante, que não sou a única que sente falta do vovô. Ninguém *quer* vender este lugar. Mas para certas coisas na vida não temos escolha.

Eu me pergunto que escolha era essa dezoito anos atrás.

E me sinto um pouco menos a pior filha do mundo quando menciono, no caminho de volta para casa, que andei pesquisando sobre o Acampamento Reynolds e decidi que tenho interesse em ir. Meu pai se anima e parece tão satisfeito consigo mesmo que minha culpa parece só aumentar, como se, toda vez que eu tentasse matar uma célula dela, ela se dividisse e ficasse com o dobro do tamanho de antes.

– Parece mesmo divertido – diz meu pai, olhando para mim pelo canto do olho.

Não digo nada, e ele começa a entrar numa variação do discurso "vamos estar sempre por aqui para buscar você se precisar", em que paro de prestar atenção quando vejo uma nova mensagem no celular de um número com o código de área 425. Estou prestes a revirar os olhos, certa de que é um aviso insistente para convencer meus pais. Em vez disso, é um link para o último post do Instagram de Savvy, com a legenda: "faça o que vc ama, especialmente se o que ama é posar com uma garrafa d'água em um monte de elastano"

Dou risada.

– O que foi? – meu pai pergunta.

– Nada – digo, saindo do aplicativo de mensagens exatamente quando chega outra notificação, e o sorriso desaparece de meu rosto. É um e-mail da escola, com uma linha de assunto tão agressiva que parece que a diretora está gritando em meus tímpanos: RECUPERAÇÃO DE VERÃO OBRIGATÓRIA – INSTRUÇÕES PARA INSCRIÇÃO ABAIXO.

Merda.

cinco

Há várias coisas de que meus pais não estão cientes quando me deixam no cais da balsa, onde estou, à mercê de todo o universo, sabe-se lá como, fugindo para passar o verão no Acampamento Reynolds.

A primeira delas é, obviamente, Savvy.

A segunda é que deletei o e-mail sobre ter reprovado em Inglês e precisar fazer a recuperação de verão. E então usei nossa senha da Netflix para invadir a conta de e-mail de meus pais e deletar a mensagem, aproveitando para marcar como spam todos os e-mails do distrito escolar. Depois, passei correndo em casa entre a escola e as aulas particulares para checar a secretária eletrônica e interceptar todas as mensagens deixadas pelo menino ambicioso de vinte e poucos anos que trabalha na secretaria e se alimenta da infelicidade de todos os alunos para cujos pais ele liga no meio do dia.

A terceira é que, quando minha mãe perguntou se eu tinha arrumado a cama e limpado o quarto, eu disse sim, embora o chão pareça mais de roupas do que de carpete e seria um milagre se alguém *encontrasse* a cama agora, que dirá a fizesse.

Para ser justa, não ando exatamente ociosa. Semana passada

foram as provas finais; além disso, Connie estava fazendo as malas para sua grande viagem à Europa com os primos, e Leo estava se preparando para um trabalho de verão na cozinha do Acampamento Sempre-Viva (ou, como eu o chamava quando éramos crianças, "Acampamento Quase-Sempre-Viva"), e eu estava mais do que só um pouco preocupada levando minha vida dupla superbacana de Abby que Não Mente para os Pais e Abby, a Grande Mentirosa. Estávamos planejando nos encontrar para ver um filme ou algo assim antes de todos viajarmos, mas acabou não rolando.

Os últimos carros estão subindo na balsa, então os pedestres têm que entrar ou ser deixados para trás. Meu pai é o primeiro a me abraçar.

– Se cuida – diz. – Se um urso tentar te comer, dê um soco no nariz dele.

Minha mãe dá um tapinha nele.

– Não tem ursos naquela ilha. – Diante de meu olhar, ela suspira e admite: – Eu pesquisei.

Eu e meu pai rimos dela, e ela se aproxima e me abraça forte. Eu retribuo, com firmeza, como se pudesse espremer as ondas concorrentes de culpa e raiva que acabaram de se quebrar sobre mim, seguidas por um fio de alguma outra coisa. Algo incômodo e desconhecido. Andei tão distraída pela "Operação Irmã Secreta", como Connie a está chamando, que não passou pela minha cabeça que vou ficar fora por um mês inteiro. Nunca, em toda minha vida, fiquei mais do que alguns dias longe de meus pais.

Antes que possa cometer alguma besteira, como chorar sobre eles na frente de várias dezenas de passageiros da balsa, meus três irmãos pulam ao mesmo tempo, e sou atacada por dois abraços que talvez sejam mais violentos do que o necessário e uma lambida na cara, cortesia de Asher.

Seco o rosto com a manga e dou cascudos em todos eles, e os três voltam correndo em direção ao carro, resmungando e chiando e assumindo suas personas de "monstrinhos", como sempre que bagunço o cabelo deles. Meu pai vai atrás deles antes que deem uma de monstrinhos na beira de um penhasco e caiam na enseada Puget Sound, e minha mãe me abraça uma última vez.

– Vamos viajar para ver seu tio em Portland daqui a alguns dias, mas só vamos ficar lá por uma semana – ela me lembra. – Mas, se precisar de alguma coisa, é só avisar.

Retribuo o abraço, sentindo-me um monstro ainda maior do que meus três irmãos juntos.

A viagem de balsa é curta, um pulo através da água até o Acampamento Reynolds, que fica à margem de uma das ilhas nos arredores de Seattle. Estou prestes a me entregar de corpo e alma a minha espiral de pânico iminente, mas olho pela janela e vejo que o céu está tão claro que, milagrosamente, dá para ver o monte Rainier em toda sua glória, espreitando sobre os bairros residenciais ao longe. Com toda a névoa nesta cidade, aquela montanha maldita é basicamente minha baleia-branca. Pego Gatinha, feliz por ela já estar com a lente de longo alcance, e estou prestes a sair para a frente do barco quando...

– Abby?

Sei quem é antes de me virar, antes mesmo de meu cérebro formular o nome dele. Sei pelos dois calafrios, o que desce pela minha barriga e o que sobe minha espinha, durante o segundo em que meu corpo resiste a si mesmo, como me acostumei a me sentir toda vez que ele me pega de surpresa.

Mas isso não é uma surpresa. Vai além da surpresa e passa direto para *mas que porra*.

– *Leo?*

Faz alguns dias que não o vejo, o que inconvenientemente só acentuou as coisas nele que eu vinha me esforçando para não notar. Leia-se: a maneira como o cabelo dele cresceu um pouco, curto demais para ajeitar atrás da orelha mas longo o bastante para meus dedos estarem se coçando para tocar. Leia-se também: a maneira como o sol entra pela janela da balsa, iluminando o âmbar de seus olhos em seu rosto. Leia-se ainda: a maneira como ele está sorrindo, um sorriso de corpo inteiro, o tipo que pode ter começado em seus lábios mas claramente vai até seus pés.

– O que você está *fazendo* aqui? – ele pergunta.

Antes que eu pergunte o que *ele* está fazendo aqui, o banho de culpa em que eu já estava coberta ganha uma camada nova no topo.

Porque aí é que está: não contei nada disso para Leo. Posso colocar a culpa em andar ocupada ou dizer que queria agir com cautela sobre ter descoberto Savvy já que Leo não encontrou ninguém. Mas, embora as duas coisas sejam verdadeiras, nenhuma é mais do que a seguinte: O Grande Incidente Constrangedor ainda é maior do que nós dois.

– Estou… hum… indo acampar?

– Não creio – ele diz.

E, inesperadamente, ele atravessa a área de espera e me envolve em seus braços num abraço de urso tão firme que consigo ver o saco de pipoca que ele está segurando entornar pelo canto do olho. É uma onda de calor e canela e a sensação de estar em casa. Quase me esqueço de retribuir o abraço, meu coração batendo perto da garganta em vez de fazer o maldito trabalho que deveria estar fazendo, meu rosto tão quente que tenho certeza de que ele consegue senti-lo através de minha bochecha apertada em seu peito.

Jesus. Eu costumava cochilar em cima dele durante as noites de cinema quando éramos pequenos. Agora basta um segundo de contato prolongado para minhas pernas ficarem mais bambas do que as de Connie depois que o pessoal do grêmio estudantil assaltou o estoque de bebidas dos pais de um deles.

— Abby — ele diz, tão sincero e chocado que, pela primeira vez, não tem nem um trocadilho para acompanhar meu nome. — Esta é a *melhor* surpresa.

Pestanejo junto a seu peito, e ele me solta, radiante como se alguém tivesse acabado de entornar poeira estelar em sua garganta.

— Primeiro arranjo um trabalho de verão no Acampamento Sempre-Viva e, agora, você também vai estar lá?

Conheço bem o nome. É o acampamento em que Leo e Carla passaram todos os verões desde que éramos pequenininhos, visto que seus pais faziam parte da equipe responsável. Eles voltavam cheios de histórias sobre desventuras com colegas de acampamento por volta da mesma época em que Connie voltava de viagem com histórias sobre seus primos, e eu acenava com a cabeça e tentava não prestar atenção para a inveja não me corroer viva.

— Não, vou para o Acampamento Reynolds — eu o corrijo.

— Ah, sim — ele diz, com um bufo de desdém. — Esqueci que renomearam o lugar quando Victoria assumiu e eles começaram a colaborar com aquele lance acadêmico.

— Ah — digo e, em minha cabeça, soa um *Ah* mais lento, mais grave e fenomenalmente mais ferrado.

Ele inclina a cabeça, e meu peito dói diante da cena. Como essa inclinação de cabeça é tão familiar para mim, tão familiarmente *minha*, e como fazia tanto tempo que não a via. Tanto que percebo que ele ficou mais alto nos últimos meses, e andei tão ocupada mantendo a cabeça baixa perto dele que nem notei.

Leo ajeita a cabeça, e me dou conta de que acha que eu o *segui*. E ele parece ridiculamente feliz por eu ter feito isso.

Volto a olhar pela janela, para a vista do monte Rainier que passa por nós, tentando me recuperar do torcicolo. Eu deveria estar aliviada, não? Talvez isso seja prova de que a estranheza passou, cruzamos essa ponte. Finalmente deixamos o GIC para trás e estamos melhor por isso.

Mas acho que, para ser sincera, a estranheza não começou com o Grande Incidente Constrangedor. Estava se formando desde agosto do ano passado, logo que ele voltou do acampamento. Fazia alguns meses que não o víamos, e ele, como Connie descreveu, "ficou bonito do nada". Leo não apenas tinha espichado vários centímetros, mas parecia ter adquirido um maxilar novo e grandes bíceps de quem tinha arrastado caiaques de um lado para o outro de uma praia úmida todos os dias por dois meses.

É claro que eu notei. De repente não podíamos mais trocar moletons e as pessoas de nossa turma ficavam me perguntando se Leo estava ficando com alguém ou – o mais constrangedor de tudo – se estava ficando comigo.

Eu revirava os olhos e fazia que não porque era tudo muito besta – até deixar de ser. Até Connie ir visitar os avós no feriado de Ação de Graças, e Leo me arrastar para uma fila na frente da Best Buy para o lançamento de algum jogo, e passarmos uma noite inteira encolhidos no escuro, privados de sono e delirantes e provavelmente com o bom senso prejudicado de tanto molho de frutas vermelhas nas veias. Até o céu começar a ficar rosa, e eu encarar o teto da picape do pai de Leo, pensando que talvez de cima dela eu conseguisse tirar uma foto do sol nascendo sobre as montanhas ao longe. Até o momento em que, antes mesmo que eu me desse conta de que tinha mexido um músculo, Leo colocou uma mão sobre meu ombro e disse:

– Não se atreva, Abby Day.

Ele provavelmente tinha dito essas palavras umas mil vezes. Mas dessa vez foi diferente porque, quando olhei para ele – um brilho nos olhos, as bochechas coradas, com aquele sorriso sagaz estampado nos lábios –, parecia muito mais ridículo não o beijar do que o beijar. Como se fosse algo não apenas inevitável, mas que devia ter sido feito muito tempo antes.

Então me aproximei. E fechei os olhos. E então…

E então nossos celulares apitaram ao mesmo tempo.

Era o toque que tínhamos configurado especificamente para Connie. Recuei, o coração batendo forte. Talvez tenha sido a primeira vez em minha vida que consegui me conter para não fazer algo impulsivo. De todas as coisas no mundo que eu nunca poderia colocar em risco, a mais importante é minha amizade com Connie e Leo.

E, com esse quase beijo, eu poderia ter explodido catorze anos de nossa dinâmica de trio pelos ares.

– Desculpa. – Eu não sabia pelo que estava pedindo desculpa: por começar aquilo, por interromper aquilo ou por todos os momentos entre essas duas coisas.

Leo me encarou como se eu fosse uma estranha.

– Não precisa se desculpar – disse.

Mas mal nos falamos pela outra meia hora que passamos na fila ou no caminho para casa. E, quando por fim liguei para Connie e confessei o que quase aconteceu e como me senti mal a respeito, descobri o porquê.

– Então, na verdade, cheguei a perguntar para o Leo algumas semanas atrás se ele via você desse forma, já que estava todo mundo perguntando – ela me disse. Ela falou isso com naturalidade, do mesmo jeito como tinha acabado de contar que o primo entupiu o ralo com cascas de batata. – Não se preocupa. Ele não vê.

Não se preocupa. Eu deveria ter perguntado por que "todo mundo" estava falando sobre nós. Deveria ter perguntado o que exatamente Leo disse ou por que Connie tocou no assunto. Qualquer coisa para me dar um ponto de referência além de *Não se preocupa*, o que é tudo que tenho desde então.

– E graças a Deus. Imagina como nosso grupo de mensagens ficaria estranho? – Connie riu. E fiquei grata, mas eviscerada demais para dizer qualquer coisa, e tão chocada por estar eviscerada que senti como se estivesse desvendando todas essas partes ocultas de mim, pequenas falhas na minha crosta se chocando e deslizando uma sobre a outra ao mesmo tempo.

– Tão estranho – consegui dizer depois de um tempo.

Se isso já foi ruim, estava prestes a ficar pior. Depois de escutar isso, apenas fingi que o quase-beijo nunca aconteceu, pelo bem de todos os envolvidos. E disfarcei o melhor que pude essas fendas, tanto que, quando Leo perguntou, no início das aulas, se eu queria conversar, consegui dizer, sem pestanejar:

– Sobre o quê?

Leo acenou com a cabeça. Abriu a boca para dizer algo –

talvez pedir desculpa, embora ele não tivesse por que fazer isso – e em vez disso disse:

– Não quero que o que aconteceu mude as coisas.

Eu nunca tinha tentado fingir um sorriso antes, mas deu para imaginar pela cara de Leo que eu era muito ruim nisso.

– Claro que não.

– Amigos?

A palavra parecia vulgar, com ou sem o GIC. Nunca descreveria por completo o que somos um para o outro. Mas não era isso que a palavra estava fazendo agora. Ela não era uma definição; era um limite. Um que eu precisava aceitar.

– Amigos.

Faz meses. *Meses.* E passei basicamente todos os momentos desde então tentando apagar da mente meus sentimentos por Leo. Ele deve saber disso. Não tem como não saber.

Então por que ele está quase desmaiando de alegria por eu estar aqui quando, na verdade, se isso fosse o que ele pensa que é, deveria estar prestes a surtar?

– Vou estar na cozinha a maior parte do dia, então não vamos poder curtir muito – Leo diz, em tom de desculpa. – Mas o chef de cozinha disse que eu e Mickey vamos poder cuidar do lugar à noite, se quiser ficar por lá.

– Mickey Reyes? – questiono, sem pensar. Só sei o sobrenome dela porque ela me adicionou, demonstrando muito entusiasmo, em todas as redes sociais enquanto eu e Savvy evitávamos fazer isso para nossos pais não notarem nem fazerem perguntas. Foi uma semana de fotos infinitas de Rufus com a língua para fora e panelas imensas cheias de comida, o que parece ser o *modus operandi* do Instagram de Mickey.

– Você conhece a Mickey? – pergunta Leo, a perplexidade diminuindo parte da voltagem de seu sorriso.

É melhor eu mencioná-la agora, antes que cheguemos lá e Leo acabe completamente confuso quando eu e Savvy nos encontrarmos.

– Sim… através de, hum, Savannah.

– Você conhece a *Savvy*?

Nesse momento, todos os pensamentos em minha cabeça param ao mesmo tempo, trombando um no outro como um acidente de carro: Leo frequenta esse acampamento desde sempre, e Savvy vai a esse acampamento desde sempre, o que significa que *Leo conhece minha irmã secreta desde sempre*.

– Não muito bem – digo. – Nós… hum… eu a conheci…

– Naqueles encontros de fotografia, certo? – diz Leo, finalmente notando Gatinha em minhas mãos. – Ela me disse que estava pensando em começar algo nessa área.

Tudo inunda meu cérebro de repente, como se sempre tivesse havido uma bolha em que o Leo do Acampamento vivesse separadamente do Leo do Dia a Dia e alguém tivesse acabado de estourar as duas. Ele já mencionou uma Savvy antes. Uma Mickey também. Tento reconciliar as duas – aqueles rostos turvos com quem ele teve aventuras de acampamento e as duas meninas que conheci no parque – mas está tudo tão embaralhado que não consigo dissociar.

– Então…

Quero contar para ele. *Vou* contar para ele. Mas é tão raro eu ter um tempo de qualidade com ele como esse que uma parte egoísta de mim quer aproveitar isso pelo resto da viagem de balsa, uma última dose de Leo antes de ele entender que, na verdade, não vim aqui por causa dele, mas sim por conta meus próprios planos egoístas e incrivelmente bizarros.

Ele coloca o celular diante da minha cara, uma foto na tela. Já a vi antes. É de Leo com um grupo de seus amigos de acampamento, todos eles sorrindo e encharcados de piscina, uma toalha gigante enrolada sobre quatro pares de ombros. Mickey, cuja boca está muito aberta numa gargalhada, seus braços sem as tatuagens temporárias de sempre e os pés descalços. Um menino de longos cachos molhados que não conheço, suas bochechas infladas enquanto ele faz um careta, tão apoiado em Mickey que ela parece prestes a cair. Uma versão mais magrela de Leo do nono ano, que nem está olhando para a câmera, com um sorriso largo e claramente prevendo a queda. E, ao lado dele, está Savvy, ou uma versão mais jovem e com menos compostura dela. Seu cabelo molhado está cheio de frizz e cacheado como o meu, e ela está usando um maiô com desenhos de peixinho, mostrando a língua de uma forma que deixaria Rufus com inveja.

Ela parece tão genuinamente feliz que quase não a reconheço.

– Você sabe que Savvy tem uma conta de Instagram superfamosa, certo? – pergunta Leo. – Foi por causa dela que eu abri a sua. Ela também me ajudou com todas as hashtags no começo.

Não sei como lidar com essa descoberta. Alguns dias atrás eu não fazia ideia de que Savvy existia. Agora sinto que ela vem se infiltrando em minha vida há anos, espreitando em lugares em que nunca pensei em olhar – pelo visto até em lugares em que já olhei.

Os olhos de Leo se voltam para a frente da balsa, onde algumas pessoas estão reunidas vendo a vista. Ele aponta para elas e diz:

– O Acampamento Sempre... er, *Reynolds*, digo, tem muitas vistas bonitas. E muitos animais selvagens. Pássaros e cervos, até *orcas*, se tiver sorte. Aposto que podemos conseguir pelo menos uma foto boa de algumas antes do fim do verão.

Eu me apoio na janela da balsa, temporariamente distraída de meu choque. Metade de mim está lá, mas metade de mim já está vivendo esse momento – na adrenalina de ver algo mágico e saber que há apenas um intervalo curto para capturar essa magia, às vezes apenas uma fração de segundo. É por isso que o que mais amo fotografar são a natureza e paisagens. Nunca se sabe exatamente quando a magia vai acontecer. Não há nada como a adrenalina de conseguir capturá-la e eternizá-la – permitir que algo tão grande pareça tão íntimo e pessoal porque uma parte de você pertence àquilo, e uma parte daquilo pertence a você.

– Que bom que você conhece a Savvy – ele diz. – Ela tem um talento para avistar esses animais.

Eu me eriço.

– Nós não... quer dizer, eu mais *sei* quem ela é do que de fato a conheço.

Ao menos isso não é uma mentira. Apesar de passar a semana toda trocando mensagens com ela para combinar os detalhes – as coisas que nós duas traríamos, desde fotografias a registros de casamento que encontramos na internet até impressões de nossas listas de parentescos genéticos –, não sei muito sobre ela. Quer dizer, além das coisas que literalmente meio milhão de outras pessoas sabem sobre ela, graças ao Instagram.

– Hum. Bom, mundo pequeno – diz Leo. – Enfim, que bom que você está pesquisando coisas de Instagram. Vivo falando para você que existe todo tipo de oportunidades...

– Pois é, pois é – digo. Isso lembra até demais o pequeno pseudosermão de Savvy da semana passada, ainda mais porque minha existência no Instagram pode até ser culpa dela. Leo baixa um pouco a cabeça, olhando para trás por sobre a água para as montanhas. – Mas você... conhece Savvy muito bem?

Leo ri, o tipo de risada ambígua e indeterminada de quando conhece bem uma pessoa mas não faz ideia de como a explicar para as outras. Sinto uma pontada inoportuna em seu encalço. Eu chamaria de ciúme, mas primeiro teria que entender do quê: de Leo conhecer Savvy ou de Savvy conhecer Leo? Ou talvez só da inevitabilidade desses fatos, que é que, agora, os dois provavelmente são mais próximos um do outro do que cada um deles é de mim.

– Ela é demais – diz Leo. Ele pensa a respeito, como se não tivesse problemas para descrevê-la, mas tivesse ao descrevê-la especificamente para mim. – Quer dizer... ela é, tipo, o exato oposto de você...

– Ei!

Meu tom é de brincadeira, mas a mágoa é real, me atingindo de maneira nova e aguda como acontece quando ela vem de surpresa.

– Eita – diz Leo, esquivando-se de minha tentativa de dar um cotovelada nele, prevendo o movimento antes mesmo que meus músculos se contraíssem. – Eu me expressei mal, especialmente se eu quiser viver outro Day.

– Agora você está mesmo ferrado.

– Ah, vá. Só quis dizer que... ela liga muito para regras, enquanto você meio que faz as suas. – Ele baixa o olhar. – Verdade seja dita: ninguém é igual a você. Só pode haver uma Abigail Eugenia Day.

Dou as costas para ele, baixando o braço. É prova de como estou caidinha, e como vai ser impossível voltar ao normal, o fato de ele ter conseguido fazer o nome "Eugenia" soar sexy. Quase consigo *ouvir* o sorriso malicioso às minhas costas.

Ele dá uma acotovelada leve e melosa em meu cotovelo para me fazer me virar de volta. Quando faço isso, o sorriso já se transformou, suavizando-se em um que faz o espaço entre minhas costelas palpitar.

– Estou muito feliz por você estar fazendo isso.

Não quero soar como um disco riscado na que talvez seja a conversa mais normal que já tivemos em séculos, mas não consigo evitar. Se eu não perguntar, vou passar o resto do verão esperando pelo próximo trauma.

– Está?

O sorriso de Leo vacila.

– Por que não estaria?

– Porque...

Leo está mais perto de mim do que nunca e não sei direito de quem é a culpa, dele ou minha. Ele abaixa a voz, as palavras saem como um estímulo gentil:

– Porque o quê, Abby?

Esqueço as palavras assim que elas surgem, e nem sei em quem botar a culpa, o cérebro ou a boca ou todas as sinapses que os conectam. Talvez em uma vida inteira evitando conversas como essa – conversas importantes e assustadoras que vão influenciar todas as que vierem depois delas.

É o tipo de coisa com que não tive de me preocupar demais. Posso ser ruim em lutar minhas próprias batalhas, mas é para isso que tenho Connie. Mas isto não é uma batalha, e Connie está longe.

A voz de Leo ainda está baixa quando ele volta a falar, seu tremor parecendo vir mais de algum lugar dentro de mim do que dele.

– Aquela manhã...

– No feriado de Ação de Graças – completo.

A boca de Leo se abre, surpreso.

– Você se lembra?

Mesmo se meus joelhos não estivessem ameaçando ceder, eu não saberia como responder a isso. Se eu *me lembro?* Todos os segundos excruciantes daquela manhã estão tatuados de maneira tão permanente em minha mente que tenho quase certeza de que essa é a última coisa que vou ver antes de morrer.

– Hum, sim.

– Quando nós quase...

– Quando eu quase...

– Desculpa – nós dois exclamamos. Tento dar um passo para trás e o maldito barco balança e cambaleio para a frente. Leo estende a mão para caso tenha que me segurar e, como isso não acontece, meus olhos se voltam para os dele e se encaixam como uma chave na fechadura.

– Tudo bem. Isso foi em outros Days – ele diz, tentando agir com descontração. – Eu superei.

Eu o encaro, mas o feitiço já se quebrou.

– Você... superou?

Ele ergue a mão e coça trás da cabeça, acanhado.

– Quer dizer... nós dois superamos, certo? – fala, as palavras saindo rápidas demais.

– Certo – sussurro.

Mas nada parece certo, não com as palavras *Eu superei*

pipocando por todo meu cérebro. Ele está falando do constrangimento? Ou será que está se referindo a outra coisa?

Eu me viro em direção às portas que levam à frente do barco. Viro a cabeça, fazendo sinal para ele me seguir e, quando encontro seus olhos, eles se engancham em alguma parte de mim e me prendem ali. Aquela dor em forma de Leo que tentei de tudo para ignorar, zumbindo mais alto do que tudo, insistindo para eu abrir a boca e *dizer* algo.

Mas, mesmo que Leo tenha gostado de mim em algum momento, ele *gostou* de mim, no passado. Ou seja, não mais. E, se isso for verdade, significaria que Connie mentiu deliberadamente para mim.

Não. Connie não mentiria para mim, muito menos sobre algo tão importante.

– Sabia que tinha uma filhote de orca, tipo, muitos e muitos anos atrás, que se separou de seu grupo e simplesmente seguia as balsas o dia todo? Eles a batizaram de Springer.

Leo está começando a falar muito rápido, como faz logo antes do que Connie chama de "despejos de informações", que é basicamente quando Leo chacoalha o cérebro e cai uma enciclopédia. Exceto que, dessa vez, Leo não está se gabando, e sim surtando, desesperado para preencher o constrangimento com alguma outra coisa.

Por isso, escuto. O vento está batendo em nosso rosto, soprando meus cachos em todas as direções e dentro de minha boca, desgrenhando o cabelo de Leo sobre seu rosto. Logo o barco diminui a velocidade, e fecho os olhos e faço uma promessa a mim mesma. Aconteça o que acontecer, até o fim deste verão, vou superar Leo. Vou aprender a ser apenas bons amigos de novo, pelo bem de Leo, e de Connie, mas acima de tudo pelo meu. O que eu e Savvy estamos fazendo pode encher muito nossa cabeça, mas disso dou conta.

Eu me viro para olhar para ele, cheia de determinação, quase aliviada. Vai ser como uma terapia de exposição – Leo sobre Leo sobre Leo até eu estar tão farta dele que vai ser como naquela semana em que comemos as sobras da pizza Número Doze da Spiro's todos os dias por duas semanas e nunca mais quisemos ver abacaxi numa pizza. Até o fim do acampamento, Leo vai ser o abacaxi, e eu vou estar livre.

– Onde Springer está agora? – pergunto.

– Ela tem dois filhotes e está curtindo com um baleal em Vancouver – diz Leo, suas bochechas coradas, seja por alívio ou pelo vento. – Você vai ter que se contentar com uma foto de uma orca menos famosa neste verão.

Leo vasculha meu rosto, a sombra de um sorriso ansioso no dele. Retribuo o sorriso, e jogo as costas do meu ombro no peito dele.

– A menos que você conte para alguém que meu nome do meio é Eugenia. Aí não vou estar tirando fotos, vou estar dando você de comer para elas.

Leo belisca a lateral do meu corpo, com tanta força que dou um grito e acabo tombando para trás contra ele. Há esse momento impressionante de calor, o corpo dele às costas, um *desejo* que toma conta de mim mais rápido do que as ondas batendo na costa. Viro a cabeça para olhar em seus olhos, mas ele me segura pelos ombros e me vira tão rapidamente que soltou uma risada engasgada, a que ele responde com um sorriso a poucos centímetros de meu rosto, tão perto que sinto como se uma corrente tivesse nos dado um choque.

Seus olhos estão se iluminando e, quando ele se aproxima, eles são tudo que vejo.

– Não esperaria menos de você.

Não sei que espécie de jogo Leo está tentando jogar, mas eu faria de tudo por um pouco de abacaxi agora.

seis

O Acampamento Reynolds é uma farsa.

E não só: Savvy também é.

Tudo começa bem, apesar do constrangimento. Depois que a balsa nos deixa, Leo se dirige a uma van com outros funcionários, e um orientador ajuda o resto de nós a subir num ônibus. Fica evidente pelos primeiros dez segundos no tal ônibus que, entre os campistas de verdade, devo ser a mais velha. Embora eu soubesse que seriam alunos de todo o ensino médio, do meu ponto de vista parecem só um bando de bebês.

Tipo, um bando de bebês terrivelmente inteligentes.

Tipo, níveis de bebês inteligentes como "olha essa coisa legal que acabei de programar para a minha calculadora gráfica fazer", que é o que está rolando na primeira fileira deste ônibus e atrai tanta atenção que o motorista manda todos se sentarem antes que o montinho de nerds caia em uma vala.

Digo a mim mesma para relaxar. Provavelmente não vou ter nenhuma sessão com eles. Há diferentes itinerários no "método Reynolds" – jovens se preparando para matérias avançadas que vão cursar no ano seguinte, como deve ser o caso desses, e jovens como eu se preparando para o vestibular. Com sorte, eles estão se escondendo em algum lugar por aqui ou foram parar em um ônibus diferente muito menos interessado em matemática.

As coisas ficam um pouco melhores depois que chegamos ao acampamento. O ônibus começa a diminuir a velocidade, descendo e descendo até a praia desde a elevação principal da ilha, onde somos cercados de repente por árvores tão grandes que vai ser um milagre se Leo não as chamar de Ents até o fim do verão. O ar tem um forte aroma de pinheiro que entra pelas janelas abertas do ônibus, e uma rara luz do sol passa pelos galhos e, quando olho para fora, a extensão de árvores se estende tanto no terreno abaixo da estrada principal que parece infinita em todas as direções – um sem-número inesgotável e profundo de verde e luz.

Por fim, chegamos ao terreno principal, que é um verdadeiro clichê de acampamento dos sonhos: cabanas de madeira com nomes de constelações, uma praia rochosa com caiaques desgastados de cores vivas enfileirados ao longo da margem, uma placa gigante com setas em todas as direções para o refeitório e a fogueira e as quadras de tênis. Eu estava tão preocupada com a chegada ao acampamento que não deixei que a ficha caísse que eu iria *acampar*. Que, pela primeira vez em minha vida, estou meio-que-nem-tanto-mas-o-suficiente-para-ser-constrangedora-mente-emocionante *livre*.

Mickey é a primeira a me ver quando saio do ônibus – ou, pelo menos, penso que é, até Rufus abrir caminho entre os campistas com a língua para fora. Ele pula em cima de mim com tanto amor sincero de cachorro que, com a força dele e o peso de minha mochila nos ombros, começo a tombar logo de cara.

Alguém apanha meu ombro com agilidade um pouco antes de eu acabar enfiando a bunda na lama.

– Rufus, *cadê a educação?* – diz uma voz que não reconheço.

Eu me viro e quase poderia enviar um beijo ao céu de gratidão – um campista que de fato parece ter a minha idade, com os cachos bagunçados e um sorriso voltado para mim sem nenhum acanhamento. Ele também deve ser um veterano do Acampamento Seja Lá Como Se Chama.

Não apenas um veterano, mas o outro menino na foto de Leo.

– Obrigada – digo. – Hum...?

Em vez de me dizer seu nome, ele bate continência para mim, agacha-se para fazer carinho em Rufus e então desaparece na multidão. Quando volto a erguer os olhos para procurar Mickey, vejo que Leo a encontrou primeiro.

– Seu cabelo! – ela exclama, erguendo a mão para bagunçá-lo.

– Seu *braço* – ele diz, pegando o outro braço dela e o examinando. – Pensei que você tinha decidido que era Lufa-Lufa.

– Sim, mas com *ascendente* em Grifinória – explica Mickey, justificando a última iteração de tatuagens temporárias. – Enfim, minha mãe fez demais e me deixou roubar algumas antes de eu vir para o acampamento, então... Abby! Ei! Você precisa conhecer o Leo.

Leo se volta para mim, um brilho travesso no olhar.

– É um prazer conhecer você – ele diz, estendendo a mão.

Eu a aperto com força.

– Igualmente... Liam, certo?

– Leo – Mickey corrige.

– Ah, *Leon* – eu me corrijo, sem quebrar o contato visual com Leo. Ele está tentando entrar na brincadeira, mas uma risada começa a se infiltrar em seu sorriso.

– Na verdade, meu nome completo é Continue Com Isso e Você Não Vai Ganhar Bola de Lasanha Nenhuma de Mim Todo Este Verão...

– Vocês se conhecem? – Mickey interrompe, encantada.

– Sim. Leo fala deste acampamento há anos – digo, virando-me para ela com um contato visual deliberado que diz: *Por favor, pelo amor de Deus, avise Savvy disso antes que ela apareça.*

Leo coloca um braço ao redor de meus ombros e o aperta, exibindo-me como uma irmã mais nova.

– Devo ter falado alguma coisa certa, se finalmente ela resolveu vir.

Os olhos de Mickey se arregalam por uma fração de segundo, o suficiente para eu saber que ela recebeu em alto e bom som a mensagem para *não* me desmascarar.

– Ah... uau... que demais! – diz. – Bom... Leo, é melhor você fazer o check-in.

– Pode deixar – ele diz, batendo continência para nós enquanto se afasta e me lançando uma piscadinha, que Mickey definitivamente não deixa escapar.

Ela ergue as sobrancelhas para mim, com uma cara alegre.

– Tá, não tenho tempo nenhum de dizer quanto estou *shippando* isso porque parece que o sistema de informática do acampamento inteiro quebrou e todos temos que ajudar.

Ignoro o comentário, indecisa entre ela e Leo, sentindo como se fosse o primeiro dia de jardim de infância de novo e eu estivesse prestes a ficar sem os meus dois responsáveis.

– Tenho que... ir para a orientação, então?

– Isso – diz Mickey, apontando na direção em que os outros

campistas estão se dirigindo. – Savvy está perto da fogueira cuidando de tudo enquanto tentamos corrigir as merdas que estragaram as listas de alunos. Nunca fica tranquilo!

Hesito, olhando para as fileiras curvadas e elevadas de bancos ao redor da fogueira cheios de rostos desconhecidos. Até o menino de antes parece ter evaporado, mas felizmente uma menina loira de legging neon colorida me chama para me sentar com ela e algumas outras à esquerda.

– Psiu... ei! Temos um lugar sobrando!

As meninas ao redor dela se ajeitam para abrir espaço para mim, acenando para me cumprimentar enquanto uma delas resmunga:

– Não acredito que meus pais me inscreveram para a parte de preparação para o vestibular. Eu nem *vou fazer* faculdade. Já tenho todo um plano!

– Argh, também. Já tenho uma pontuação excelente, 1560, e eles *ainda* me matriculam nessas aulas malditas. Tipo, já estou decidida em medicina, não atingi os requisitos para meus pais se gabarem? – a outra resmunga. – Eles têm sorte que sou preguiçosa demais para viver algum tipo de rebeldia adolescente de verdade, senão estariam ferrados.

Elas param, dando-me espaço para ser sociável e fazer algo como concordar com elas ou pelo menos me apresentar, mas sou tomada de repente por um pânico definitivamente inoportuno com as palavras "todo um plano" e "já estou decidida". Não que o último ano do ensino médio seja uma surpresa ou coisa assim. A surpresa é só que eu ainda não tenha nenhum tipo de perspectiva sobre o que vem depois.

– Sério – diz a menina que me chamou –, pais são tão competitivos hoje em dia que todos os distritos escolares por aqui saíram de controle.

Estou prestes a concordar com a cabeça quando todas nos crispamos com o chiado e o rangido de um microfone barato sendo ligado.

– Ei, Acampamento Sem... Reynolds!

É Savvy, em cima do pequeno palco elevado logo à frente do centro dos bancos. Apesar do ar perpetuamente úmido, o cabelo e a maquiagem dela estão imaculados como sempre, mas agora ela está usando uma regata com o nome do acampamento estampado por cima de um short cáqui e tênis pretos reluzentes. Um silêncio cai sobre os campistas, exceto pelas meninas ao meu lado, que começam a sussurrar ao mesmo tempo.

– Ai, meu deus, é *ela*.

– Aquele short é uma graça.

– Ela é mais baixa do que eu imaginava!

– Mas *tão* mais linda na vida real...

– Psiu – uma das outras monitoras as silencia enquanto as engrenagens de meu cérebro começam a trabalhar e me dou conta de que sem querer vim parar ao lado de todo um fã-clube de Savannah Tully. Eu as examino pelo canto do olho e vejo três rabos de cavalo altos e três pares de tênis idênticos e imediatamente pego outro chiclete para mascar e aliviar o estresse.

– Como vocês sabem, passamos por uma certa reformulação este ano – diz Savvy. – Ainda estamos fazendo algumas mudanças, então agradecemos por ter paciência conosco. Mas estamos muito orgulhosos em anunciar a primeira edição oficial do Acampamento Reynolds e felizes por ter vocês aqui.

Estou esperando os aplausos contrariados que estou acostumada a ouvir na escola, mas o volume sobe em uníssono – crianças assobiando e gritando e batendo palmas. O barulho perdura, e percebo que não é apenas a *hype* da presença de Savvy. Muitos dos adolescentes já estiveram aqui antes. Eu sou a intrusa desanimada.

Tento fazer contato visual com Savvy, mas ela desvia o olhar assim que nossos olhos se encontram. Os meus demoram demais para se desviar, e me sinto uma verdadeira idiota por isso.

– Se pudermos, hum, começar com todos se agrupando com base no itinerário em que estão? – diz Savvy para o grupo, parecendo fazer de tudo para apontar o rosto em qualquer direção que não a minha. – Preparação para o vestibular no meio, preparação para matérias avançadas à minha esquerda, e campistas em geral à minha direita.

As meninas começam a se levantar com suspiros relutantes, mas seguro o cotovelo da 1560, e as outras duas hesitam.

– Esperem – sussurro. – Ouvi que eles perderam as listas. Talvez, se não sairmos daqui, eles não tenham como saber que estamos matriculadas na turma do vestibular.

"Já Tenho Todo um Plano" estreita os olhos.

– Espera, está falando sério?

– Só… aguenta aí por um segundo – digo. – Se formos pegas, podemos só fingir que nos confundimos.

Ficamos em silêncio, deixando a multidão de campistas nos engolir até estarmos no meio do bando. Tenho tanta certeza de que vamos ser pegas que começo a mascar o chiclete com violência.

– Ah – diz a menina que me chamou primeiro. – Não podemos… – A mesma monitora de antes nos silencia, e todas calamos a boca e nos voltamos para a frente, com medo de estarmos prestes a ser pegas tentando fugir da preparação para o vestibular.

– Quanto ao que esperar... agradeço por terem lido as novas regras de antemão, e já agradeço por as respeitarem durante sua estadia aqui. Pode ter parecido muita coisa, mas é tudo bem simples, na verdade...

Estouro uma bola, e Savvy para no meio do som, finalmente olhando para mim. Estou tão chocada que demoro um segundo para me dar conta de que todos os campistas também se viraram. Lambo o chiclete de meus lábios e retribuo o olhar, achando que tem algum inseto vagando pela minha cara e ninguém quer me contar.

– Hum. – É Savvy, falando comigo. Falando *comigo*. Dou um passo para trás, perguntando-me se ela perdeu a cabeça quando ela acrescenta: – Desculpa, mas... vou ter que te dar um demérito.

Eu a encaro, e todos parecem inclinar a cabeça como se estivessem passando por um acidente e quisessem ver melhor.

– Espera. Quê?

A menina ao meu lado encosta em meu cotovelo, a voz baixa e hesitante:

– Hum, é proibido chiclete no acampamento – diz. Ao menos, ela parece tão infeliz em dar a notícia quanto estou em recebê-la.

Deve ser uma pegadinha, mas, quando olho ao redor, nenhum campista parece perturbado. Antes que a parte de meu cérebro responsável pelo bom senso se ative, eu solto:

– Está de *putaria* comigo?

– O que você disse?

A voz atrás de mim é de uma pessoa velha demais para ser uma monitora, ou mesmo chefe de monitoria. Tem uma autoridade que me dá absoluta certeza de que estou ferrada mesmo antes de me virar.

Dito e feito, é uma mulher com uma prancheta e um crachá que diz VICTORIA REYNOLDS. Ela tem o cabelo grisalho e olhos cinza do mesmo tom, que estão focados em mim de uma forma que me faz querer me certificar de que não entrei em combustão.

– Desculpa a interrupção – ela diz às outras. E, para mim:

– Mocinha, pode vir comigo.

Abro a boca para protestar, mas um único não sutil da cabeça dela é tudo de que preciso para pensar melhor. Em vez disso, encaro Savvy, torcendo para entrever alguma pontada de remorso, algum sinal de arrependimento em seu rosto, mas ela nem olha para mim. É como se eu não fosse ninguém para ela. Como se nem existisse.

Então me viro e me afasto da fogueira, de cabeça erguida e mascando o chiclete infrator com tanta força que meu maxilar estala, sem olhar para trás.

sete

– Quem ensinou você a lavar louça, o Hulk?

Paro no meio da lavagem assumidamente hostil do prato em minha mão e viro a cabeça em uma fração relutante de centímetro. É o menino de hoje à tarde, com um sorriso idêntico na cara, como se tivesse ficado ali desde o começo.

– Bom – ele diz, já que não respondo –, se todo o lance de lavar a louça não der certo, pelo menos você pode tentar uma boa carreira substituindo a mascote de alguma marca de chiclete.

Então ele é do tipo conversador. Que pena. Qualquer curiosidade que eu tinha sobre ele foi pelo ralo junto com as sobras de chili que estou lavando desses pratos gosmentos.

Ele se apoia na pia, observando-me seguir a rotina vigorosa de lavar, secar, empilhar.

– Meu nome é Finn, aliás.

Abro um sorriso tenso para ele. Ele o contempla e solta um suspiro exagerado.

– Tá – diz. – Eu ajudo você. Mas só porque você parece meio triste. – Uma pausa. – E também porque fui encarregado de trabalhar na cozinha.

– O que *você* fez?

Ele faz que não é nada.

– O que eu não fiz? Não dá para se safar de nada sob o regime novo – conta. – Parece até que estão todos de *putaria* comigo, se é que me entende.

Hesito, a torneira ainda escorrendo água quente na pia ensaboada.

– Não vi você na área da fogueira – acuso.

– Ah, então, você estava procurando por mim?

Normalmente isso me deixaria envergonhada, mas não ligo para o que esse tal de Finn pensa a meu respeito. Estou brava demais para ligar para o que qualquer um pensa, na verdade. Uma semana de trabalho na cozinha depois do jantar delegado por uma mulher de sessenta anos com um apito pendurado no pescoço faz isso com uma pessoa.

– Eu estava lá. Talvez um pouco ocupado com a placa que dizia "Acampamento Reynolds" que eu estava pichando, mas com certeza estava lá.

Suspiro, dando a ele o prato úmido escaldante em minhas mãos. Ele o pega com tanta animação que penso que estava torcendo para que o obrigassem a trabalhar na cozinha.

– Está planejando me dizer seu nome ou vou ter que te dar um?

Eu o ignoro, passando outro prato para ele. A questão é que Savvy está me evitando. Depois que Victoria me encarregou de trabalhar na cozinha e me deu um sermão daqueles sobre palavrões e um folheto com a longa lista de regras que ela não estava nem aí que eu desconhecia, não vi mais Savvy em lugar nenhum. E, quando por fim a encurralei perto das cabanas horas depois, ela teve a audácia de achar que eu estava indo me desculpar com *ela*.

– O que eu poderia fazer? – sussurrou, furiosa. – É meu primeiro dia como monitora. A mais nova que já tiveram, aliás, porque Victoria *confia* em mim. E então você aparece e testa de propósito minha autoridade na frente de todo mundo...

– Desculpa, desde quando o que eu coloco na boca é regulado por sua *autoridade*?

– Você nem se deu ao trabalho de ler as regras? – Antes que eu possa responder, ela solta um bufo e dá um passo para trás com uma leve aversão. – É óbvio que não.

– O que quer dizer com isso?

Ela respirou fundo, olhou pelo canto do prédio – para confirmar que ninguém a estava vendo com seu par sanguíneo delinquente, imagino eu – e disse:

– Escuta, vamos esquecer isso. Temos coisas mais importantes com que nos preocupar. Venha à sala de recreação durante o horário vago antes do toque de recolher.

– Não posso – disse a ela. – Graças a você, tenho que trabalhar na cozinha depois do jantar por uma semana.

Poder jogar essa pequena bomba em cima dela e ver a boca dela formar um "ah" de surpresa involuntário quase fazia o castigo valer a pena. Eu já havia descoberto que Savvy não era uma pessoa que lidava bem quando os outros atrapalhavam seus grandes planos.

Então suas sobrancelhas se franziram, e ela apontou para mim. *Apontou* para mim. Como se estivéssemos num filme da sessão da tarde e ela fosse a Professora Extradesapontada.

– A culpa é sua, de mais ninguém.

Pensei que acabaria por aí, porque ela deu meia-volta para retornar ao acampamento. Mas soltei uma risada que era quase um bufo, um som feio que eu nunca tinha ouvido sair de minha boca antes. Quase fiquei orgulhosa de mim mesma – um talento oculto desbloqueado – até isso fazer Savvy desfazer a volta e dizer:

– Se você veio só para causar problemas, por que se deu ao trabalho, então?

Ela falou rápido, sem nem olhar para mim, mas doeu mesmo assim. E, de repente, toda a raiva que eu estava tentando acumular se esvaiu, e virei mais uma poça do que uma pessoa. Não fazia nem uma semana que eu era a irmã mais nova de alguém, e já tinha estragado tudo.

– Vai ser Babalu, então – diz Finn, tirando-me de meus pensamentos e me trazendo de volta aos pratos que estou esmurrando com a esponja. – A menos que seus pais tenham te dado um melhor.

– Não importa – digo. – Amanhã vou cair fora daqui.

– Hum, como é que é?

– Vou embora.

– Hum – diz Finn, sentando-se em cima da bancada sem a mínima pressa para secar os pratos. – Então, qual é o plano? Subir a trilha de três quilômetros até a estrada principal e mostrar o polegar até um residente local ter pena de você? Ou nadar de volta ao continente e pegar carona com um peixe?

Só conto para ele porque ainda estou criando coragem para levar isso adiante. Dizer em voz alta torna menos apavorante.

– Vou ligar para meus pais.

– Eita. Tão ruim assim? – ele pergunta. – Escuta, Savvy ladra mas não morde, então se foi isso que fez você se voltar contra o Acampamento Reynolds...

– Eu nem queria estar aqui, para começo de conversa.

Só agora que digo isso percebo como é verdade. Mesmo antes de estragar tudo e ir parar no topo da lista maldita de Savvy, não consegui conter minha inquietação – a sensação de que muitas coisas que dava como certas estão se desfazendo, e nem estou lá para presenciar o desastre. Meus pais mentiram para mim sobre Savvy. Connie pode ter mentido para mim sobre Leo. E a distância entre mim e eles só parece multiplicar essa estranheza dez vezes mais do que se eu estivesse em casa.

Seria mais fácil ir embora. Fingir que as últimas vinte e quatro horas nem existiram. Ninguém ficaria bravo, ninguém ficaria magoado.

– O que trouxe você até aqui, então? – Finn pergunta. – Você é uma daquelas loucas por tirar notas altas, que pensam que é Stanford ou nada?

– O exato oposto.

– Então você é uma fã de Savvy?

Franzo o nariz.

– Bem que ela queria.

Finn consegue secar exatamente um prato. Preciso me esforçar para não aplaudir.

– Devo dizer que estou impressionado; costuma demorar muito mais do que três segundos para irritar Savvy.

– Acho que pelo menos nesse sentido sou uma boa aluna.

– Sabe, seria uma pena se você fosse embora agora.

Eu deveria perguntar o porquê, mas na real não dou a mínima para o que ele tem a dizer. A única coisa que quero é lavar esses pratos, encontrar Leo para explicar toda essa confusão e fazer o possível para pegar a primeira balsa para fora desta ilha logo cedo.

– É só que, sem Wi-Fi decente para assistir a mais do que vinte segundos de Netflix, a briguinha de vocês foi a coisa mais próxima de entretenimento digno de maratona que conseguimos ter.

Reviro os olhos.

– O que torna tudo mais engraçado é que vocês são *estranhamente* parecidas. Mais do que qualquer uma das Savanáticas dela. – Finn pausa, conseguindo fazer ainda menos progresso em secar seu segundo prato. Nessa velocidade, vamos passar a noite toda aqui. – Quer dizer, é assustador. Até essa cara de "cala a boca, Finn, você está me deixando maluca" que você está fazendo agora é igualzinha à de Sav...

– É claro que é – falo, sem pensar. – Ela é minha maldita irmã.

Talvez eu tivesse meia chance de fingir que isso foi uma piada ruim se não tivesse derrubado o prato sem querer, ficando paralisada enquanto ele quica na parte emborrachada do chão da cozinha e se espatifa nos azulejos embaixo da pia. Eu me abaixo para pegar os pedaços e, quando me levanto, Finn está me encarando com a boca escancarada.

– Puta merda.

Viro as costas para ele para colocar os cacos no lixo. Não tem importância. Afinal, eu e Savvy não fizemos nenhum tipo de juramento nem pacto de sangue de que não contaríamos para ninguém.

– Certo, certo, volta um pouco, Babalu. Savvy é adotada.

Ignore. Se você o ignorar, ele vai embora.

– Então você é o quê? Meia-irmã dela?

– Sou uma pessoa que *vai embora* amanhã, isso sim.

– Como você a encontrou? Você a *stalkeou* até aqui? – Os olhos dele estão brilhando, adorando cada minuto disso. Ele está curtindo tanto a estranheza que é a minha família que estou com dificuldade de acompanhar, e olha que a vida é minha. – Você está dando uma de *Mulher solteira procura* com o sangue de seu sangue?

Isso me faz rir, só porque nem se eu tentasse eu gostaria de ser menos como Savvy e suas regras idiotas.

Finn continua tagarelando como se estivesse escrevendo a próxima minissérie policial da HBO baseada em livro.

– Está, *sim*. E ela nem sabe que você está, não é? Ela só está cuidando da própria vida, postando os sucos dela no Instagram, e você está espreitando nas...

– Ela *pediu* para eu vir. – Parto para cima dele de maneira tão inesperada que ele dá um passo exagerado e cômico para trás, erguendo as mãos em sinal de rendição. – Ela é minha irmã bilateral, aliás, e foi ela que entrou em contato *comigo*. É ela quem quer entender por que nossos pais não nos contaram nada sobre isso, e foi *ela* quem me arrastou para essa merda de lugar de estudo devorador de almas e proibidor de chicletes. – Respiro, firmando a resolução que vem crescendo dentro de mim desde que essa tarefa de louça infinita começou. – Então, sim, vou embora. Não tenho interesse em passar o resto do verão me sentindo que nem uma idiota.

É quase satisfatório ver o sorriso presunçoso ser arrancado da cara de Finn. Isto é, até eu ouvir o *woosh* das portas da cozinha se abrindo e ver Leo entrando quando me viro. Está na cara que ele ouviu tudo. Ele para ali, o avental numa mão e algo embalado em um papel-alumínio na outra, e ele olha para mim como se eu tivesse duas cabeças.

– Leo – exclamo. O turno dele já tinha acabado. – O que você está fazendo aqui?

– E aí, cara – diz Finn, falando mais alto que eu. Não que

precise muito. Minha voz é tão baixa que mal a escuto. – Como vão...

– O que você acabou de... – Ele para, vendo minha cara e recalcula a rota. Mesmo nesse momento, quando tem todo o direito de ficar bravo, está pensando mais em meus sentimentos do que nos dele... mas não consegue evitar transparecer em sua voz, uma mágoa tão baixa e profunda que parte meu coração. – Você veio para cá por causa de Savvy.

Seus olhos se fixam nos meus, com uma intensidade que me faz sentir como se todas as coisas do refeitório tivessem parado de repente. Até a boca de Finn se fecha, e ele dá um passo para trás como se tentasse sair da frente do que quer que esteja acontecendo no espaço de três metros entre nós.

– E agora você vai embora?

– Ia procurar você para explicar – digo, às pressas.

Eu me preparo para que ele peça uma explicação, mas o que acontece em vez disso é pior. Ele meio que apenas se encolhe, e seus olhos se afastam dos meus, na direção da saída dos fundos.

– Leo, espera.

Ele não espera. Finn aponta a cabeça para a porta, dizendo um *Vai* silencioso.

Não hesito, correndo pela cozinha embora tenham me dito explicitamente para não correr pela cozinha, além das cerca de um zilhão de outras regras sobre as quais Victoria me alertou antes do jantar. Mas, quando saio para o terreno do acampamento, uma névoa densa caiu sobre a ilha, cortada de leve pelas luzes de orientação em cima das cabanas. O fundo das cozinhas me faz dar diretamente na encruzilhada principal que se divide em cinco direções diferentes, e não vejo as costas de Leo em nenhuma delas.

Quero escolher uma ao acaso e correr por ela, pensando na chance remota de escolher a certa e o alcançar, mas aí é que está. Consigo ser mais rápida do que ele, mas não tenho como fugir do que acabou de acontecer lá dentro. A essa altura, não sei nem se consigo saber o que estou fazendo.

oito

– Hum, Abs, não que seja ruim falar com você... mas são quase duas da tarde na Itália e, pelas minhas contas, significa que o maldito galo nem cantou em Seattle.

Eu me crispo, segurando o telefone perto do ouvido e me virando para evitar o olhar do funcionário do acampamento que, com relutância, me deixou entrar na secretaria depois que fiquei parada na entrada como uma cachorrinha perdida.

– São cinco da madrugada – digo a Connie, envergonhada.

– Que horror. O que fizeram com você aí?

A verdade é que liguei com toda intenção de perguntar sobre Leo e dissecar a conversa que ela teve com ele tantos meses atrás. Mas, assim que escuto a voz dela do outro lado da linha, tudo o mais sai de mim mais rápido do que a pergunta.

– Connie, você não vai acreditar. Mas *Leo* está aqui. Aparentemente este é o Acampamento Sempre-Viva com um nome novo. Dei de cara com ele na maldita balsa.

– Espera, quê?

– Ele conhece Savvy há muito tempo...

– Espera, *quê*?

– ... mas está furioso comigo...

– Hum, volta um pouquinho.

– Não que isso importe, porque vou cair fora daqui assim que der a hora de ligar para meus pais. Oito da manhã deve ser o ideal...

– Abby. *Abby*. Espera aí. Vou... dar uma grande mordida nessa *sfogliatella* – ela diz, com um italiano perfeito porque, afinal, é Connie, que chegou perto da fluência por diversão no semestre passado. – Depois vou mastigar e processar tudo que você acabou de dizer.

Depois de vários segundos mastigando, ela limpa a garganta e fala:

– Certo, primeiro de tudo, tirando minha inveja extrema por vocês poderem passar o verão juntos sem mim, por favor, explica por que Leo está bravo? Pensei que ele não tinha um barômetro de raiva muito diferente do que o de um cachorrinho.

Solto o ar e espero até embaçar a janela da secretaria.

– Eu... talvez tenha me esquecido de contar para ele sobre Savvy.

Um momento se passa.

– Você esqueceu?

O que quer dizer que ela não acredita, assim como Leo dificilmente vai acreditar.

– Sou uma escrota – digo, para não ter que me aprofundar nesse assunto.

– Você não é uma escrota. Uma lição de vida sobre as consequências de evitar conflitos, sim, mas uma escrota, não.

– Não, sou sim. – Eu me afundo numa das poltronas e apoio a cabeça no encosto. – Até Savvy me odeia. Irritei todos os meus melhores amigos *e* minha irmã secreta, e nem passei um dia inteiro aqui. Vou para casa.

– Espera um minuto. Então você está me dizendo que invadiu todos os meios de comunicação de seus pais e foi até aí para agora simplesmente desistir?

Ai, caramba. Lá vem um dos famosos discursos motivacionais de Connie. Eu me preparo para escutar, embora estivesse esperando por um. Eu não teria ligado se não estivesse esperando por um.

– Tipo... eu queria saber o que aconteceu com nossos pais. Mas não o suficiente para me torturar pelas próximas quatro semanas.

– Em primeiro lugar, esqueça seus pais – diz Connie, sem hesitar. – Aquela menina é sua irmã, caramba. Você sabe quanto eu queria uma dessas?

Connie passou a maior parte da infância pedindo um irmão para os pais, súplicas que normalmente chegavam a um ápice sempre que nascia um de meus irmãos. Toda vez que alguém pensava que éramos irmãs, esse era o ponto alto da semana dela. Assim que tivemos permissão de passear pelo shopping sozinhas, Connie vivia tentando fingir que éramos irmãs – *Posso ficar num provador ao lado do da minha irmã?* ou *Minha irmã está guardando lugar para a gente ali.* Era divertido, tanto porque era uma brincadeira como porque Connie de fato *é* como uma irmã para mim. Mas, para Connie, não era tanto uma brincadeira, e sim seu maior desejo.

– E o universo simplesmente te deu uma de bandeja. Você está me dizendo que não quer conhecê-la?

– Acho que *ela* não quer *me* conhecer – me defendo.

– E você vai mesmo se torturar? Você não levou sua câmera? Não vai fazer novos amigos?

Quero dizer não, para poder justificar a partida. Mas aí é que está o problema – ou os três problemas, acho. As "Savanáticas" de Finn.

Voltei para a Cabana Phoenix ontem à noite sentindo-me como a sujeira na sola do sapato de alguém, mas quando abri a porta virei uma heroína de guerra condecorada – estavam todas esperando por mim e, assim que cheguei, a cabana irrompeu em vivas. Quando percebi que o barulho todo era para mim e não porque o saco de dormir de alguém tinha pegado fogo, elas me disseram que as três tinham conseguido se inscrever para atividades recreativas durante o horário de preparação para o vestibular do dia seguinte e ninguém tinha desconfiado de nada.

– Você é nossa salvadora, Abby – disse Cameron, aquela que tinha me chamado para sentar. Ela já tinha colocado outro conjuntinho de legging e regata no mesmo tom de néon, seu sorriso tão luminoso quanto o tecido.

– Nosso anjo – concordou Jemmy, do Time Não Vou para a Faculdade, saltitando no beliche para pegar o salgadinho que, sabe-se lá como, ela conseguiu trazer e me oferecendo um pouco.

Izzy, também conhecida como 1560, colocou uma toalha ao redor de meu pescoço fazendo as vezes de faixa decorativa e declarou:

– Uma libertadora de vestibulandos reféns do mundo inteiro.

Depois, passamos muito tempo conversando, criando um laço por nosso pavor mútuo de redigir ensaios de admissão universitária, contando uma para a outra o número já alarmante de picadas de mosquito no escuro e abrindo o pacote gigantesco de chiclete que eu tinha escondido na mala. Não me lembro de parar – só meio que capotamos durante a conversa. Quando dei por mim, era quase dia, e eu estava saindo de fininho para falar com Connie.

– Eu... acho que as pessoas aqui são legais.

– Viu?

– O problema é que todas acham que Savvy é infinitamente mais legal que eu.

– Quer saber, Abby? Acho que isso assusta você. Esse lugar novo e essa pessoa nova com que lidar. E esse é o motivo por que isso é bom para você. Acho que você deveria encontrar uma maneira de aproveitar.

Ela não está errada. Estou, sim, assustada. Acho que nunca nem me permiti sentir como tudo isso é profundo até ouvir da boca de Connie, e agora parece meio que um tipo de reservatório em mim, algo que venho tentando preencher desde muito antes de Savvy ou do acampamento ou de qualquer outra coisa aparecer.

– Além disso, sou infinitamente mais legal, e você nunca teve nenhum problema em andar comigo, né?

Minha risada fica presa.

– Queria que você estivesse aqui – digo, baixo. Minha vida pode estar um caos, mas nunca chegou a um nível em que não bastasse uma conversa com Connie para trazer tudo de volta aos eixos.

Connie solta um *hum* baixo e triste.

– Queria que você estivesse *aqui*. – Antes que eu possa responder, ela me tranquiliza: – Mas, ei, pelo menos vamos voltar mais ou menos na mesma época.

Nós duas não deixamos de notar a suposição muito ousada de que vou continuar no acampamento. Mas é isso que Connie faz – quando quer fazer algo acontecer, em nove dentre cada dez vezes, ela consegue o que quer, e na décima vai mudar de ideia quando você menos desconfia. Apavorante para nossos professores, mas extremamente útil em uma melhor amiga.

– Me conta sobre a Itália.

– Ah, não é nada de mais. Só a melhor comida que já comi na vida e paisagens de tirar o fôlego e história antiga fascinante a cada esquina. Vou colocar algumas de minhas fotos incríveis no Dropbox para você ver como estou cansada disso.

Sorrio para o fone.

– Coitadinha.

– Ei – diz Connie. – Quando voltarmos, será que dá para termos um tempo só para nós? Sei que vejo você todo dia na escola, mas parece que faz séculos que não *vejo* você, sabe?

– Sei. Entendo o que quer dizer.

– Podemos pegar o carro de minha mãe emprestado. Fazer um piquenique na praia Richmond.

Connie é a realista da dupla, então odeio ter que ser eu a lembrar o que vai acontecer em agosto. Não vou escapar da segunda sessão de recuperação, e ela vai estar com a cara enfiada na montanha de leituras obrigatórias para as matérias avançadas, e nossa janela de tempo para se ver vai só diminuir a partir de então.

Mas temos que tentar. Vou enfiar o pé na janela e arrombá-la se for preciso. Connie pode estar certa sobre ficar, mas, se estiver, é só porque ela me conhece melhor do que eu mesma – e não há ninguém melhor para me dar conselho sobre minha irmã do que a irmã que já tenho.

– Supondo que você não seja arrebatada por um italiano alto e fugir com ele de lambreta rumo ao pôr do sol? Parece um bom plano.

Conversamos por mais uns dez minutos, e só depois que saí da frente do funcionário ainda muito desconfiado, voltando ao silêncio arrepiante do acampamento vazio percebo que não cheguei a perguntar sobre Leo. Não me faltou tempo, e mesmo assim consegui desviar como se fosse um carro na contramão. Não consegui pensar numa forma de perguntar a Connie sem dar a entender que ela poderia ter mentido.

Mas, quanto mais me afasto da secretaria, mais penso que talvez isso seja diferente de minha "evitação de conflito" habitual. É uma boa e velha autopreservação. Connie não mentiria, o que significa que já sei que Leo não gosta de mim – assim como sei que vou ficar de coração partido se eu ouvir isso de novo.

Antes que eu possa decidir se dou uma de rebelde e ligo para meus pais mesmo assim, dou de cara com Cameron, que me arrasta para o refeitório. Tento me esquivar mentindo que vou ao banheiro, mas Jemmy enfrenta a fila até o balde gigante de Nutella e, radiante, dá colheradas para todas nós. Depois que as devoramos, Izzy praticamente me imobiliza na cadeira para arrumar meu cabelo num rabo de cavalo alto igual ao delas, com tanta determinação que ou era ser a Barbie pessoal dela ou sofrer sua fúria pessoal.

Ponho a mão no cabelo quando ela termina, sabendo que é o rabo de cavalo de Savvy, ou o mais próximo dele que meu cabelo frisado consegue ficar. Assim como seus brinquinhos de Savvy e seus tênis de Savvy e suas tigelas de café da manhã inspiradas por Savvy – um misto de mingau, iogurte, pedaços de frutas, castanhas e manteiga de amêndoa salpicada que elas mesmas prepararam, diretamente de um dos stories que Savvy postou no Instagram na semana passada. É irritante, mas ao menos também estamos nos deliciando com as rabanadas e os omeletes de forno de Leo e Mickey, mesmo que não sejam instagramáveis.

Sinto um aperto no peito ao pensar em Leo. Não o vejo desde que ele fugiu na névoa ontem à noite, mas basta uma mordida da rabanada para saber que ele está aqui. Ninguém em toda minha vida chegou tão perto de acertar tanto a proporção de ovo e pão na rabanada como Leo, e alguém *definitivamente* enfiou canela no omelete de forno, a jogada mais característica de Leo que existe.

— Certo, mais uma delas juntas, e depois comemos? – pergunta Jemmy, empurrando todas as tigelas para o centro enquanto Cameron paira sobre elas com o celular.

Dá mesmo uma foto incrível, relaxante e colorida. Queria que minha vida pudesse ser tão ordenada quanto a estética de mingau delas, mas está muito mais para os restos do pobre balde de Nutella de que metade do acampamento está abusando no canto do salão.

— Olha quem ainda está aqui.

O resto da Cabana Phoenix ergue as sobrancelhas, curiosas diante do recém-chegado, que apoia uma perna na cadeira vazia a meu lado mas não se senta. Nem me esforço para conter o suspiro, mal erguendo os olhos para cumprimentar Finn.

— Pensei que você já estaria no meio do caminho para o continente – ele diz.

Isabelle fica boquiaberta.

— Sério, Abby? Acabamos de chegar!

— Tipo, sei que foi meio chato ontem, mas foi um mal-entendido – diz Jemmy, colocando mais uma colherada de manteiga de amêndoa no mingau dela.

— Além disso, hoje você já deve estar se sentindo melhor sobre aquilo, certo? – pergunta Cameron.

Olho para os rostos sinceros ao redor da mesa, ao mesmo tempo envergonhada e contente pela ideia de elas se importarem se fico ou não.

– Não se preocupem, meninas – diz Finn, tirando a perna da cadeira. – O comitê de desertores do acampamento está cuidando do caso.

Ele me oferece o cotovelo.

– Não podemos sair – digo, categórica. – É contra as regras.

– As regras só contam se você for pega. – Ele abre um sorriso presunçoso. – E comigo você não vai ser pega.

– As duas horas de trabalho na cozinha de ontem dizem o contrário. – Viro as costas para essa imitação de Han Solo e me volto para meu prato. – E você ainda não me deu um bom motivo para abandonar essa rabanada.

– Nós guardamos para você – diz Jemmy, apontando a cabeça para Finn com um olhar conspirador.

E, sim, passa pela minha cabeça que, sendo sincera, Finn não é feio. Ele até que é bonitinho, com aquela cara de cachorro desgrenhado e malandro.

Mas ele não é Leo e, agora, Leo está ocupando cerca de 90 por cento do triplex em meu cérebro.

Olho na direção das portas da cozinha. O esforço que ele faz para me evitar está ficando absurdo. Afinal, eu não queria que nada disso acontecesse. E sim, o ideal era que eu tivesse contado para ele na balsa, mas é compreensível que eu tenha ficado confusa depois que ele me jogou aquela bomba de gelo de *eu superei*, certo?

– Escuta, tenho um plano infalível para resolver todos os seus problemas – diz Finn. Seu olhar seguiu o meu até a cozinha, deixando claro que ele sabe exatamente em qual problema em particular estou fixada.

Estreito os olhos, mas, de todas as pessoas neste refeitório, ele deve ser mesmo a mais preparada para ajudar. Ao menos, a pessoa mais preparada que eu conheço. Ele é claramente próximo daqueles que vêm aqui desde criancinhas, incluindo Savvy e Leo.

– Vai demorar cinco minutos – ele diz, quase com certeza mentindo. – Dez no máximo.

Tiro os olhos das portas da cozinha, enfiando mais uma garfada do omelete na boca.

– Tá, vai.

dez

Todo o lance de *sigam-me os bons* de Finn poderia ser mais encantador se ele não me guiasse diretamente para a beira da mata, tão densa e úmida que o lugar parece estar quase implorando para se tornar o cenário de um documentário policial. O que, para ser justa, poderia ser dito de todas as bordas da floresta ao redor do acampamento.

– Ah, ótimo – digo, sarcástica. – Mais uma regra para eu levar sermão por quebrar.

Não sei bem ao certo se a regra em questão é que é proibido sair escondido durante o café da manhã para uma floresta digna de assassinatos, mas o revirar de olhos de Finn parece confirmar que sim.

– Eles vão ter que flexibilizar essas regras em algum momento. A maioria de nós tem vindo aqui desde muito antes dessas regras idiotas e estamos todos inteiros, não estamos? Tirando uma ou outra irmã secreta aparecendo do nada.

Ignoro, sem ter total certeza de que ninguém pode nos ouvir.

– Parece que você também não está tão a fim de estar aqui.

Pela primeira vez no tempo curto em que o conheço, Finn fica em silêncio.

– Bom, o Acampamento Nem-Sempre-Tão-Verde-Afinal é um saco, mas não tenho tantos outros lugares para ir, afinal – ele diz depois de uma pausa, em um tom que é um pouco casual demais. – Além disso, está na cara que eu estava destinado a estar aqui e resolver essa maluquice para você.

Chegamos ao limite do acampamento. Dou meia-volta, mas não tem ninguém nos vigiando. Aproveito a oportunidade para tirar uma embalagem de chiclete do bolso de trás e enfiar um na boca.

– Você é boa em subir em árvore? – Finn pergunta.

Penso em todas as coisas que já escalei na vida, desde árvores à van de eletricista e até, literalmente, o teto de nossa escola, tudo em busca de um bom ângulo para fotos.

– Até demais. Por quê?

– Porque temos que subir em uma para conseguir falar com a fantasma.

Essa provavelmente é a parte em que eu deveria dar meia--volta e deixar Finn a sós com suas alucinações de segunda categoria.

– Sem falar que a vista é da hora – ele diz, imitando uma câmera com os dedos e fazendo um som de clique com a língua. Ele deve ter me visto mexendo em Gatinha no café da manhã. – Aposto que você ainda não tirou nenhuma foto boa desde que chegou aqui.

Tá, aí ele me convenceu. Mesmo se formos pegos, ao menos posso conseguir registrar algumas paisagens boas da ilha e da água antes de nos botarem para fora. Apalpo a mochila, confirmando que Gatinha está relativamente segura, e deixo Finn mostrar o caminho.

– Então, basicamente uma menina caiu de cara, tipo, nos anos cinquenta ou coisa assim. Não adianta jogar no Google, mas aconteceu mesmo. Ela estava subindo numa árvore e quebrou, tipo, todos os ossos.

– Pensei que você iria resolver todos os meus problemas, não criar mais.

– Não vamos subir na árvore de que ela caiu; eles a derrubaram. Vamos na árvore ao lado. A Árvore dos Desejos. Você sobe nela e faz um desejo e...

– Cai e morre?

– Gaby, a fantasma que assombra o acampamento, o realiza.

Ele fala isso com naturalidade, guiando-nos pela trilha densa e cheia de raízes entrançadas que leva a uma clareira antes que eu consiga pensar demais se ele é um assassino em série disfarçado de labrador gigante. De fato, há uma árvore no meio dela – o tronco grosso e atarracado, cheio de galhos sólidos, mais fácil de escalar impossível. Por um segundo me esqueço de tudo mais, as mãos coçando para pegar na casca áspera da árvore, para ver quão rápido e alto consigo subir.

– Bom, meu único desejo é dar o fora daqui.

– Não. Você veio aqui por um motivo – diz Finn, tocando a árvore. – E eu trouxe você aqui porque estou entediado e quero saber o motivo.

– Já te falei. – Nem um pouco de propósito, claro.

– Pois é, vou precisar de muito mais do que isso.

Em vez de responder, começo a subir, estendendo a mão para pegar em um galho grosso e colocando os dedos ao redor da casca úmida da árvore, perdendo-me na satisfação de subir mais e mais alto. A árvore já foi tão escalada que quase dá para apalpar os sulcos dos pontos por onde outros campistas devem ter subido. Dito e feito, quanto mais alto subimos, mais vemos pequenas gravações desbotadas na casca: iniciais, pequenos sentimentos, desenhos minúsculos. E, no topo, uma tabuleta com a tinta lascada pregada na árvore com três palavras desbotadas: FAÇA UM PEDIDO.

Eu me acomodo ali e contemplo a vista – camadas e mais camadas de natureza selvagem, árvores grossas que dão lugar a praias rochosas, depois ao azul-claro da água, o branco denso da névoa. Finn está falando enquanto sobe, mais cuidadoso do que eu, mas não consigo ouvi-lo por causa do céu infinito.

Depois de um tempo, ele chega tão perto que o escuto dizer:

– Eu disse. Anda comigo este verão, Babalu, e vou te dar as melhores vistas que este lugar tem a oferecer.

Quando ele diz isso, já estou espiando de trás de Gatinha, com a tampa da lente dela encaixada entre os dentes e usando o outro braço para me abraçar à árvore. Tiro algumas fotos que podem ou não sair boas – devo ter tanto respeito por minha mortalidade quanto um personagem do Looney Tunes, mas nem mesmo eu sou idiota a ponto de testar a sorte conferindo as fotos ou tentando ajustar o foco.

– Acho que o lance da fotografia está no sangue, hein? – ele pergunta.

Respondo com um resmungo, enquanto tiro mais algumas fotos.

– Gosto de estar detrás da câmera, não na frente dela.

Finn solta um riso baixo que me faz pensar que, apesar de toda sua instigação em relação a esta árvore, ele talvez não lide tão bem assim com altura.

– Deve ser difícil ver alguém com a mesma cara que você ficar famosa, hein?

Franzo o nariz.

– Ela não tem nada a ver comigo.

– Er, vocês podem não ser clones, mas você definitivamente é a cara de Savvy. E, olha, não sei há quanto tempo você a conhece, mas ela é da hora. Sabe, por baixo de todo aquele ar de santinha compulsiva louca por hashtags que tira a folha feia da salada para conseguir uma foto boa.

Ele espera, como se eu fosse contrariá-lo. A verdade é que não a conheço bem o suficiente nem para tentar.

– Mas ela também é... não só a amiga para quem alguém pode ligar à meia-noite quando o pneu fura. Mas a amiga para quem se liga quando alguém dá uma de Matt Damon para cima de você e a deixa numa zona de guerra ou em Marte. Ela faria qualquer coisa pelas pessoas que ama.

Não que eu não acredite nele. Eu acredito. Savvy é uma pessoa superintensa, e consigo perceber isso pela maneira como ela cuida dos amigos.

O problema é que não acho que um dia vou estar entre esses amigos.

– Além disso, você sabe que os pais dela são tão ricos que doaram um prédio para o Seattle Center, né? Quase todos os lucros do Instagram dela vão para a caridade. Ela está dando o melhor de si porque realmente quer ajudar as pessoas. Mesmo considerando a quantidade absurda de suco verde que ela já me obrigou a beber, não tem como não respeitar o trabalho dela.

Tenho o impulso de me defender, mas penso que Finn é amigo de Savvy, não meu. Engulo em seco e digo:

– Então você a conhece há muito tempo.

– Desde o começo, basicamente – diz Finn, apoiando-se mais no tronco da árvore para se aproximar de mim. – Eu, Savvy, Mickey e Leo.

É estranho ouvir o nome de Leo listado junto com o deles. Tento pensar em todas as vezes que Leo mencionou Savvy numa conversa, mas é esquisito demais. Apesar de nosso DNA em comum, tenho a sensação de que eu e Savvy estivemos em trajetórias paralelas – vivendo na mesma região, carregando nossas câmeras por toda parte, dividindo Leo –, mas mesmo agora, tendo-a conhecido e sabendo o que sabemos, ainda parece impossível que nossos mundos se toquem.

– Você é Abby, certo? Da lenda de Abby e Connie?

– O que faz você pensar que sou Abby, e não Connie?

– Porque ele marca uma "Abby" no crédito de todas as fotos que você tira para o Instagram de comida dele. – Ele baixa os olhos para o chão, aquela pequena pulsação de nervosismo, e se volta para mim. – Além disso, ele ficou supertriste quando… bom, foi seu vô que morreu no verão passado, né?

Meu rosto fica tão vermelho que tiro a câmera de perto, como se minhas bochechas pudessem atear fogo nela.

– Sim?

– Meus pêsames – diz Finn, esquecendo-se por um segundo de seu pavor de altura. – Digo… parece que vocês eram próximos, pelo que Leo dizia.

– Nós éramos.

Alguma coisa em estar tão alto faz a dor voltar, como se a ferida estivesse ainda mais aberta do que nas semanas depois da morte dele. Talvez porque tenha sido por volta desta época no ano passado que meus pais começaram a nos preparar para a partida dele. Eu sabia que ele estava ficando mais fraco – passávamos tanto tempo juntos que provavelmente entendi o quanto antes mesmo de meus pais –, mas o verão passado foi uma névoa de visitas a hospitais e murmúrios sobre pneumonia e meu tio vindo à cidade. Neste verão consigo olhar para trás com clareza e não vejo uma névoa, mas uma divisão clara. Um mundo em que vovô estava aqui e um mundo em que ele não está mais.

É egoísta pensar que perdi mais dele do que todos os outros, mas eu *tinha* mais dele. Tinha suas histórias de viagens pelo mundo depois de servir no Vietnã, as trapalhadas em que ele se meteu pela Europa e as fotos que tirou de tudo ao longo do caminho. Eu tinha aquele silêncio pacífico e pensativo dele, do tipo que muitos confundem com desinteresse, mas eu sabia que sempre viria alguma reflexão valiosa daquele silêncio se eu esperasse por tempo suficiente. Eu tinha total liberdade com ele de uma forma que meus irmãos, e acho que nem minha mãe, nunca tiveram – acho que nunca fiz uma pergunta para ele que ele não tenha respondido.

Queria mais do que tudo poder perguntar algo para ele agora. Talvez eu até estivesse preparada para perdê-lo. Mas não estava preparada para o que vinha depois dela.

– Desculpa, não quis...

Faço que não tem problema.

– Tudo bem. Mesmo.

Nós dois ficamos ali sentados, inspirando o úmido da manhã.

– Enfim, essa é minha opinião sobre Sav, é pegar ou largar – Finn diz depois de um tempo. Ele bate na plaquinha no alto da árvore. – Mas viemos aqui por um motivo.

Com isso, ele fecha os olhos, interrompendo a conversa abruptamente. Eu o encaro, esperando a piada, mas ele parece estar projetando desejos de verdade para uma menina morta que pelo visto não aceita pedidos a menos que você esteja a mais de seis metros acima do nível do mar.

Solto um suspiro, voltando a guardar a lente da câmera. Já estou aqui em cima mesmo. Não tenho nada melhor para fazer.

Fecho os olhos, sentindo-me idiota, tentando pensar em um desejo. *Queria não ter vindo aqui.* Não ajuda muito, mas é verdade. *Queria que Savvy gostasse de mim.* Abro os olhos, brava comigo mesma por que nem acabo de formular o pensamento e eles imediatamente ardem e se enchem de lágrimas. Ajuda menos ainda, mas também é verdade. *Queria...*

Minha garganta arde, e fico contemplando a névoa, no lugar ao longe onde, se não fosse por ela, deveria dar para ver os bairros residenciais. Não posso ter quase todas as coisas que gostaria de poder desejar. São coisas grandes, como o desejo de que vovô ainda estivesse aqui e não estivéssemos vendendo Bean Well. Ou coisas médias, como o de não me preocupar tanto sobre minha situação com Leo e Connie ou não estar a uma notificação na caixa de entrada dos meus pais de ser pega matando a recuperação. Ou coisas que crescem dentro de mim em um lugar que costumo manter em silêncio – queria ter idade suficiente para fazer o que quero, sair e tirar fotografias por todo o mundo em vez de fazer isso no mesmo bairro pacato vezes e mais vezes.

Queria não me sentir como um problema que meus pais têm que resolver.

E, relutante, algo que talvez seja mais uma confissão do que um desejo: queria saber por que nunca me contaram sobre

Savvy. Queria saber por que mentiram. Queria não me importar como, desde a nossa briga, tenho dito a mim mesma que não me importo, porque me importar vai tornar muito mais difícil dar as costas.

Escondo o rosto atrás do visor da câmera. Chega de desejos por hoje. Antes que a fantasma me empurre da árvore por choramingar e eu tenha que escolher minha própria parte da floresta para assombrar.

– O que você está desejando? – pergunto.

Finn entreabre um olho.

– Acho que coisas para ficar menos na merda.

– Que coisas?

Ele faz um gesto vago com a mão livre.

– Coisas.

Quaisquer que sejam essas *coisas*, ele não tem a chance de elaborar por causa da *coisa* em particular que interrompe nossa comunhão com a fantasma do acampamento: Savvy, gritando com a gente lá debaixo.

– O *que* é que você pensa que está fazendo?

Finn se inclina, baixando a cabeça para olhar para ela. Nem me dou a esse trabalho. Já sei a ruga exata da cara amarrada, o ângulo preciso de seus punhos apoiados no quadril.

– Bom dia, Sav – Finn grita.

– Sério? Você também? Qual é o problema de vocês dois? – E, num piscar de olhos, lá se vai a tentativa de Finn de acalmar os ânimos entre mim e o post patrocinado ambulante.

– Já vou, ó grande monitora, princesa herdeira do Acampamento Reynolds, líder das hashtags…

– Fecha o bico, Finn – Savvy grita. – Nós dois sabemos que

você é ruim demais em subir em árvores para fazer duas coisas ao mesmo tempo.

— Tá, isso foi dez anos atrás. E só caí, tipo, um ou dois metros.

— *Em cima de mim.*

— Mas você morreu?

Desço atrás de Finn, ainda que devagar. A habilidade dele de trepar em árvores é inexistente, por falta de uma palavra melhor. Enquanto o observo descer, fico sem saber como ele conseguiu subir. Eu me concentro em não fazer com que ele tropece, o que me dá tempo de sobra para pensar em algo especialmente mordaz para dizer a Savvy – mas, quando chego ao chão, não tenho nada.

— É literalmente a primeira regra – diz Savvy, andando de um lado para o outro como se estivesse tentando escavar uma fossa ao redor da árvore. — Tipo, nem é uma regra do Acampamento Reynolds, mas uma regra de verdade. *É proibido subir nessa coisa maldita.*

Finn espana a terra do ombro, indo até ela como se estivesse esperando algo. Um abraço ou um cumprimento de mão, ou seja lá o que eles significam um para o outro. Mas Savvy está ocupada demais olhando feio para mim para notar, e Finn para de repente.

— Que bom ver você, Finn – ele diz baixo, numa imitação assustadora da voz de Savvy. — Há quanto tempo, como vão as coisas…

— É assim que vai ser? – Savvy interrompe, direcionando todas as palavras para mim. — Você vai andar por aí e colecionar deméritos como figurinhas?

— Espera, você vai nos dar deméritos?

Savvy não o escuta, olhando feio para minha boca com raiva suficiente para estourar uma veia.

— Cospe esse negócio.

Olho feio em resposta.

– É um *chiclete*, não cocaína...

– Cospe. Esse. Negócio.

Olho bem nos olhos dela e cuspo o chiclete na palma de minha mão, estendendo a gosma lambuzada de saliva para ela enquanto ela recua com repulsa.

– Savvy tem um problema com germes...

– *Você não está ajudando*, Finn – Savvy grita.

O rosto de Finn fica vermelho que nem uma beterraba e ele dá um passo para trás, chutando um pouco de terra.

– É só eles te darem um cordãozinho brilhante de monitora que você pode mandar em todo mundo, hein, Sav?

Isso a irrita tanto que vejo algo que preferia não ter visto. Esse momento de reconhecimento se reflete para mim em seu rosto. Nem é algo que consigo ver, mas que sinto. Não se trata de minha mãe nem de meu pai nem de meus irmãos. Sou eu. Minha própria confusão, meu próprio medo. Ela poderia parecer uma estranha para mim, e eu ainda assim sentiria isso com a mesma clareza.

Ela inspira fundo e diz:

– Vocês dois vão levar deméritos e, quando voltarmos ao acampamento, vão tirar qualquer outro contrabando das malas.

Finco o pé na terra.

– Dane-se. Pegue o que quiser. Eu vou embora.

É quase satisfatório ver a maneira como as sobrancelhas dela se erguem.

– Você não vai a lugar nenhum. Você prometeu...

– Eu não *prometi* nada.

Ela dá um passo abrupto em minha direção, sacando a última carta de seu baralho e a usando sem dó nem piedade.

– Era para você ser minha irmã.

Abro a boca para dizer alguma coisa da qual vou me arrepender, mas Finn é mais rápido do que eu.

– E era para você ser minha *amiga* – ele diz.

– Finn, o que você...

– Mas acho que você está ocupada demais para ser minha amiga agora que sou só um campista e você está mandando neste lugar maldito – ele diz.

– Não é verdade. Eu não... – Um alarme toca no celular de Savvy. – Merda. Preciso ir. Vou dar uma aula de ioga.

Finn bufa.

– Óbvio.

– Vamos conversar – ela diz para ele, aproximando-se para lhe dar um abraço rápido. Acontece rápido demais para ele reagir, tão rápido que não estou esperando o fervor nos olhos dela contra mim no instante seguinte. – E você... Vejo você à tarde. O chiclete precisa ir. Sério. Se algum monitor pegar você, vai ser muito menos tolerante.

Ela sai andando pela trilha sem esperar para ver se estamos indo atrás. Fico ali parada, em choque, com o chiclete na mão e o queixo caído.

– Tolerante? – repito, perplexa. – Além disso, ela... não ouviu a parte em que falei de maneira muito explícita, a centímetros dos ouvidos humanos dela, que vou embora?

Finn abana a cabeça com tristeza.

– Acho que ela tem coisas mais importantes com que se preocupar agora do que melhores amigos ou parentes de sangue. – Ele suspira. – É melhor voltarmos para o acampamento antes que ela nos dedure para Victoria.

Sinto uma pontada de solidariedade por ele, ainda mais aguda que minha irritação com Savvy. Ele passou os últimos dez minutos a defendendo de todas as maneiras, e ela veio e acabou com ele. Pode ter sido ele que me arrastou até aqui, mas não consigo evitar me sentir responsável pelo que aconteceu.

– Quer mascar doze pacotes de chiclete em quatro horas antes que Savvy os pegue? – pergunto, tentando animá-lo.

Finn olha para mim com um brilho travesso no olhar.

– Na verdade, sim. Mas só se você topar uma ideia supernojenta.

– Acho que por hoje já atingi meu limite de ideias questionáveis dadas por você.

– Mesmo se for uma que deixe você quite com Savvy?

Eu não deveria alimentar isso. Ela já está irritada demais.

O problema é que eu também estou.

– Só se der para fazermos isso antes de meus pais me levarem para casa amanhã.

O sorriso de Finn se alarga.

– Combinado.

onze

– Preciso de um transplante de mandíbula.

Disparo um olhar para Finn ou, ao menos, o mais próximo de um "olhar" que uma pessoa pode lançar quando tem entre sete e dez gomas de mascar encaixadas entre os dentes.

– Não vai amarelar agora. Isso foi ideia sua.

– Você tem, tipo, dezesseis anos de experiência mascando isso, Babalu – Finn resmunga, com a boca cheia de goma de mascar. – Sou um mero mortal. Meus dentes vão cair da...

– Cala a boca e masca. Nosso tempo está acabando.

Finn massageia a metade inferior do rosto como se tivesse sido atingido por um soco do The Rock, em vez de ter passado meia hora mascando chiclete sem parar.

– Que horas são, aliás? – pergunta, um fio de baba escapando de sua boca.

Rio com a imagem e quase engasgo com o planeta de chiclete que tenho na boca. Isso faz Finn gargalhar, até fazermos tanto barulho que sabotamos ativamente nosso plano já condenado ao fracasso, fazendo a porta da cabana dos monitores se abrir e revelar Mickey do outro lado.

Eu e Finn nos paralisamos no meio da mascada. Mickey sorri

e se joga nos braços dele. As bochechas de Finn se inflam na tentativa de não cuspir o chiclete enquanto ela o aperta, e tenho que me apoiar na lateral da cabana para não me dobrar de tanto rir.

– Finn! Você existe!

Finn faz que sim, dando um "Uhum" murmurado sem abrir a boca.

– E vi que você já conheceu Abby – diz Mickey, estendendo o punho para me dar um toquinho no ombro.

Relaxo, grata por Mickey não tomar as dores de Savvy. Finn cospe o chiclete na mão quando Mickey não está olhando e estala o maxilar.

– Sim, eu e Babalu viramos melhores amigos agora que todo mundo é descolado demais para andar comigo.

O sorriso de Mickey se suaviza, e ela ergue a mão por conta da enorme diferença de altura entre ela e Finn para bagunçar o cabelo dele.

– Pois é – diz. – Quero matar as saudades. Talvez hoje à noite na cozinha, depois do jantar?

Finn faz que sim.

– Minha mãe me contou o que aconteceu. Sinto muito pelo...

– Leo me contou da sua namorada – Finn interrompe, tão alto que Rufus sai correndo da cabana, latindo com expectativa. Mickey e Finn parecem um pouco gratos demais pela interrupção... quer dizer, até Rufus começar a farejar a mão de Finn, que deve estar pingando de chiclete mascado.

– Ah, pois é, então... fui eu que terminei.

– Sério? – Finn pergunta. – Mas pensei que...

Mickey faz o mesmo olhar de "socorro" que Finn tinha feito

um segundo atrás, então tomo a iniciativa e os interrompo antes que um force o outro a dizer algo que nenhum deles quer que eu escute.

– Viemos aqui limpar a cabana – digo, apontando para os materiais de limpeza que Finn roubou de um dos armários da sala de recreação.

– Ah. Sim. Parte de nossos castigos de demérito – diz Finn, lembrando-se de nossa mentira não tão bem elaborada.

O nariz de Mickey se franze.

– Eita. Bom. Fiquem à vontade. Vou sair para começar a preparar o jantar. – Antes de ir, ela aperta o braço de Finn, segurando-o por um momento. – É muito bom te ver. Vamos conversar.

Algo vacila na expressão de Finn enquanto ela vai embora, seguida por Rufus, mas, antes que eu consiga decidir se pergunto ou não para ele o que foi, ele corre para dentro da cabana, tirando o chiclete da mão como se fosse uma carga preciosa em vez da gosma úmida menos apetitosa em que qualquer um de nós já pôs os olhos.

Exploramos o quarto e paramos ao ver a cama decorada com uma lâmpada de sal rosa do Himalaia, um livro intitulado *Faxina geral para seu cérebro* e, ao pé dela, uma quantidade absurda de pelos de cachorro da cor de Rufus.

– Ah – digo, sarcástica –, mas como vamos saber qual é o beliche de Savvy?

Finn não hesita.

– Vou primeiro. Fica vigiando a porta.

– Bom, se eu não me sentia uma criminosa antes, me sinto agora.

– Não me vai perder a coragem agora, Babalu. Além disso,

só estamos colando umas gomas de mascar na cama de cima do beliche dela. Não estamos colocando cianeto em seu pote de açaí nem coisa do tipo.

Finn começa a partir sua bola de chiclete em pedaços menores e erguer os olhos estreitados para o espaço enquanto cria sua obra-prima de goma de mascar. Fico de olho na porta, deixando a brisa fresca da tarde soprar meus cachos, sentindo o primeiro momento de quietude que tive o dia todo e desejando que Finn o preenchesse. Pelo silêncio dele, ele também se deixou levar a um lugar distante.

– Certo, sua vez – ele diz depois de alguns minutos.

Quando me agacho no espaço entre a cama de Savvy e o beliche de cima, sinto uma pontada sincera de culpa por profanar a "santidade do espaço de dormir" – palavras de Savvy tiradas de um story recente no Instagram, não minhas –, mas então lembro que ela me sentenciou a tirar molho de queijo cheddar endurecido dos pratos do jantar do acampamento com as unhas por duas semanas e, então, volto a me concentrar no trabalho (que admito ser nojento).

Finn moldou seus chicletes em um *F* gigante, então sigo seu exemplo e deixo um *A* na frente do dele. Como um "aff, que nojo", imagino. Finn se aproxima para avaliar nosso cartão de visita infestado de germes e estala a língua em sinal de satisfação.

– Isso sim é arte. A gente deveria abrir uma loja na Etsy e vender mercadorias mascadas.

– A gente deveria cair fora daqui, isso sim – digo, tão nervosa que, veja só a ironia, queria ter um chiclete para mascar.

Finn sai um pouco saltitante pela porta. Ao menos, ele está muito mais animado do que estava de manhã depois que Savvy o ignorou. Mesmo que por conta disso ela queira nos jogar de uma doca e nos dar de comer para os patos bastante arrogantes que andam nos arredores do acampamento, acho que isso também pode deixá-la feliz.

– Então – ele diz, depois que estamos a uma distância segura da cabana. – Prometi paisagens boas para você, e tenho algumas em mente.

Ergo as sobrancelhas.

– Quantas envolvem quebrar regras do acampamento?

– Apenas todas. – Ele deve supor que a cara que faço basta como resposta, porque começa a se dirigir às docas com um alegre: – Vamos lá.

doze

O fim do dia chega tão rápido que não tenho escolha senão encurralar Leo em seu hábitat chegando cedo para o trabalho na cozinha. Pela porta, consigo ouvir sua conversa com Mickey enquanto eles preparam o café da manhã do dia seguinte em meio a uma discussão acalorada sobre se jaca fica melhor em pratos salgados ou doces.

– Só estou dizendo que tem um *motivo* por que todas as cadeias de restaurante a estão usando de repente como um substituto de carne – diz Leo. – A textura se adequa muito a...

– Quase tudo. Jaca é a alma da festa no mundo culinário; este país só demorou demais para entender isso. Enfim, se você experimentar meu *turon*, nunca mais vai duvidar que o lugar de direito dela é na sobremesa.

– Nada contra seu *turon*, mas...

Leo me vê primeiro e para diante do balcão. Fico paralisada, e nos encaramos como cervos perplexos fazem quando se deparam com uma pessoa na floresta.

Limpo a garganta e faço uma oração silenciosa aos deuses dos trocadilhos para me perdoarem por meus pecados.

– Sei que você não deve querer me dar nem uma hora do seu Day agora...

Leo resmunga, mas funciona: ele está com um indício de sorriso no rosto e só consegue esconder parte dele. Mickey belisca o braço dele e pisca para mim.

– Vou me encontrar com Finn, já que terminamos aqui. Apesar das suas opiniões blasfemas sobre jaca.

Então Mickey vai embora, e a cozinha fica em silêncio completo, tirando meus passos constrangidos no piso de ladrilhos, e Leo mexendo nos laços do avental.

– Vamos lá fora? – ele pergunta finalmente.

Faço que sim, imaginando que a única pessoa que pode me repreender por não cumprir minha tarefa na cozinha é o próprio Leo.

O ar está abafado demais, até mesmo para junho. Isso cria um peso em nossos passos, no espaço entre nós, deixando-me mais atenta a ele do que o nível de atenção além da conta que já presto nele normalmente. A leve camada de suor onde a gola de sua camisa encontra seu peito. O cheiro tênue de canela, além de todas as especiarias que deviam estar na batata-doce assada de hoje. O calor dele, tão familiar para mim que nem preciso estar perto para sentir. Consigo evocar tudo isso com muita facilidade, mesmo quando ele não está por perto.

Nós nos sentamos num banco com vista para a água, acompanhada pela extensão do continente e pelos indícios de topos de montanha mais além. O céu está tomado de tons escuros de roxo e azul, melancólicos e místicos. Sempre quis tirar fotografias dele dessa forma, mas ainda não dominei como tirar fotos boas à noite.

Nós nos acomodamos, sem olhar um para o outro, contemplando a água que lambe preguiçosamente a costa rochosa. Estou tão aliviada por estar perto dele que, a princípio, é arrebatador demais para falar.

– Acho que preciso explicar tudo – começo.

Leo faz que não.

– Mickey me atualizou mais cedo.

– Ah. – Imaginei que a maior parte dessa conversa seria eu fazendo um resumo da novela que é minha vida e, no processo, encontrando uma maneira de pedir desculpa. Sem isso para me guiar, a única coisa que consigo dizer, sem jeito e estabanada, é: – Desculpa.

– Só para esclarecer: é por isso que você está aqui, certo? Pela Savvy?

Não existe uma forma graciosa de dizer isso, então não digo.

– Estou feliz que você também esteja aqui.

Ele não está olhando para mim, o olhar voltado fixamente para a água por mais que eu deseje que ele vire a cabeça para ver como estou sendo sincera.

– Pensei que contássemos tudo um para o outro – ele diz, baixo.

Fecho os olhos por um momento. Estava olhando para isso tudo do ponto de vista de meu próprio constrangimento, sem pensar em como ele enxerga a situação – não como minha tentativa de manter a normalidade depois do GIC, mas como uma amiga que pode não merecer sua confiança.

– Tipo… eu contei para você que faria o teste. E contei o que descobri. – Ele diz essas palavras de maneira lenta e deliberada, como se estivessem incomodando-o pelo dia todo. – E você… você deve ter descoberto sobre isso na sala da minha casa, e não disse uma palavra.

– Eu fiquei em choque primeiro. E depois… tudo aconteceu tão rápido e…

– Você achou que eu ficaria chateado ou coisa assim? Por você ter encontrado uma parente e eu, não?

Eu me crispo. A verdade é que me senti culpada por isso. Ele fez aquele teste para encontrar outras pessoas, e agora eu tenho uma irmã que nem sei bem se queria. Essa coisa que tanto Leo como Connie querem tanto de formas diferentes é algo que causou tanta confusão em meu mundo, e andei tão absorta no que isso significa para mim que não me permiti parar para pensar direito no que isso significa para ele.

– Então… sim – admito. – Acho que é parte do motivo.

– E o resto?

Ele está olhando para mim agora, com a mesma paciência de sempre. Ele me dá muita abertura às vezes. O suficiente para dizer o que preciso, mesmo se for algo que não deveria dizer.

– Quando vi você na balsa, eu ia te contar. Mas acabamos nos distraindo, e…

Distraindo não é bem a palavra certa. Mas nunca sei qual é a palavra certa quando o assunto são meus sentimentos por Leo – esperança e decepção na mesma medida, esses momentos desencontrados em que tenho tanta certeza de que ele pode gostar de mim também mas que, de repente, são pontuados por aqueles em que tenho certeza de que ele não me quer desse jeito. Já repassei aquela conversa que tivemos na balsa pelo menos umas cem vezes desde que ela aconteceu, destrinchei-a de todos os ângulos, seja tentando encontrar razões para continuar tendo esperança, seja para desistir de tudo.

Deixo a frase pairar no ar, preocupada que ele insista na questão. Preocupada, mas um pouco ansiosa também. Como se isso fosse abrir uma porta que sou covarde demais para abrir sozinha. Em vez disso, ele pega minha mão e a aperta por um breve momento, um perdão silencioso, e a solta.

– Não vou mentir – diz. – É difícil tentar entender essa história.

Eu me afundo no banco, tentando não ver coisa demais na maneira como Leo se aproxima, de modo que quase fico apoiada nele.

– Nem me fala.

Leo estende a mão, puxando uma das luvas penduradas no bolso da frente de meu avental.

– Então... será que quero saber como isso aconteceu?

– Provavelmente não – digo, pegando-a de volta dele. – Este lugar não é bem o que eu esperava.

Leo bufa.

– Também acho. Pelo menos tudo na cozinha continua igual. Não sei se eu gostaria de ser um campista sob o... como Finn está chamando? O "Regime Reynolds".

– Ah, hoje não foi tão ruim, na real. Até fiz alguns amigos.

Sorrio ao lembrar. Depois que eu e Finn terminamos nosso projeto de bricolagem decorativa no beliche de Savvy e ele me levou às escondidas para o acampamento vizinho para poder tirar uma foto do alto do trampolim de mergulho deles, passei o resto do dia com as meninas da Cabana Phoenix – andando de caiaque, fazendo trilha, até jogando uma partida de pega--bandeira que nos deixou tão cheias de lama que tivemos de tomar banho antes do jantar. Estávamos tão ocupadas que perdi as oportunidades de ligar para meus pais e, então, era tão tarde que pensei que seria melhor deixar para amanhã, para não os deixar tão assustados.

Leo responde meu sorriso com um hesitante. Encosto meu ombro no dele.

– Como *você* está?

Ele encolhe os ombros.

– A gente está se acomodando. Colocando o papo em dia com todo mundo. Até agora tem sido mais eu e Mickey, exibindo todos os truques novos de culinária em nosso arsenal.

– Por favor, diga que as bolas de queijo quente fritas com macadâmia estão inclusas nisso – digo, lembrando-me de quando Connie voltou das férias de fim de ano no Havaí com tantas macadâmias que é uma surpresa o avião ter levantado voo.

– Estou guardando essa na manga para depois. Vou precisar de uma cartada mais para a frente esta semana. Ela está juntando sobras de ingredientes num canto da geladeira, e já investiguei o suficiente para achar que está vindo um *puchero* de quatro carnes por aí.

– Então basicamente essa cozinha vira o estúdio do *Master-Chef* depois que escurece.

– Exceto que Mickey só me fez chorar, tipo, duas vezes. – Ele se ajeita no banco, e suas pernas parecem absurdamente compridas quando se estendem ao lado das minhas. Absurdamente compridas e absurdamente próximas; uma delas cutuca a minha de uma forma que poderia ser acidental, mas, como não me mexo, ela continua ali de uma forma que com certeza não é. – Mas, sim, o chef de cozinha nos dá total liberdade depois do jantar desde que limpemos tudo.

Estou prestes a fazer alguma piada sobre aparecer na cozinha para ganhar comida toda noite como a gata vira-lata que sou, mas me seguro. Os lábios de Leo estão tensos. Ele vai dizer alguma coisa, mas não sabe ao certo como.

– E acho que... bom, o pai e as tias de Mickey têm um restaurante perto da Universidade de Washington, e ela é... sempre foi uma parte grande da minha vida, sabe? Então pensei que talvez... como vir para cá meio que colocou um freio em todo o lance de pesquisar minhas origens... bom, vou pedir para Mickey me ensinar mais sobre os pratos filipinos que ela vive fazendo.

– Sério?

Leo faz que sim, seus olhos hesitantes e evitando os meus. Ele limpa a garganta e acrescenta:

– Tipo, só depois que nossa semana anual de batalhas culinárias acabar e eu me estabelecer como o claro vencedor.

– Então você vai destruí-la emocionalmente com seus rolinhos de canela com pasta de amendoim e geleia, depois lhe pedir um favor.

– Exatamente.

O riso vai diminuindo, e nossos sorrisos se suavizam. Ele me encara como se estivesse esperando para ouvir o que acho. Como se talvez tivesse passado o dia inteiro esperando para ouvir o que acho. E, por mais que eu saiba que não importa o que acho, dá uma sensação boa que ele queira ouvir.

– É uma ideia muito legal.

Leo fica em um silêncio satisfeito, depois me cutuca com o cotovelo.

– E, se você acha que sua tentativa sorrateira de conseguir alguns rolinhos de canela com pasta de amendoim e geleia passou despercebida, está enganada.

– São sua arma secreta.

– Arma? Com Mickey, os rolinhos são como aparecer em um tiroteio com um macarrão de piscina.

– A ligação ainda está cortando. Espera. Às vezes consigo sinal perto da água.

Eu e Leo nos viramos na direção da voz e avistamos Savvy andando de um lado para o outro longe o bastante para não nos ver, mas perto o suficiente para conseguirmos ouvir quase tudo o que ela está dizendo.

– Não, você disse que viria *aqui* depois de duas semanas e, duas semanas depois disso, eu visitaria você. Eu literalmente te mandei um convite do Google Agenda. Confirmei uma hora atrás quando estava repassando os e-mails dos pais para os funcionários do acampamento. "Jo visita Savvy." E, duas semanas depois, "Savvy visita Jo".

Certo. Jo. A namorada misteriosa que só vi no canto de fotos do Instagram ou cuja risada escutei em um story. Na semana passada pudemos ver até um antebraço inteiro com mão e tudo.

– Não posso trocar. Tenho que ficar aqui o mês todo, só tenho um intervalo para sair antes que a segunda turma comece. Nós conversamos, *sim*, sobre isso, em sua festa de formatura, lembra? Tipo, exaustivamente. Daí os convites pelo Google Agenda.

Eu me crispo. Minha tentativa de vida amorosa pode ter passado os últimos meses rodeando o ralo, mas romance via Google Workspace é demais até para mim.

– Isso é… uau. Tá. Talvez não, mas é importante para mim. Beleza? Só porque não estou passando o verão inteiro interagindo com gente importante de terno não quer dizer que… espera, quê? – A voz de Savvy passa de irritada a quase furiosa. – Mickey literalmente não tem nada a ver com… droga, não estou ouvindo. Espera, vou tentar voltar para a copa…

Ela sai andando sem nos notar. Nós dois nos ajeitamos,

constrangidos, depois que ela some. Quero fazer perguntas, e sinto que deveria poder, como se ser a sei lá o que bilateral dela me desse esse direito intrínseco. Mas, na verdade, não. E, em todos os meus anos de experiência direta como amiga de Leo, sei que ele nunca falaria da vida de outra pessoa.

– Sabe o que é doido? – diz Leo, num sussurro, não porque tenha medo que Savvy volte, mas porque não quer interromper a quietude. Nós fomos nos aproximando ainda mais um do outro no banco, o joelho exposto dele roçando no meu, provocando calafrios em minha pele. – Quer dizer, tirando o fato de seus pais terem escondido esse segredo imenso de vocês. Não sei como, mas, embora eu conheça vocês duas desde sempre e vocês sejam basicamente o xérox uma da outra, isso nunca passou pela minha cabeça.

– Hum, porque somos de espécies diferentes?

Estou preparada para que Leo diga um monte de coisas, mas não para ele defender Savvy.

– Vocês duas só precisam se colocar no lugar uma da outra – diz, toda a confirmação que preciso de que Mickey lhe contou sobre nossa briga atual. – Tente pegar leve com Savvy.

– Uau. Você está no time de quem aqui?

– Não estou em time nenhum – diz Leo. – Vocês duas são importantes demais para mim.

Sei que é irracional, mas essa é a última coisa que quero escutar. Ainda mais quando estou fora de meu ambiente natural, cercada de todos os lados pelos amigos de Savvy e pelo fã-clube de Savvy, não apenas imersa mas completamente mergulhada no mundo de Savvy.

– E vocês têm mais em comum do que imagina.

Bufo.

– Nunca fui menos parecida com alguém em toda minha vida. Você mesmo disse isso na balsa, não? – digo, apontando em direção à água. Ela assumiu um tom sinistro e raro de magenta enquanto ficamos conversando, e o céu está cheio de cores e nuvens. – Ela é toda nervosinha. Obcecada pelas regras e pelo cronograma dela. Basicamente funciona à base de ansiedade. Não somos nem um pouco parecidas.

– Hum, Abby, você é, tipo, uma das pessoas mais ansiosas que conheço.

Ergo as sobrancelhas. Muito pode ser dito sobre mim, talvez, mas isso com certeza não. Na verdade, a julgar por minhas notas, daria para assegurar que não sou ansiosa o bastante. Leo, porém, mantém-se firme, erguendo as sobrancelhas em resposta.

– Tipo, você é minha... nós somos melhores amigos. Sei que eu e Connie tiramos sarro de você evitar lidar com as coisas, mas isso é um tipo de ansiedade, sabe? Acho que às vezes você fica tão sobrecarregada que... evita as coisas. Guarda dentro de você.

Isso machuca, e ele sabe disso. É por isso que está dizendo de forma tão gentil, e por que está me dando espaço para dizer que ele está errado, embora nós dois saibamos que não está. Muitas coisas servem de prova, mas, mais do que tudo, a distância entre nós – não a distância física, mas a distância que eu mesma criei.

Não contar para Leo sobre Savvy. Não contar para Leo sobre meus sentimentos quando comecei a senti-los. Não contar para Leo sobre eles em todos os meses em que tudo só ficou pior.

– Connie disse que isso era parte de ser Lufa-Lufa – eu o lembro, tentando fingir que não me importo.

– É claro que disse, ela é Sonserina. Sem falar que ela luta suas batalhas por você. – Os olhos de Leo se fixam nos meus, como um desafio. – Você sabe que estamos sempre do seu lado, certo? Mas existem certas coisas que só você pode fazer por si mesma.

Nós dois sabemos, na fração de segundo que se segue, que ele não está se referindo a eu ter mentido sobre Savvy.

Mas sim a essa estranheza entre mim e Leo – não estou evitando isso para me proteger. Estou evitando por ele. Porque ele está certo, como estava sobre o que disse logo depois do GIC. Somos melhores amigos. E ser o melhor amigo de alguém vem com uma responsabilidade, uma vida de segredos e promessas e momentos compartilhados que derivam de um certo acordo. Uma espécie de contrato. *Essa é a pessoa que você é para mim; essas são as coisas que me sinto seguro de contar para você por esse motivo.*

São tantas agora, todas marcadas em meu coração. Todas essas coisas frágeis e preciosas compartilhadas entre nós três, anos que se transformaram em algo mais concreto do que o próprio tempo, mas tão precário que poderia ser destruído no instante em que eu levaria para olhar para Leo e dizer: *Acho que estou apaixonada por você.*

O pensamento é tão intenso que me crispo como se alguém o tivesse gritado em meu ouvido. Leo percebe, e meu coração sobe outra vez pela garganta, com um medo irracional de que ele tenha escutado. Que esteja tão claro em meu rosto como está em minha mente.

– Abby...

Ele está fazendo aquilo de novo. Lutando minhas batalhas por mim. Me dando abertura para dizer o que precisa ser dito.

Respiro fundo. Sinto meu peito inflar pelas coisas que esse ar pode mudar se eu o usar para dizer a verdade. Porque existem duas possibilidades aqui: ou Leo não gosta de mim, e vou me humilhar. Ou Leo gosta, *sim*, de mim, o que significa que Connie mentiu. De uma maneira ou de outra, eu perco. A única forma de impedir que tudo caia em pedaços é não dizer absolutamente nada. Solto o ar.

Então o céu se abre, um raio cortando a água, ramificado e bifurcado em tantas partes que parece que a terra se estilhaçou. Está longe de nós, e o trovão vem depois de alguns segundos demorados, caindo faminto na terra, mas grave e ressoante, estalando em nossos ossos.

– Puta merda – Leo se maravilha.

Solto um murmúrio baixo de concordância. Posso contar numa mão o número de vezes que me lembro de ter caído uma tempestade em Seattle. Outro raio deixa o céu rosa, divide-o em pedaços infinitos, e sei que posso viver mais cem anos e nunca testemunhar algo tão arrebatador quanto isso.

Voltamos a nos acomodar no banco, meu coração ainda batendo forte como um tambor, como se estivesse conectado ao estrondo no chão embaixo de nós. Leo se aproxima, e penso que ele vai começar mais um de seus despejos de informações – algo sobre tempestades e pressurização, ou por que quase nunca acontecem em Seattle –, mas, em vez disso, ele aperta o braço firme ao meu redor, puxando-me para perto. Relaxo em seu calor sem pensar duas vezes, entregando-me a esse momento precioso, a essa sensação estranha e sobrenatural que ofusca todas as outras.

– Você deveria buscar sua câmera – ele diz, baixo, junto ao meu cabelo.

Abano a cabeça em seu ombro. Ficamos sentados juntos, observando as luzes cortarem a escuridão e atravessarem a água, nós dois seguros e secos nesse crepúsculo enquanto a tempestade está bem distante de nós. Inspiro o calor pegajoso do ar, o cheiro de pinheiro e a eletricidade e a dor de algo mais profundo que não consigo nomear, sabendo que nenhuma paisagem que eu consiga capturar vai se comparar a essa sensação – ver isso por meus próprios olhos ao mesmo tempo que vejo pelos dele, permitindo-nos entrar num mundo em que essas duas coisas podem ser a mesma.

treze

No dia seguinte, acordo antes do amanhecer e saio da Cabana Phoenix na ponta dos pés para tirar uma foto do nascer do sol, com a câmera antiga de vovô na mão. Acabo pegando a trilha mais próxima de nossa cabana, que é curta e íngreme, uma subida de cinco minutos que leva a uma minifalésia com vista para o mar. Estou tão apaixonada pelo desenho tracejado formado pelas nuvens infinitas que levo um segundo para me tocar que não estou sozinha.

– O que você está fazendo aqui? – Savvy exclama.

Dou um passo para trás.

– O que *você* está fazendo aqui?

O rosto todo dela fica vermelho, e só então vejo o tripé e uma câmera que deve estar com um timer programado. Inclusive, ela está muito mais arrumada do que qualquer pessoa estaria a essa hora da manhã e provavelmente fazia alguma pose de Instagram quando eu a interrompi.

Outro barulho surge detrás de mim, e lá está Rufus, arfando feliz com a raquete de *badminton* de alguém amassada na boca. Ele abana o rabo e esfrega a cabeça em meus joelhos em sinal de cumprimento.

– Eu... estava tirando uma foto para o Instagram – Savvy murmura para a grama.

Avalio a situação, olhando do tripé para o horizonte e de volta para ela, que não me olha nos olhos. Talvez tenhamos uns trinta segundos antes de o sol começar a sair. Posso odiá-la um pouquinho, mas odeio muito mais a ideia de uma oportunidade de foto perdida.

– Postura de ioga? – pergunto.

Ela lança um olhar desconfiado para mim e não responde, o que é o mesmo que dizer *Sim*.

Vou até a câmera dela. Reconheço o modelo – uma DSLR cara, mas não tanto quanto aquela que ela e Mickey estavam usando em Green Lake. Não tenho muita experiência com essa, mas me lembro de ter lido no blog de fotografia de viagem de uma mulher que a estabilização de imagem fica péssima quando a câmera está num tripé.

– Posso tirar.

Savvy estreita os olhos.

– Não acho que o equipamento vá funcionar se estiver entupido com seu chiclete.

Eu me crispo. Em meio a todos os meus pensamentos vertiginosos sobre Leo pós-tempestade, tinha me esquecido completamente de minhas estripulias com Finn.

– Trégua temporária? – pergunto.

A princípio, penso que ela vai me ignorar, mas algo muda em sua postura, uma tensão em seus ossos.

– Bom – ela diz, com ironia –, considerando que estamos no alto de uma encosta bem íngreme agora, seria imprudente dizer não.

Solto uma risada e desencaixo a câmera do tripé. Fico um pouco confusa por um momento pela ausência de visor – andei usando o modelo mais antigo de vovô nesta última semana.

– Diga "post patrocinado".

Savvy parece um pouco chateada por isso, mas se vira e vê que estamos no último momento de um nascer do sol primoroso e não perde mais tempo. Num piscar de olhos, ela ergueu uma perna atrás de si com graciosidade, puxou-a com um braço e estendeu o outro para o céu, como uma bailarina celeste de roupas esportivas. Ela intencionalmente se posicionou para que o sol saísse no círculo que ela faz com o braço que segura a perna e, portanto, eu me inclino alguns centímetros para baixo para o encaixar bem no centro.

– Essas devem servir – digo depois de alguns cliques.

– Obrigada – ela diz, com timidez. Penso que vai passar pelas fotos quando devolvo a câmera, mas não. Como se confiasse em minha capacidade. Dá uma sensação boa... ao menos, até ela dizer: – Só para você saber, essa coisa toda... de ser monitora. Não pensei que seria tão esquisito, senão teria falado alguma coisa.

Pauso, segurando minha câmera perto do rosto, o dedo pousado no obturador.

– Talvez você não teria me chamado para vir, você quer dizer?

Ela limpa a garganta, dando um passo para trás.

– O que estou tentando dizer é: eu não sou... não *gosto* de ficar mandando nas pessoas.

Tiro a câmera da frente do rosto para erguer a sobrancelha, por minha conta e risco. Isso tira um leve sorriso irônico dela.

– Tá, não gosto *tanto assim* – se corrige. Ela arrasta os pés na grama, ainda descalça pela postura. Rufus está rolando a poucos metros dali com os tênis pretos famosos das Savanáticas. – Olha... só quero fazer um bom trabalho. Este lugar é importante para mim, e eu... quero fazer jus a ele.

– Justo – digo.

Ela aceita isso com um aceno, e cai um silêncio desconfortável. Agora que estamos de fato conversando não temos como justificar adiar o que viemos fazer aqui – falar sobre nossos pais. Eu me preparo, e ficamos nos encarando, testando a coragem uma da outra para ver quem vai tocar no assunto primeiro. No fim, nós duas desviamos.

– Sua câmera – ela diz. – Nunca vi uma assim antes.

– É porque é velha para caramba. – Estendo a câmera para ela, e ela a pega, espiando pelo visor. Ela parece tão sinceramente interessada que, antes que eu pare para pensar, acrescento: – Era do meu vô.

É a primeira vez que passa por minha cabeça que meus avós também são os avós biológicos dela. É provável que vovô soubesse sobre ela. Não foram apenas meus pais que mentiram para mim – vovô também deve ter feito isso.

Isso me atinge em um ponto inesperado, um que considerava inatingível. Quase me arrependo de ter aberto a boca. Ou ao menos de ter falado no passado.

Ela devolve a câmera com mais cuidado do que a tinha pegado.

– Foi ele que fez você curtir fotografia?

– Sim – digo, aliviada por ela não entrar no assunto. Não que eu não queira dividir o vovô com ela. Só não sei se conseguiria fazer justiça a ele. É difícil descrever alguém quando não se sente tanto o que a pessoa era, e sim o que ela deixou de ser. – A gente fazia pequenas viagens. Pegava trilhas. Nada muito longe de casa. – *Nada assim*, quase digo, e me sinto uma traidora.

– Deve ter sido gostoso.

Ela não diz isso daquela maneira distraída como as pessoas dizem por educação, mas sim com sinceridade. Isso me dá coragem para lhe fazer uma pergunta também.

– E você? Como você começou a curtir... – Aponto para o nascer do sol, para o lugar onde os braços e pernas dela estavam parecendo massinha em nome da influência nas redes sociais.

– Instagram? – ela pergunta. – Ah, não sei. Eu sempre... tipo, meus pais curtem muito, tipo, coisas de saúde. São, tipo, quase paranoicos.

Eu me seguro para não soltar um: *Não me diga.*

– Então meio que sempre fiz parte desse mundo todo de bem-estar.

– Bem-estar? – Não quero soar desconfiada. Estou de fato curiosa.

– Você sabe. Nutrição. Ioga. Meditação – diz Savvy, indo se sentar na grama perto de Rufus. – Coisas que eu odiava quando era criança, mas, tipo, agora eu entendo. Penso nelas como um apanhado de ferramentas para lidar com o estresse, sabe? E é mais fácil de entender, talvez, ou pelo menos um pouco mais acessível para as pessoas, com o Instagram deixando tudo bonito, dividindo tudo em passos mais fáceis. Não parece tão solitário ou difícil.

É o que Finn estava tentando me falar. Savvy curte mesmo o lance todo de ajudar pessoas. E uma coisa é acreditar nele, mas outra é comprovar isso pela maneira como ela fala – as palavras saindo um pouco mais rápidas, não deliberadas nem planejadas.

– Enfim, é isso que estamos tentando fazer – Savvy acrescenta. – Eu e Mickey, digo. Foi ideia dela transformar isso numa conta do Instagram. Começamos aqui mesmo alguns verões atrás.

Ela diz isso com um tipo de nostalgia, como se Mickey estivesse distante em vez de logo depois da trilha, sem dúvida discutindo com Leo sobre qual fruta vão colocar nos *muffins* desta manhã. Penso na conversa que escutamos sem querer ontem à noite – *Mickey literalmente não tem nada a ver com isso.*

Talvez eu não seja a única com um drama de amizade mal resolvido. Talvez eu e Savvy realmente sejamos mais parecidas nas coisas que não conseguimos ver do que nas coisas grandes e óbvias que conseguimos enxergar.

– Ajuda que vocês duas têm um olho bom para fotografia.

– Então, a mãe de Mickey é artista. Ela tem uma loja em que faz todas aquelas tatuagens temporárias e vende as outras obras dela. E meus pais são bem envolvidos com arte também. Em fazer, mas também, tipo, colecionar.

– Ah, certo. Você não mencionou que seus pais são, tipo... ricos nível Tony Stark.

Savvy não cora nem tenta minimizar a situação.

– É. Bom, a gente mora em Medina – diz, como se isso explicasse a coisa toda.

Fico paralisada, percebendo que entrei sem querer no assunto de nossos pais como um passarinho dando de cara com uma janela de vidro. Mas nem mesmo eu, a princesa herdeira de adiar as coisas, tenho mais como justificar evitar o assunto. Crio forças, aproximando-me e me sentando do outro lado de Rufus. Ele vira a cabeça para mim em cumprimento, e Savvy me observa, com expectativa.

– A questão é que não consigo imaginar como nossos pais se conheceram – digo. – Tipo, eles não parecem pessoas cujos caminhos se cruzariam, muito menos que seriam amigas.

Não deixo de notar que o mesmo poderia ter sido dito sobre nós, sentadas aqui na grama enlameada, a estrela do Instagram e a menina que reprovou em inglês. Por um breve momento fico com receio de que ela possa entender mal, mas, se tem uma coisa que admiro em Savvy, é que ela não perde tempo fazendo rodeios.

– Também andei me perguntando sobre isso – diz. – Essa me parece a chave. Tipo, se conseguirmos entender essa parte, talvez o resto faça sentido.

– Talvez eles estivessem em algum tipo de sociedade secreta. Alguma coisa megaconstrangedora. Eram os anos noventa, certo? O que era constrangedor nos anos noventa?

– Hum. Tudo?

– Talvez eles estivessem numa daquelas ligas de jogos de cartas de Pokémon?

Até agora consigo contar numa mão o número de vezes que ouvi Savvy fazer uma piada intencionalmente, então não sei o que pensar quando ela acrescenta:

– Clube da luta clandestino de Beanie Babies?

Tento não desperdiçar um segundo, antes que esse momento com ela passe.

– Sinceramente, vai ver eles faziam parte de um grupo de apoio emocional para pessoas que assistiam a filmes demais sobre cachorros em que o cachorro morria. É impressão minha ou toda vez que pais falam: "Ei, vamos assistir a esse filme antigo dos anos noventa", o cachorro supermorre.

– Sabe, Mickey encontrou um site que fala disso. – Savvy

abana a cabeça com um sorriso melancólico, como se dissesse: *Só Mickey mesmo.* – Chama literalmente "ocachorromorre.com".

Estalo os dedos.

– Foi isso! O trabalho da vida deles. Sua maior contribuição para a sociedade, e aí...

A piada não tem como ir além disso porque o que aconteceu depois não é uma piada. O que aconteceu depois são Savvy e Abby, nascidas uma depois da outra mas em mundos inteiramente diferentes.

– E aí – Savvy repete, com um suspiro.

Nós nos recostamos na grama úmida, Rufus esparramado em cima de nós, a bunda dele em minhas pernas e a cabeça no colo de Savvy.

– Mas falando sério. Voltei ao porão de casa uns dias atrás, para procurar fotos – digo. – Não achei nenhuma de seus pais.

– Eu também não – diz Savvy. – Olhei até a conta conjunta do Facebook dos meus pais. Nem um amigo em comum. E meus pais adicionam todo mundo que encontram.

– Então com certeza aconteceu alguma coisa.

– Você acha? – Savvy pergunta. – Não acha que foi... sei lá. Alguma coisa com a adoção? Tipo, os termos dela? Alguns pais biológicos não podem ter acesso à criança.

Não digo o que estou pensando, que é o fato de que duvido que meus pais entregariam uma criança a uma amiga se *não* estivessem querendo ter acesso a ela.

– Vamos voltar um pouco. Ver se conseguimos encontrar alguma coisa em comum. – Mesmo quando digo isso, sei que pode ser um total beco sem saída. Consigo listar as coisas que tenho em comum com Connie nos dedos de uma mão, e quase todas são

Leo. Se alguém tentasse dissecar nossa amizade, isso levantaria mais perguntas do que respostas e, quanto mais nos aprofundamos nisso, mais a história deles parece igual. – Me fala sobre seus pais.

Savvy bufa, recostando-se para contemplar o horizonte.

– Eles são… normais.

– Como se conheceram?

– Pais ricos com filhos ricos que se conheceram em um lance de gente rica, acho. – Ela franze o nariz. – Estou fazendo parecer que eles são esnobes. Não são. Os dois são meio doidinhos, na verdade, o que deve ser o motivo por que se encontraram no mundo de gente rica.

Quanto mais Savvy fala deles, mais estranhamente fascinada fico. Savvy sempre soube da existência dos meus pais, mas, para mim, isso é outro nível de esquisitice – ver o que acontece quando alguém com exatamente o mesmo DNA acaba sendo criada por outra pessoa. O fato de que Connie os pesquisou no Spokeo e descobriu que eles moram no tipo de mansão à beira-mar que é praticamente um tipo de pornografia para os fãs de programas de arquitetura só atiça o fogo de minha curiosidade.

– Quando eles se casaram?

– Oitenta e sete.

– Então seus pais são mais velhos do que os meus. – Outra coisa que torna a amizade deles ainda mais improvável.

– Eles sempre me falaram que meus pais biológicos tinham uns vinte e poucos anos quando me tiveram, então sim. Talvez uns dez anos de diferença mais ou menos.

– Hum. O que eles fazem para se divertir?

– Além de todas as coisas relativas a bem-estar exceto ter um astrólogo de plantão? – Savvy abre um sorriso autodepreciativo, como se não apenas tivesse aceitado as pequenas extravagâncias dos pais, mas as assumisse como parte dela. – Eles curtem muito o mundo da arte. Vivem patrocinando artistas e são donos de um monte de galerias em Seattle, Portland, São Francisco. Inclusive, foi assim que conheci Jo.

– Sua namorada.

– Sim. O pai dela é um marchand. Os pais dela são amigos dos meus, e acho que conversavam tanto sobre nós que acharam que poderíamos nos dar bem.

Franzo a testa, olhando para a água lá embaixo.

– Espera. Foram seus pais que armaram para vocês ficarem juntas?

Savvy se empertiga um pouco mais.

– Como assim? Tipo… não. Não foi nada nesse sentido.

– Foi, sim. – Não sei por que isso me parece engraçado. Quer dizer, sei exatamente o porquê: é porque ela assumiu um tom tão violento de vermelho que carros poderiam frear pensando que ela era um sinal de pare. – Você é assim tão ocupada que deixa seus pais escolherem sua *namorada*?

– Eu e Jo somos ocupadas – Savvy se defende. – É uma das muitas coisas que temos em comum, e um dos motivos por que estamos namorando por livre e espontânea vontade, muito obrigada. Nossos pais serem amigos é apenas conveniente.

O sol despontou parcialmente de trás das nuvens, aparecendo em feixes de luz sobre a água. O céu está se abrindo bem quando Savvy começa a se fechar, ficando em silêncio. Quase consigo senti-la pensando em uma maneira graciosa de acabar com a conversa. Mas de repente não quero falar sobre pais. Arranhei a superfície de uma coisa, e quero escavar ali.

– *Conveniente* – repito. Ela fica rígida, e quase não digo: – Está *aí* uma palavra sexy.

Savvy empurra meu ombro com a mão, indignada. Finjo tombar para trás na grama, e Rufus imediatamente aproveita a oportunidade para pular, e caio, levando-o para a lama comigo.

– Não estou vendo *você* namorar ninguém – Savvy argumenta, deixando o cachorro dela me esmagar.

– Como não, se meu namorado está literalmente em cima de mim agora?

Com essa, Savvy solta uma risada abrupta, e superamos a tensão e chegamos a um lugar em que podemos nos zoar, sem nos preocupar tanto em acabar com o ego assumidamente frágil uma da outra. Ela tira Rufus de cima de mim e lança a raquete de badminton babada na direção da trilha.

– O que Jo pensa disso? – pergunto, observando o cachorro sair correndo.

– Pensa sobre o quê?

– Hum… esse um metro e sessenta e sete de irmã surpresa que brotou na sua caixa de entrada na última semana.

Savvy pestaneja.

– Eu… merda. – Ela fica rígida, como se só isso estivesse passando pela cabeça dela agora. – Não contei para ela.

Sinto que é improdutivo me ofender, mas é meio que difícil não me ofender. Ainda mais quando ela ri de novo, dessa vez por incredulidade.

– Eu… nossa. Não consigo… tipo, sério… merda.

– Sei – digo, porque só consigo dizer uma sílaba sem deixar que a mágoa transpareça.

Savvy nota, seus olhos se voltando para os meus. Parece prestes a pedir desculpa, mas o que sai é:

– Ela vai ficar tão puta.

– Por quê?

– Porque contei para Mickey, e ela acha… – Savvy abana a cabeça, ficando quieta de repente. Ela abana a cabeça de novo, com mais determinação. – Ela provavelmente teria contado para os meus pais.

Puxo uma lâmina de grama solta, rasgando-a com os dedos. Acho que eu deveria pensar se tenho o direito de perguntar, mas talvez já tenhamos passado dessa fase.

– Por que você não contou?

Ela encolhe os ombros.

– Eles tiveram dezoito anos para me contar, e não contaram. Então. – Essa não me parece a resposta completa, o resto pairando entre nós. Olho para ela, e isso abre um espaço. – Além disso, tenho a sensação estanha de que… sei lá. Talvez as coisas estivessem destinadas a ser assim. Talvez estivéssemos destinadas a encontrar uma à outra.

– Sim.

Sinto um nó na garganta. Não tanto pela culpa do que estamos fazendo, mas sim por essa obrigação estranha que sinto em relação a Savvy – esse sentimento que nenhuma de nós desencadeou. Algo nos trouxe até este momento, alguma força que permaneceu tanto tempo em um "se" que nosso encontro estava sempre fadado a ser um "quando". Nunca na vida senti que algo estava faltando, mas, se lhe desse as costas agora, estaria deixando uma parte de mim com ela.

Savvy abraça os joelhos junto ao peito.

– Argh. Não faz nem, tipo, dois segundos. Mas meio que sinto saudade deles.

Sei que ela está falando dos pais dela, porque de repente também estou pensando nos meus. Nas panquecas que Asher deve ter atazanado nosso pai a fazer, na xícara de café de minha mãe de que costumo roubar uns goles. Mas é mais profundo do que o dia a dia. Meus irmãos vão estar mais altos quando eu voltar. Vão ter tido tempo suficiente para criar toda uma rotina nova sem mim. O espaço ao qual vou voltar, querendo ou não, não vai mais ter o formato de Abby – pelo menos não o formato da Abby que saiu.

Dou uma inspiração trêmula e digo:

– Eu também.

– Vai melhorando – diz Savvy, mexendo na corrente ao redor do pescoço. – A primeira semana de acampamento é sempre meio difícil.

Observo enquanto ela tira a corrente debaixo da camisa e olha para o pingente. Eu me acostumei tanto com as coisas que temos iguais – a cor de nosso cabelo, o formato de nossos olhos, a maneira como nossas vozes ficam um pouco agudas quando ficamos bravas – que levo um segundo para registrar que o pingente não é uma característica de nascença em comum.

– Isso é uma *magpie*?

– Uau – diz Savvy –, você curte mesmo pássaros. A maioria das pessoas pensa que é um… ah.

Ela fica em silêncio, encarando a corrente que tirei do short jeans. Uma corrente mais grossa e menor. O mesmo pingente de *magpie*.

Nossos olhos se encontram, as duas já sabendo o que vamos falar antes mesmo de falarmos:

– Foi minha mãe que me deu.

Engulo em seco, segurando o pingente no punho. Minha mãe o deu para mim em meu primeiro dia de jardim de infância, junto com a chave de emergência da casa. Não me lembro muito da conversa, só que, mesmo aos cinco anos, pude notar algo de diferente nas mãos dela quando apertou o amuleto em minhas mãos e me disse para guardá-lo com cuidado.

– Imagino que a sua também nunca tinha dito o porquê.

– Não – diz Savvy. Ela tira o dela do pescoço, e os erguemos sob a luz. – Eu o tenho há tanto tempo que não me lembro de *não* o ter.

– Bom, acho que encontramos nossa primeira pista.

Os dois pingentes de pássaro balançam, cintilando sob a luz do sol, de formato idêntico, mas diferenciados pelo tempo. O meu está entalhado por quedas, o de Savvy desgastado nos cantos de tanto o esfregar, as cores desbotadas de maneiras únicas – mas os dois ainda têm o azul iridescente que contrasta contra o preto sobre branco, dois extremos opostos em um único corpo, um pássaro em desacordo consigo mesmo.

– Talvez possamos tornar a trégua um pouco… não temporária? – Savvy se arrisca. – Assim você pode ficar. Pelo menos até conseguirmos desvendar isso tudo.

Fecho o punho ao redor do pingente de *magpie*, e ela volta a colocar o dela no pescoço.

– Sim – concordo. – Parece um bom plano.

catorze

– Minha primeira teoria é óbvia: os pais de Savvy eram os senhores do crime mais temidos de Seattle e os pais de Abby tinham com os pais de Savvy o tipo de dívida de sangue que só pode ser paga com um bebê recém-nascido, tipo o Rumpelstichen – diz Finn, que conseguiu encadear todas essas palavras com a boca cheia de waffles de mirtilo no café da manhã.

– Você está quase lá – digo, sarcástica, tomando meu iogurte.

– Dá para sentir.

Savvy bate na cabeça dele com o crachá no cordão dela e volta a organizar as frutas em seu waffle de maneira artística. Jemmy, Cam e Izzy estão se debruçando de maneira nada sutil a algumas mesas de distância para escutar. Faço sinal para elas se juntarem a nós, mas o sangue se esvai do rosto delas e Jemmy solta um guinchinho que serve como sinal para eu desistir.

Deve ser melhor assim. Não faz nem três minutos que eu e Savvy estamos nos dando bem e, por mais que esteja agradável fazer piadas à mesa do café da manhã, deve ser melhor esperar mais um tempo para isso se cristalizar antes de incluirmos mais pessoas no grupo.

– Talvez seja como *Uma mãe para o meu bebê*. – Finn está

nessa há vinte minutos e, pelo visto, não consegue parar. – Era para a mãe de Abby ser a barriga de aluguel dos pais de Savvy, mas ops! Em vez disso, seu pai engravidou sua mãe e...

– Finn – imploro. – Estou *comendo*.

Ele olha sério para mim de trás de seus waffles.

– Pais transam, Abby. Aceite isso. Internalize esse fato. Porque, no seu caso, isso aconteceu *pelo menos* cinco vezes, senão...

– Mais uma palavra e vou deixar Rufus babar em todo seu travesseiro – Savvy alerta, levantando-se para acenar para Mickey e Leo do outro lado do refeitório.

– Estou tentando ajudar – Finn argumenta. – Ninguém é mais especialista do que eu em famílias zoadas. – Antes que eu consiga olhar para Savvy para entender o que ele quer dizer, ele acrescenta: – Além disso, não foi para entender esse drama todo de irmãs secretas que vocês vieram para cá?

– Hum, talvez seja melhor abaixar, tipo... muito a voz – diz Leo, chegando a nossa mesa junto com Mickey. Ele puxa uma cadeira da outra mesa e se senta a meu lado, tão perto que nossos joelhos se tocam. – Tenho quase certeza de que dá para ouvir vocês do outro lado do canal.

Mickey dá um beijo sonoro na palma da mão e a pousa na testa de Savvy.

– Bom dia, madame. Faz muitas luas que não a vejo. Como foi a selfie de hoje de manhã sem meus talentos?

Savvy sorri para ela, tirando a mão de Mickey de sua testa e apertando-a.

– Abby deu um jeito.

– Deu, foi? – pergunta Mickey, empurrando minha cadeira

com o pé. – Tomara que tenha pegado o lado bom dela. Ela tem certeza de que a bochecha esquerda é um *pouquinho* diferente da...

– *Mickey.*

Ao mesmo tempo, Finn estende o punho para Leo dar um toquinho, o qual se transforma numa série complicada de gestos sem sentido que acontece sobre meu colo e parece mais um tipo de dança moderna do que um aperto de mão secreto. Leo termina com um floreio, depois coloca a mão no bolso de trás e passa para mim um saquinho minúsculo de Cheetos Flamin' Hot por baixo da mesa, com um brilho nos olhos.

– Contrabando da sala dos funcionários.

Eu o guardo no bolso largo do short, junto com um barulhinho na perna e um calorzinho no peito.

– Isso, *sim*, é amizade – diz Mickey.

Ela e Savvy seguem para a mesa de bebidas para encher suas garrafas d'água, e Leo se vira para mim com um sorriso conspiratório.

– Por falar nisso – diz –, parece que você e Savvy tiveram a chance de conversar, de irmã para irmã?

Eu me preparo para um comentário de Finn, mas ele está distraído, observando Victoria falar com as meninas da Cabana Phoenix na outra mesa.

– Está mais para... quase irmã – digo, fazendo que não é nada. Não quero fazer muito alarde por isso porque já é um pouco constrangedor que metade do acampamento saiba de nossa briga.

– E sim. Estamos de boa.

– Que bom – diz Leo.

Ele pega minha mão entre as deles, abrindo-a. Só então vejo que está meio enrugada por todos os pratos que eu e Finn lavamos hoje cedo. Começo a tirá-la, envergonhada, mas então Leo passa a ponta dos dedos sobre a palma de minha mão, a pele tão sensível que parece que todos os nervos estão ardendo por ele.

Alguma parte vital de meu cérebro me abandona, e estou abrindo os dedos e os entrelaçando nos dele. Ele não se opõe, o sorriso provocante vacilando em seu rosto, dando lugar a algo que já deve estar no meu.

Nossos olhares se encontram, por tempo suficiente para eu ver algo que não sei se quero ver – resignação. Ele aperta minha mão e a solta, e tentamos rir como se não fosse nada. Procuro alguma coisa para dizer na sequência, qualquer coisa para disfarçar o constrangimento do que acabei de fazer, mas, por fim, não preciso me preocupar.

– Abby, oi – diz Victoria, sentando-se de forma tão inesperada que pulo na cadeira como se alguém tivesse colocado um fogo de artifício embaixo dela. Ela não perde nem um segundo, debruçando-se e apoiando os cotovelos na mesa como adultos fazem para fingir intimidade logo antes de destruírem nossa vida. O que é o caso: – Uma das monitoras analisou os e-mails e acabou de me informar que conseguimos corrigir as listas de preparação para o vestibular. Matriculamos você e as outras meninas da Cabana Phoenix de volta no programa correto. Sinto muito pela confusão.

A decepção é tão imediata que sinto como se tivessem derrubado uma âncora em meu estômago. Não tenho forças nem para ficar surpresa.

– Ah. – É tudo que consigo dizer.

Ela dá um tapinha na mesa.

– Não se preocupe. A sessão de ontem foi mais introdutória, então você não perdeu tanta coisa assim. Você e as meninas podem se dirigir ao prédio acadêmico logo depois do café da manhã.

Victoria sai tão abruptamente quanto chegou, e dou a inspiração pesada e resignada dos ferrados academicamente. Sei que mereço isso, depois de mentir para meus pais sobre a recuperação e escapar das aulas preparatórias. Mas lanço um olhar para Jemmy e Cam e Izzy, que parecem tão chateadas quanto eu, e sinto mais uma onda de culpa, como se isso fosse culpa minha, de certa forma.

E me dou conta. É, *sim*, culpa mim.

– Eita – diz Leo. – Pega no flagra.

Ele está sorrindo de um jeito tímido, tentando pensar em algo para me animar. Normalmente ele consegue. Mas normalmente não estou ocupada vasculhando um refeitório em busca de um rabo de cavalo com olhos de laser prontos para matar.

– Olha, as sessões duram o quê, cinco horas por dia? Você ainda vai ter tempo de sobra para se encontrar com Savvy e…

– A única coisa que vou fazer com *Savvy* é voltar no tempo e me dar um tapa antes que eu aceite vir para cá.

Leo fica encarando.

– Hum, não estou entendendo.

Estou furiosa, procurando um lugar para canalizar minha raiva, mas não consigo encontrá-la em lugar nenhum.

– Além do mais, não é assim que funciona a viagem no tempo – diz Leo, com certeza decidindo me distrair da raiva se aprofundando na explicação da linearidade do tempo e das possibilidades de criação de multiversos. Eu me pergunto se posso ir parar em algum em que eu seja só um pouco menos idiota. – Se você pudesse viajar no tempo, seu futuro eu já teria voltado e…

– Me avisado que Savvy é uma traidora e me dedurou e dedurou as outras meninas também para se vingar?

– Você não tem como saber isso.

– Eu sei – insisto. – Lembra de ontem à noite?

O rosto de Leo se suaviza.

– Sim?

Continuo, ignorando a pequena pontada no coração.

– Savvy estava no celular, dizendo que estava "repassando os e-mails dos pais para os funcionários do acampamento".

Além disso, Victoria "acabou" de descobrir. O que só pode significar que Savvy *acabou* de contar para ela.

– Tenho certeza de que ela não estava tentando…

– Merda. Que saco isso – diz Finn, que sumiu quando Victoria apareceu, mas pelo visto ficou perto o bastante para escutar a conversa. Ele dá um gole do suco. – Então o que você vai fazer para se vingar dela?

Leo pausa bem quando está pegando uma fatia de banana de meu prato. Observo sua mão ficar ali, pairando nesse momento, Leo à minha direita e Finn à minha esquerda como um anjinho e um diabinho ao meu redor.

– Estou sem ideias depois da jogada de mestre, mas podemos pensar em algo. Conheço um lugar em que ninguém vai nos incomodar – Finn continua. – Sabe aquela trilha perto das quadras de tênis?

Faço que sim devagar, e Leo fica imóvel a meu lado.

– Desça um pouco por ela. Tem um rochedo grandão onde as pessoas se encontram às vezes. Ótima vista no alto também – Finn diz com uma piscadinha, apontando para Gatinha, que está em cima da mesa apoiada em seu estojo. – Falei que arranjaria os melhores cliques para você. Já te levei para o caminho errado alguma vez?

– Hum…

– Então, oito da noite?

Antes que eu possa dizer que sim ou não, Finn entra embaixo da mesa e literalmente rola no chão como se estivesse no meio de um treinamento militar. Fico olhando para ele, perguntando-me o que é que Leo e Mickey colocaram nos waffles, até ficar claro que ele ainda está evitando Victoria e o olhar penetrante dela. Só então me passa pela cabeça que provavelmente era para ele também estar de plantão na cozinha ontem à noite, mas ele nem chegou a aparecer.

Tenho um sobressalto quando Leo toca meu ombro e de repente fica muito mais próximo de mim do que estava.

– Você não vai se encontrar mesmo com ele, vai?

O maxilar de Leo ficou tenso e suas sobrancelhas se franziram.

– Não vamos fazer nada, tipo, do mal – digo, acenando a mão diante do rosto dele. – Sou eu, Leo. – Enfio um pedaço de banana na boca.

Leo não deixa para lá como estou esperando.

– Aquela é a "Pedra da Pegação".

Quase me engasgo, completamente pronta para que ele dê uma lição de moral na linha de "pegue leve com sua irmã" que não sei como responder. Sinto a banana se azedando em minha boca.

– É aonde as pessoas vão para *ficar* – Leo insiste.

Meus calcanhares se cravam nas pernas da cadeira.

– E qual é o problema disso?

Os olhos de Leo se arregalam.

— Você está curtindo o *Finn*?

Não. Mas definitivamente também *não* estou a fim de que Leo decida ter uma opinião sobre minha amizade crescente com Finn. Muito menos depois que deixou claríssimo na balsa que *superou* nosso quase-beijo.

— Por que isso te importa?

É uma forma de perguntar sem perguntar, uma saída covarde.

E tenho justo o que uma covarde merece quando o maxilar dele praticamente se desencaixa e ele não emite nenhum som. Uma confirmação baixa e terrível daquilo que estamos rodeando há tanto tempo — ele não gosta de mim do jeito como gosto dele. E, se já gostou, não gosta mais.

Não deveria ser difícil entender isso. Na verdade, era para ser um alívio. Significa que Connie não mentiu. Que minha amizade com ela, pelo menos, é algo em que posso confiar, algo com que posso contar. Mas, por algum motivo inútil, meu rosto está mais quente que uma sauna e meus olhos começam a arder. Eu me levanto, mas Leo toca meu cotovelo.

Meu coração pula um pouco rápido demais para a garganta, como se estivesse num brinquedo de parque de diversões.

— E, sinceramente, queria que você deixasse um pouco de lado essa história com a Savvy. Deixasse isso para lá.

Essa é a pior coisa que ele poderia dizer para mim neste momento, por mais que esteja certo. Parque de diversões o caramba. Isso está mais para uma colisão em alta velocidade.

— Então você está *mesmo* do lado de Savvy.

— Estou do seu lado — ele enfatiza. — *E* do dela.

Sopro o cabelo da frente do rosto.

– Ótimo. Já estou em menor número em um acampamento *inteiro* cheio de gente do lado dela, e agora você também?

Leo continua como se eu não tivesse dito nada.

– Pelo menos me deixe levar você lá mais tarde. As pessoas se perdem na trilha depois que escurece. Não é seguro.

Não me permito piscar, com vergonha de que, se fizer isso, há a chance muito real de que uma lágrima escorra. Nunca tive mais raiva de meus globos oculares do que estou tendo agora. Não bastasse o golpe em meu ego pelo fato de Leo não gostar de mim, ele ainda vai jogar a cartada do irmão mais velho?

– Não preciso que você dê uma de Benvólio comigo – digo, entre dentes.

– Dê uma de *quê*? – pergunta. Ele franze a testa, sem dúvida se lembrando de meu trabalho. – Você jura que está me enfiando em seu manifesto de ódio a Benvólio agora?

Inspiro fundo, tentando me concentrar em minha irritação, qualquer coisa que me impeça de chorar ou enfiar outro personagem de Shakespeare na história.

– Não preciso de babá. Vou ficar bem.

Pego minha bandeja e começo a andar até as pias, grata por ao menos ter o pacote de Cheetos Flamin' Hot para compensar o café da manhã que estou prestes a desperdiçar para ficar longe dele.

– Talvez você precise, *sim*, de babá se vai mesmo subir naquela pedra idiota na escuridão total – diz Leo, logo atrás de mim. Nós dois nos olhamos tão igualmente irritados que outros campistas estão abrindo espaço para nós no refeitório. – Você anda por aí como se fosse invencível, mas tem que pensar nos riscos...

– Tenho total noção dos *riscos* – digo, bem quando Leo passa em minha frente e para de modo tão abrupto que tenho que parar também.

Olhamos feio um para o outro. Suspiro, abrindo a boca para tentar dizer algo conciliatório, mas Leo é mais rápido do que eu.

– Então o que é isso? – pergunta, passando o nó dos dedos em uma cicatriz em meu cotovelo da qual tinha me esquecido. O toque prolongado me faz perder a raiva. – Ou isso? – diz, apontando para meus joelhos, ainda ralados do tombo de skate. Então Leo olha para meu rosto, para a cicatriz fincada em minha sobrancelha. – Ou...

– Dá para parar?

Isso é novidade para nós. Não sou de gritar com Leo. Mas isso é demais. Sempre soube que ele se lembra dessas coisinhas, das vezes em que caí de skates ou de cercas ou de um terraço infeliz para dentro de uma lixeira, mas é diferente ouvir tudo isso de uma vez. Como se de repente eu estivesse consciente de meu corpo como nunca me preocupo em estar. Consciente de que ele o conhece tão bem e não quer nada a ver com ele.

– Desculpa – diz Leo. Ele dá um passo à frente, e tenho que me concentrar em fincar os pés no chão pegajoso do refeitório para não dar um passo à frente também.

Contenho a mágoa, jogando o conteúdo da bandeja na lixeira:

– Qual é o problema com Finn, aliás? Ele não é seu amigo?

– É claro que é. – Leo tira a bandeja de minha mão, a voz consideravelmente mais baixa. – Mas Finn... ele teve um ano difícil. E agora anda um pouco nervoso. Imprudente. E você já é bem imprudente sozinha.

Ele se aproxima, os olhos fixos nos meus, e me odeio por sentir isso – essa eletricidade de ontem à noite, a gravidade densa da tempestade entre nós. Quase fico brava com ele por fazer essa corrente ressurgir. Mas ele não tem como saber que essa corrente significa algo completamente diferente para mim do que significa para ele.

– E, se vale de alguma coisa, estou sempre do seu lado – acrescenta. – Mas parte de estar do lado de alguém é dizer a verdade. Que é que você deveria dar um basta nessa história com a Savvy antes que acabe virando um *Senhor das moscas*.

Tento sem sucesso conter meu suspiro monumental. Ele tem razão. E, por mais que esteja brava com Savvy, também estou fixada no mistério dos pingentes de *magpie*, na breve conexão que tivemos hoje de manhã. Algo tão frágil que, se forçarmos além da conta, pode se partir.

– Vamos… fazer algum tipo de pegadinha boba, então – concedo. – Cortar o Wi-Fi da sala de monitores para ela não ter como atualizar o Instagram ou coisa do tipo.

Leo relaxa visivelmente.

– Não é má ideia. Pode até fazer com que ela ande mais com a gente.

Franzo o nariz.

– Só tenta não mexer com o emprego dela aqui – diz Leo. – É importante para ela.

Mordo o lado de dentro da bochecha, contendo o impulso de dizer que poder tirar fotos em meu tempo livre era importante para mim, e isso não a impediu de atrapalhar essa atividade.

– É claro que não – murmuro.

O rosto de Leo se abre em um sorriso, ainda que apreensivo. Hesito, e ele também, até que por fim ele diz:

– Toma cuidado hoje à noite.

Não sei se ele quer dizer para tomar cuidado subindo o rochedo ou para tomar cuidado com Finn, mas talvez seja melhor não saber.

– Não vou fazer nada que você não faria – digo, tentando aliviar a tensão.

Em vez disso, a boca de Leo forma uma linha tensa, seus olhos voltados para o outro lado do refeitório como se ele estivesse considerando algo. Consigo ver o momento exato em que se decide, seu maxilar estalando logo antes de ele se voltar para mim.

– Fui injusto antes. Finn é um cara legal.

– Então… você curte, *sim*, a ideia de mim e Finn?

Era para sair em tom de brincadeira, mas sai afiado e alto demais para mim.

Leo abana a cabeça e a inclina como sempre faz, só que desta vez há algo de exausto nisso. Algo que me aperta o peito, esse morde e assopra, o contínuo saber e não saber em que pé estamos.

– Quero que você seja feliz – ele diz.

De todas as coisas que ele já me disse, essa deve ser a pior. Porque sei o que me faria feliz, e não é algo que ele possa dar. Em vez de responder, dou um passo para perto dele e ergo a mão, esfregando seu cabelo com o punho até que fique todo bagunçado, achando que ele vai rir como fazia quando éramos crianças. Mas seus olhos continuam fixos nos meus, de uma forma que ainda consigo sentir depois que nós dois nos viramos e seguimos por caminhos separados.

Saio do refeitório em fila com o resto dos retardatários do café da manhã, tentando deixar meu mal-estar para trás, e logo dou de cara com as três meninas da Cabana Phoenix esperando por mim lá fora. Paro de repente.

– Finn contou para a gente o que aconteceu. Que Savvy dedurou todas nós, e agora temos que passar o verão inteiro estudando – diz Jemmy, dilatando as narinas.

– Pois é – digo, com tristeza.

Estou prestes a pedir desculpa, mas Izzy me interrompe e diz:

– Ele falou que você vai pensar num plano para se vingar.

Lá vem. É isso, então. Savvy roubou meu verão e levou todas as minhas amigas consigo. Se de fato há lados nesta batalha, não há dúvidas de qual elas escolheriam.

Mas a boca de Cam se fecha em uma linha determinada, e as outras fazem o mesmo. Ela dá um passo à frente, parecendo a líder de uma versão muito brava de *As Meninas Superpoderosas*, e diz:

– Queremos ajudar.

quinze

A Pedra da Pegação, na verdade, deve ter o título de lugar menos sexy em todo o Noroeste Pacífico – a menos que nós cinco competindo para ver quem consegue fazer os barulhos de urso mais convincentes enquanto vira um litro inteiro de Sprite contrabandeado possa ser considerado "sexy".

– Finn, você está expulso a menos que contenha os arrotos incontroláveis – diz Izzy, uma frase que deve ser a cereja de nosso bolo nem um pouco sexy. – Além disso, vamos dar uma última olhada no rascunho final antes de começarmos a Operação Sacal.

Nós nos ajeitamos na escuridão, os rostos iluminados pela luz do celular de Izzy. Na tela está uma conta falsa do Instagram que criamos que é quase idêntica à de Savvy, com todas as fotos que ela postou nos últimos tempos, e a bio é exatamente a mesma. Exceto que, onde era para dizer "Como se manter Savvy", diz "Como se manter Sacal", e também postamos algumas fotos antigas esquisitíssimas dela no acampamento para parecer que a conta dela foi hackeada por um fantasma nostálgico.

A ideia foi minha, mas a execução foi toda de Finn. Enquanto estávamos presas nas aulas, ele roubou o Wi-Fi para fazer subir suas fotos antigas de acampamento – Savvy e Mickey dançando com aparelhos que combinavam e camisetas da One Direction feitas à mão, Savvy dormindo em cima de Leo e Finn com baba escorrendo da boca, e todos eles com duas batatas Pringles encaixadas na boca, erguendo os cotovelos como patos na praia.

Fotos que me dou conta que já vi antes, quando Leo as mostrou para mim e Connie depois de voltar do acampamento. Mas, mesmo se eu tivesse memorizado a feição de todos, não teria como ligar os pontos entre a Savvy que ela era na época e a Savvy que ela é agora, toda refinada, completamente contida e equilibrada.

A conta está privada, então ninguém vai vê-la exceto nós e Savvy. É provável que ela veja o ícone de cadeado no perfil e se toque que é uma pegadinha antes mesmo de ver as fotos engraçadas. Mas, navegando por elas, fico contente por ter seguido o conselho de Leo e escolhido o caminho de uma boa pegadinha inocente em vez de me vingar para valer. Já vi sinais dessa Savvy mais leve, mas ver as evidências é bem diferente.

Quanto mais olho para a Savvy mais jovem, mais consigo entender a mais velha. Isso me faz lembrar que a fiz rir hoje cedo. E, por um momento, estivemos bem.

– Essas fotos são maravilhosas – diz Cam, rindo de uma em que Finn e Savvy estão posando com raquetes de tênis como se fossem sabres de luz. Ela belisca o nariz de Finn. – Olha você bebê.

Izzy concorda com a cabeça.

– Ela deveria postar essas de verdade. Pelo menos nos stories.

– Vamos parar de admirar como eu era maravilhoso aos doze anos e repassar o plano – diz Finn, mas não com convicção suficiente para deixarmos de notar que ele está corando. – Jemmy?

Jemmy, que pelo visto é uma mestra de RPG de um grupo muito grande só de meninas que jogam *Dungeons & Dragons*, decidiu assumir o comando deste golpe. No fim das contas, ela chegou à conclusão de que a única forma de tirar os monitores da cama sem que pegassem o celular era fingir que alguém tinha visto um urso – daí nosso ensaio de bramidos de urso –, levando-os a correr para o fundo da cabana, que dá para um corredor que leva à secretaria do acampamento.

Nesse momento, Cam – que, como se descobriu, está sempre usando um conjunto de legging e blusinha neon porque pratica atletismo – vai entrar correndo e pegar o celular de Savvy. Ela vai dá-lo para Izzy, que vai usar suas habilidades possivelmente suspeitas mas inegavelmente convenientes de hacker para acessar o celular de Savvy, sair do Instagram dela e entrar na conta de Como se Manter Sacal. Cam então vai entrar correndo de novo, nós cinco vamos fazer uma corrida maluca para as cabanas de campistas, e Savvy só vai descobrir quando estiver dando sua olhada matinal ritualística no Instagram.

O plano está longe de ser infalível (culpo os estudos por, de alguma forma e contra todas as expectativas, nos deixar todas um pouco mais burras), mas ninguém liga. A aula foi tão esmagadoramente tediosa quanto imaginávamos, mas todo esse planejamento ridículo nos uniu tanto que abri o bico e contei toda a trama de Savvy e Abby da novela dramática que é nossa vida.

Demorou alguns minutos para todas estarem atualizadas – "Pensei que essas coisas só acontecessem em filmes do Disney Channel", Jemmy disse cerca de cinco vezes –, mas foi um alívio depois que todas sabiam. Elas não estão mais bravas com Savvy, mas a adoração de sua heroína diminuiu alguns níveis saudáveis.

Elas a veem como um ser humano em vez de uma deusa do Instagram. O que coloca todas nós na mesma página, ainda que essa página envolva nos escondermos em partes diferentes da floresta como uma equipe adolescente da SWAT com walkie-talkies que pegamos emprestados da cabana dos meninos mais novos do outro lado do acampamento.

– Certo, Abby – diz Jemmy, dando-me o sinal de seu esconderijo detrás de uma árvore. – Vai buscar seu Oscar. Três... dois... um.

Eu me crispo, inspirando uma golfada de ar, e recito as palavras que Jemmy me fez memorizar e, na sequência, ensaiar gritando-as num travesseiro.

– Urso! Eu vi um urso. Tem um urso no acampamento!

Minha voz se projeta da floresta para o acampamento. Rufus logo começa a uivar e as luzes se acendem na cabana dos monitores. Ao longe, consigo escutar Savvy:

– Calma, gente, não tem ursos aqui!

Jemmy me dá uma cotovelada forte na costela, e obedeço, gritando:

– Ah, não! Um urso! Ahhhh!

Ela ergue uma sobrancelha para mim como se fosse a diretora Patty Jenkins, de *Mulher-Maravilha*, em carne e osso e eu tivesse acabado de destruir sua obra-prima cinematográfica, mas dá certo. Pela janela conseguimos ver os monitores saindo da cabana, Savvy guiando Rufus junto com eles.

A porta se fecha, e Jemmy liga o walkie-talkie.

– Certo, meninas. Hora do show.

dezesseis

— Me deixe ver se entendi — diz Connie do outro lado da linha. — Não faz nem uma semana que você está aí e já levou sua irmã a cometer um pequeno crime?

Aperto o telefone na orelha, olhando para a porta como se Savvy pudesse passar a qualquer momento.

— Em minha defesa, como *é* que eu poderia ter previsto que uma pegadinha de Instagram a teria feito entrar no modo GTA?

— Volta um pouquinho. O que a possuiu para roubar uma van do acampamento?

Eu me crispo.

— Ela, hum, *não* sacou que era uma conta falsa. E, como não conseguiu deletar as fotos assim que as viu, parece que simplesmente… saiu correndo? E subiu o morro em busca do melhor Wi-Fi da cidade para poder consertar?

— Você está de brincadeira — diz Connie, encantada por esse drama.

Na verdade, não. Savvy fez isso mesmo, e tão cedinho que nenhuma de nós viu isso acontecer. No entanto, eu estava bem acordada e tentando tirar fotos do nascer do sol quando ela desceu o morro e voltou dirigindo a minivan roubada do Acampamento

Reynolds, logo antes de eu testemunhar uma bronca tão lendária de Victoria que quase deixei Gatinha cair em horror alheio.

– Bem que eu queria. Ela recebeu um monte de deméritos. Tipo, os que costumam dar para os campistas – digo. – Estamos de plantão de limpeza juntas por quase duas semanas, e ela se recusa a olhar na minha cara.

– Então imagino que não tenha rolado nenhum progresso em descobrir o que é que aconteceu com os pais de vocês?

Seguro o telefone longe da boca para ela não escutar todo o barulho de meu suspiro.

– Nadinha. – Sinto mais um sermão tomando forma, então sou rápida em acrescentar: – Mas você tinha razão, sabe? Sobre ficar. O resto... até que está sendo meio divertido.

Claro, ficar presa numa jaula acadêmica a manhã toda é meio cansativo, mas as outras meninas tornam isso estranhamente suportável. Depois que nos liberam à tarde, tirando os serviços de demérito, ficamos até que livres. Andamos de caiaque. Fazemos brincadeiras bestas de acampamento e assamos *marshmallows*. Compartilhamos repelente e histórias de fantasma e camisetas. Tiramos tantas fotos engraçadas de nós mesmas que Gatinha às vezes funciona mais como um espelho do que como uma câmera.

Parando para pensar, tirei tantas fotos que o cartão de memória de Gatinha deve estar arfando pelos esforços de as armazenar – vistas arrebatadoras de Puget Sound, de nuvens cheias e infinitas, de pássaros raros, de coelhos e borboletas e cervos. Fotos que me dão orgulho ao rever o rolo da câmera, que por fim saciam esse desejo que sinto desde que me entendo por gente de sair e ver o mundo além de Shoreline, além do raio de cinco quilômetros de minha casa. Parece que algo se abriu para mim – não apenas paisagens e vistas deslumbrantes, mas o futuro. Não está claro, mas é mais amplo do que jamais o senti, cheio de possibilidades, de lugares aonde posso ir algum dia.

– Vocês só vão despejar todas essas fotos no Insta de vocês no fim do verão? – perguntei às outras meninas da Cabana Phoenix antes do jantar, enquanto passávamos uma para a outra um saco de salgadinho que Leo arranjou para nós. Tenho mandado minhas fotos para elas por AirDrop, aquelas de nós mesmas, não uma que eu tenha tirado sozinha, mas não vi nenhuma delas correndo para o computador compartilhado na sala de recreação ou vagando em busca de sinal de celular.

– Ah, não, isso é para nossos finstas – Jenny explicou, estendendo o celular. – Ainda não estou nem perto de chegar ao nível de lançar uma marca.

Olhei para a tela e vi que, assim como a conta de "Como se Manter Sacal" que criamos, só tinha meia dúzia de seguidores e era fechada. Connie também tinha um finsta, mas nunca entrei no Instagram para vê-lo. O de Jemmy segue a mesma linha. Meio que um álbum de recortes, sem nenhum tema exato.

– Ah. Acho que o meu também é um finsta, então, já que os posts são só por diversão.

– Meio que sim – disse Cam. – É bom ter um espaço só seu, sabe? Conhecer sua vibe? Para quando lançarmos nossas contas para valer, saibamos qual é a visão.

– Quais são as visões? – perguntei.

Cam sorriu, ajeitando o cabelo loiro que ela tem prendido num rabo de cavalo muito mais baixo e menos parecido com o de Savvy nos últimos dias.

– Tem toda uma comunidade *body positive* no Instagram. Vou começar por aí, fazer meu lance dando destaque a marcas com tamanhos inclusivos que são realmente bonitas, e combiná-las com playlists semanais. – Ela estende uma perna como uma bailarina, exibindo a legging roxa com estampa de nuvens que está usando. – Essa é total Ariana, obviamente.

Izzy pegou um pouco do tecido de elastano na panturrilha dela e o fez estalar, fazendo-a gritar uma risadinha.

– Bom, vou ser médica, então vou usar a minha para registrar tudo como um diário de fotos, desde o curso de medicina à residência – ela me disse. – Tipo *Grey's Anatomy*, mas para a geração Z. E, tipo, com muito menos assassinatos.

Antes que eu possa reagir, Jemmy abriu um sorriso largo, fazendo um movimento de arco e flecha.

– Nosso grupo de *Dungeons & Dragons* faz nossos próprios cosplays, então vou registrar a campanha que vamos fazer no outono. Todas decidimos que só vai terminar quando todas estivermos mortas.

Encarei uma por vez, impressionada.

– Uau, adorei todas – disse. Curti tanto as ideias delas que, pela primeira vez, quis que o Instagram fosse um hobby recreativo de verdade, e não apenas algo em que passo o olho uma vez por ano para confirmar que Leo não postou nenhuma foto do palhaço de *It - A coisa* na minha conta como uma brincadeira do dia da Mentira.

Mas há uma parte que não faz sentido.

– Se vocês têm suas próprias ideias de Instagram… por que curtem tanto Savvy?

– Bom, primeiro porque ela é foda – disse Jemmy. – Mas também por causa da oficina que ela vai dar na semana que vem.

– Oficina? – perguntei. Eu sabia que havia aulas específicas a cada semana, mas andei ocupada demais atazanando Mickey e Leo na cozinha e correndo pelo acampamento com Gatinha e Finn para dar muita atenção.

– Redes Sociais e Marca Pessoal – diz Izzy. – Savvy construiu o Instagram dela praticamente do zero em dois anos. – Se alguém sabe como fazer isso, é ela.

– Não se preocupa – disse Jemmy –, inscrevemos você também, mas podemos tirar seu nome se preferir não participar.

Nesse momento, senti um calorzinho no peito, que fiquei com medo demais de que passasse caso eu admitisse. Como se eu tivesse, sim, um lugar aqui. Como se pudesse encontrar meu espaço fora da bolha em que estava vivendo, com os mesmos melhores amigos e a mesma cidade e a mesma lista infinita de tarefas da Agenda Abby.

– Viu? – diz Connie, tirando-me de meus pensamentos. – Você só precisa sair um pouquinho da casca. Quem sabe até fazer algo totalmente radical, como mostrar suas fotos para pessoas que *não* sejam eu e Leo.

– Não vamos exagerar.

– Como está o Leo, aliás?

Olho pela janela da secretaria, pensando que vou vê-lo a caminho da cozinha para poder chamá-lo para dizer oi, mas não é o caso. A verdade é que fiquei preocupada que Leo pudesse ficar bravo depois do que aconteceu com Savvy, mas até ele concordou que a reação dela foi desproporcional. Como um verdadeiro Benvólio, porém, ele se manteve fiel aos dois lados, andando com cada uma de nós individualmente sem tocar no assunto.

– Ele está bem – digo. – Ele e Mickey têm feito umas disputas culinárias toda noite e deixam que eu e Finn sejamos os jurados.

– Então basicamente vocês estão realizando as fantasias de Leo de *Chopped – O desafio*?

– Ou os pesadelos dele. Ontem à noite ele derramou sem querer um pote inteiro de canela no *sisig* de porco que Mickey estava tentando ensiná-lo a fazer. Ela disse que é isso que dá tentar inventar com as receitas de família dela.

– Queria poder estar aí – diz Connie. – Estou perdendo tudo. Igual às férias de Ação de Graças.

Consigo não me crispar ao pensar no GIC, o que ou significa que fiz progresso ou que fiz coisas humilhantes o suficiente desde então para conseguir ofuscá-lo.

– Não se preocupe. Você não está perdendo muita coisa – digo. – Não tentei me jogar em cima do Leo de novo. Entendi a mensagem em alto e bom som.

Penso que ela vai rir, mas cai um silêncio do outro lado da linha – tanto que, por um segundo, acho que a ligação caiu.

– Foi uma piada – acrescento sem demora.

– Sim – diz Connie, com um riso fraco. – Aliás, e o Finn? Ele parece legal.

Encolho os ombros.

– Tipo, sim. Mas acho que depois de todo o lance com Leo… Sei lá. Mesmo se eu gostasse de Finn, não vale o esforço de me humilhar de novo.

Não sei por que estou sendo tão franca. Acho que porque era raro ficar a sós com Connie quando estávamos na escola, e agora somos só nós duas, então posso dizer o que quero. Ou talvez eu precise fazer isso para provar algo para mim mesma. Como se admitir que nutria sentimentos por Leo significa que superei tudo a ponto de não passar mais vergonha. Como se pudesse retomar um pouco do poder que isso tem sobre mim

Mas há um movimento abafado do outro lado da linha, como se Connie estivesse segurando o celular longe do rosto. Quando ela volta, diz com a voz cuidadosa:

– Abs... você gosta do Leo?

– Quê? Não – digo, ficando tão vermelha que olho para o chão como se ela estivesse na sala comigo. – Não importa. O Leo não gosta de mim. Você mesma perguntou para ele.

Passa-se um segundo.

– Acho que fiz besteira.

Aperto o telefone na orelha, tentando entender o tom dela, sem querer acreditar no pensamento que está viajando por meu cérebro agora.

– Que tipo de besteira?

– Besteira, tipo... eu... não fui totalmente honesta com você. Sobre... o que eu disse do Leo não gostar de você. A verdade é que nunca conversamos sobre isso.

Minha boca se abre por alguns segundos antes de se lembrar de como formar palavras.

– Então por que você disse isso?

– Porque sou uma idiota.

Ela está tentando ser engraçada, mas fico com medo de que, se eu ceder e rir, posso nunca mais parar. Em vez disso, pergunto:

– *Você* gosta do Leo?

– Não. Não, não é nada nesse sentido – ela diz, tropeçando nas palavras. – Fiz isso porque... sério, Abby, pensei que fosse um lapso. Você parecia tão surtada, e eu quis aliviar a situação, então falei o que podia para fazer vocês superarem aquilo.

– Mas eu não superei – disse, entre dentes. – Eu fiquei... ai, meu deus, fiquei tão envergonhada, todos os dias em que olhei na cara dele desde então.

– Não entendi que você...

– Por que você só está me contando isso *agora*?

Connie solta um suspiro como se estivesse criando forças. Como se tivesse passado um tempo tentando decidir se me contava isso ou não.

– Antes de viajar, Leo falou uma coisa sobre uma chance perdida. E tentei perguntar para ele o que era, mas ele meio que disse que não era nada. Pensei que talvez tivesse a ver com as coisas do teste de DNA, mas acho que... Abby, acho que talvez ele estivesse falando sobre você.

A conversa mudou tão rápido que parece um ricochete. Estou respirando com dificuldade, como se estivesse correndo disso, como se tivesse passado esse tempo todo correndo disso. Isso lança uma nova luz sobre todas as interações que tive com Leo nos últimos meses, sobre todos os sentimentos que me esforcei tanto para suprimir dentro de mim, toda a vergonha que senti nos momentos em que não fui capaz de fazer isso.

– Desculpa, Abby. De verdade.

Essa é a parte em que deveríamos conversar, e eu a perdoaria. A parte em que eu deveria dizer algo para salvar esse momento terrível, essa sensação vertiginosa em meu peito.

Mas sinto como se esse verão todo tivesse apodrecido as bases de todas as coisas em que pensei que poderia confiar. Meus pais mentiram para mim. Connie mentiu para mim. E essas mentiras podem ter sido discretas, com a melhor das intenções, mas estão todas implodindo a ordem de meu bendito universo.

– Preciso voltar para o acampamento – digo, mal conseguindo botar para fora as palavras que formam um nó em minha garganta.

– Abby. – Ela diz meu nome como uma súplica. Finjo não ouvir. Meu coração está batendo com tanta força que é difícil prestar atenção em outra coisa.

Clique.

Depois que desligo, fico ali parada, ouvindo o pulso de discagem, tentando entender o que acabou de acontecer. Tivemos muitas discordâncias em nossos anos de amizade, mas nada como isso. Nunca houve algo que eu não conseguisse perdoar e esquecer em um instante. Não sei agir de outra forma, e realmente amo Connie como a irmã que nunca tive.

Coloco o telefone de volta no gancho, ficando completamente imóvel, tentando me firmar – tentando não fazer parecer que começamos essa ligação longe uma da outra e a terminamos mais distantes do que nunca.

dezessete

Não estou chorando quando apareço para lavar com Savvy o verdadeiro esgoto que é o banheiro masculino, mas também não *não* estou chorando. Savvy está no fundo de uma das cabines quando chego e, desta vez, fico grata por ela não estar falando comigo. Isso me dá a chance de esconder minha cara de coitada numa cabine só para mim. E minha rotina de autopiedade encharcada de mijo está indo muito bem, pelo menos até Savvy se levantar e derrubar a água do esfregão na cabine dela, derramando-a nos meus sapatos.

– Merda – ela diz, tão surpresa consigo mesma que esquece que não estamos nos falando. – Merda, desculpa…

E é então que percebo que estou, *sim*, chorando, porque Savvy para de repente com o esfregão nas mãos, e o espanto no rosto dela se suaviza e se transforma em uma cara que é um pouco próxima demais de preocupação.

– Está tudo bem – digo, erguendo a mão para secar os olhos. Savvy é rápida em segurar meu punho, lembrando-me de que minhas mãos estão cobertas pela gosma primordial de meninos pubescentes, e mudo de ideia. Antes que caia em mim, ela está me ajudando a me levantar e me tirando da poça de água de esfregão, e ficamos cara a cara na cabine estreita.

Savvy solta o ar, como se estivesse tentando decidir se vai fazer alguma coisa ou não. A essa altura, tenho controle mínimo sobre meu rosto. Não é tarde demais para fingir que ela não notou nada e voltarmos à versão do Acampamento Reynolds da Guerra Fria.

— Aconteceu... alguma coisa?

Faço que não.

— Porque, se for alguma coisa do acampamento, sou meio que obrigada a saber.

Isso dói, embora não devesse. Por um segundo pensei que ela ligasse para mim como pessoa, e não o que minha existência como pessoa significava para o emprego dela.

— É só um drama esquisito. Lá de casa.

— Ah. — Savvy reflete sobre isso, e suas sobrancelhas se erguem. — Seus pais descobriram que nós...

— Não – digo, contendo uma risada. Para ser sincera, quase esqueci que havia algo para nossos pais descobrirem. — Por quê, os seus descobriram?

Savvy faz que não. Então ela continua, como se talvez fosse dizer mais alguma coisa, e estou tão ansiosa pela abertura que acabo cuspindo as palavras tão rapidamente que elas saem caindo uma sobre a outra como peças de dominó.

— Me... me desculpa por todo o lance da pegadinha. Não achei que...

Pela maneira como ela parou de falar comigo, a última coisa que espero é o que ela fala na sequência.

— Foi besteira – ela diz, a tensão saindo de seus ombros. — Mas o que fiz foi mais besta. Não sei o que deu em mim.

Mas nós duas sabemos, mesmo que nenhuma de nós queira dizer. Talvez essa história de Instagram para Savvy tenha começado por diversão, mas seja lá o que for agora está tão programado na psique dela que a fez dirigir uma van de oito lugares de câmbio manual morro acima antes mesmo de o sol nascer, e a fez esquecer que estava infringindo pelo menos umas dez regras do acampamento e até algumas leis.

— Mas você deveria saber que eu não estava tentando, tipo, castigar você com o lance dos estudos – diz Savvy, com a voz baixa. – Achei que seria melhor se Victoria descobrisse quanto antes. Se ela descobrisse depois de alguns dias, poderia ligar para seus pais e...

— Eles poderiam ter me obrigado a ir embora.

Ela baixa o olhar.

— Você falou que eles levavam bem a sério todo o lance de aulas particulares.

Encolho os ombros, e alterno o peso entre os tênis, fazendo um barulhinho úmido que ecoa pelo banheiro vazio. Olho para meus pés. Estão encharcados pela água do esfregão. Saímos da cabine em direção às pias. Quando me olho no espelho, vejo que minhas bochechas têm um tom envergonhado de vermelho e meus olhos estão tão inchados que estão praticamente implorando por um colírio.

— É esse o problema? – Savvy pergunta. – O drama de casa?

— Ah... hum, na verdade, não. É só que...

Não estou planejando contar, mas Savvy deve ser a única pessoa para quem *posso* contar. Ela não conhece Connie. As coisas que eu disser aqui nunca vão chegar a ela.

E talvez eu esteja imaginando coisas, mas Savvy até parece se importar de verdade.

— É minha amiga Connie.

– O quê, você fez uma conta falsa para ela no Twitter?

Rio, surpreendendo tanto a mim como Savvy, que parece contente por sua capacidade de fazer uma piada. Isso me relaxa um pouco, e acabo botando tudo para fora.

– Não. Aprendi minha lição quanto a isso. – Respiro fundo. – Mas, hum... então... é besta. Teve um lance com Leo, alguns meses atrás...

– Então ele *falou* que estava a fim de você.

Ergo a cabeça tão rápido que Savvy se crispa.

– Não. O problema foi que Connie me falou que Leo *não* estava a fim de mim.

– Ah, está, sim – diz Savvy, com franqueza. – Ele passou o verão passado inteiro falando de uma menina chamada Abby. Pode não ter falado nada diretamente, mas estava na cara que ele tinha um crush. Só liguei os pontos quando você chegou aqui.

Não sei como, mas ficar coberta de água suja foi menos chocante do que isso.

– Ah.

Minha voz sai fraca e, para ser sincera, eu me *sinto* meio fraca. Há uma onda de... não sei como chamar. Algo sorrateiro, algo alegre, a ideia boba de que Leo gostasse de mim talvez mesmo antes de eu entender que também gostava dele.

Mas, na verdade, isso só piora a mentira de Connie. Porque não importa, não é? Leo tinha um crush em mim. *Tinha*, no passado. E, se aquela ceninha no refeitório antes de eu ir para a maldita Pedra da Pegação significou alguma coisa, agora deve ser tarde demais.

– E você gosta dele.

Nem me esforço em negar.

– É só que... Connie mentiu para mim sobre ele. E isso meio que complica tudo, porque nós três... bom, éramos melhores amigos. Sempre fomos. – Sopro um fio rebelde de cabelo do rosto. – Não quero estragar isso, muito menos se Leo não sentir mais o mesmo.

Não sei por que estou esperando um sermão. Talvez seja toda a superioridade de ser monitora ou o fato de que Savvy narra seus stories do Instagram com a autoridade de alguém vinte anos mais velho. Mas, em vez disso, ela se apoia na mesma pia nojenta e solta um suspiro.

– Então, não sei se isso é verdade – diz. – Mas, seja como for, é muito chato.

É bom ouvir alguém dizer essa verdade objetiva, mesmo que não ajude em muita coisa. Me faz sentir como se eu não tivesse criado o problema dentro de minha cabeça.

– Se quiser um conselho...

Quando olho para ela, não vejo nenhuma presunção em seu rosto. Na verdade, ela parece quase receosa, como se eu pudesse ficar ofendida pela oferta. Faço que sim, abrindo um pequeno sorriso.

– Tenho uma experiência relativamente útil com a possibilidade de estragar uma dinâmica de grupo de amigos por conta de sentimentos – ela diz, com um sorriso de viés.

Vasculho o rosto dela.

– Pensei que você tinha conhecido Jo pelos seus pais.

– Sim, mas antes de Jo... teve um quase-lance com Mickey. – Savvy revira os olhos, como se estivesse exasperada com sua versão mais jovem, e explica: – Sei lá, a gente tinha treze anos, e eu tinha um crush enorme nela. Não falei nada porque não queria estragar nosso grupinho. Eu, Mickey, Finn e Leo, digo.

Ela parece reflexiva por um momento, longe dos azulejos encardidos.

– Então, o que rolou? – pergunto.

Ela pisca, voltando a si.

– O que rolou é que não falei nada, e Mickey arranjou uma namorada.

– Ah.

Estou tentando decifrar de que maneira transformar isso num conselho relevante quando Savvy se inclina para a frente.

– E sei que estou com Jo agora, e isso são águas passadas pelas cabines do banheiro – ela diz, apontando para a nossa sujeirada –, mas passei, tipo, anos me lamentando por não ter falado nada. Porque quem sabe o que teria acontecido se eu tivesse falado? Acho que o que estou tentando dizer é: essa história com o Leo… você pode acabar ficando brava consigo mesma por um tempo se nem ao menos perguntar para ele. Se nem ao menos tentar.

É estranho, como posso saber pouco sobre o passado de Savvy e mesmo assim sentir a dor dela como se fosse minha.

– Enfim, me avisa como for – ela diz. – Considerando o estado dos banheiros do acampamento, parece que vamos ter tempo de sobra para bater papo.

– Pois é. Eca.

Ela sai da beira da pia, pegando o esfregão e o segurando por um instante.

– E, se quiser usar parte desse tempo para tentar entender o que aconteceu com nossos pais…

Passei a última semana compartimentalizando isso tão bem que quase me convenci de que isso não importa. Mas vai importar. Daqui a algumas semanas, depois do fim do acampamento, as perguntas sem respostas não serão algo que posso enfiar em uma caixa no cérebro, mas sim dois seres humanos com quem converso todo dia.

Mas é mais do que isso. Quero saber sobre nossos pais, mas também gostaria de saber mais sobre Savvy. Consigo sentir que estou chegando mais perto da Savvy que Leo e os outros devem conhecer, aquela de aparelho e sorrisões e marcas de biquíni esquisitas.

– Sim – digo. – Seria legal.

Não chamamos de trégua desta vez porque é algo mais profundo do que isso. Como se não tivéssemos que colocar um fim oficial à briga, porque confiamos que vai passar por conta própria. A coisa toda é quase... Bom. É quase coisa de irmãs.

dezoito

Está um friozinho fora de época na manhã seguinte, quando estou na fila perto da água, de maiô, com duas dezenas de outros campistas que são desmiolados a ponto de se inscreverem para o Nado do Urso Polar semanal do acampamento. Estou batendo os dentes, mas talvez não seja só o frio – talvez seja a espécie de pavor mortal esperada que vem de decidir que hoje é o dia em que vou contar para meu melhor amigo que nutro sentimentos por ele e alterar o fluxo do contínuo espaço-temporal da amizade resultante pelo resto de nossas vidas.

Lanço um olhar para Leo, que está com um brilho nos olhos mesmo com o cabelo desgrenhado pelo sono, e sinto um aperto no peito – algo alegre e aterrorizante, algo que rondou meus sonhos a noite toda e me acordou com um sobressalto pela manhã.

Hoje vai ser o dia. Tem que ser. Só não sei bem quando.

Antes que consiga pensar demais sobre isso, o apito é soprado, e disparo como um foguete com a primeira leva.

O frio é um choque de parar o coração. Bato as pernas sob a água fria, e meus braços se debatem como se tivessem se esquecido de como ser braços, mas, por um segundo muito longo e libertador, isso parece estar acontecendo com outra pessoa. Inspiro e há nevoa em meus pulmões e gelo em meu sangue, e isso faz tudo desaparecer – todas as vergonhas, todas as confusões, todas as dúvidas congeladas e levadas embora.

Saio correndo da água antes mesmo de estar completamente imersa, e vou direto até onde Leo está preparando o chocolate quente. Ele para no meio do que quer que esteja dizendo para Mickey, os olhos arregalados de espanto.

– Você está bem?

– Sim – digo, ofegante. – Hum... só... posso falar com você?

– Hum, sim, claro – diz Leo, me olhando de cima a baixo como se não soubesse ao certo se estou intacta. Damos alguns passos para longe de Mickey, e ele baixa a voz: – Na verdade, eu também tinha uma coisa para falar você. Qual é a sua?

– Eu... – Desta vez não é que eu tenha perdido a coragem, mas meus dentes estão se batendo como um daqueles brinquedos de caveira de dar corda que aparecem no Halloween. Preciso de um segundo. – Você primeiro.

– Tem certeza?

– Sim, sim – digo, pulando de um pé para o outro e tremendo violentamente.

Leo olha ao nosso redor, e algo dá uma cambalhota em minha caixa torácica. Um solucinho idiota de esperança que talvez, apenas talvez, estejamos prestes a contar a mesma coisa um para o outro.

– É o seguinte, Abby... semana passada saí da lista de espera de outra escola de culinária.

As palavras são tão inesperadas que não há espaço para a decepção que vem na sequência. Fico olhando para ele que nem uma idiota.

– Pensei que você só tinha se candidatado para uma.

– Só para uma em Seattle – Leo diz, baixo. – Esta é em Nova York. E ontem enviei o depósito da matrícula. Eu me mudo em setembro.

Sob meus pés, o chão parece desnivelado, como se alguém o tivesse mexido de repente.

– Ah. – Tento sorrir, mas é vacilante e parece errado. – Parabéns, Leo, eu... uau.

Ele se inclina para a frente, falando do jeito acelerado como costuma falar durante seus lendários despejos de informação, só que agora ele está torcendo as mãos como se fosse um pedido de desculpa.

– Pensei em não ir, mas esta última semana, cozinhando com Mickey... foi um sonho. Como se esse mundo todo tivesse se mostrado. E essa escola tem várias oportunidades de intercâmbio internacional, e um instrutor cujos pratos filipinos são tipo, mundialmente famosos, sem falar que todas as aulas têm uma parte acadêmica dedicada ao contexto cultural – diz. – Acho que eu deveria ir. As oportunidades são... Abby, não posso deixar escapar.

– Claro que não – respondo, rápido. É um som desajeitado e gutural, mas pelo menos é sincero. Estou feliz de verdade por ele. Estou *orgulhosa* dele. Todos nós passamos a vida toda em Shoreline, então essa decisão não deve ter sido fácil. E Leo estava muito dividido entre ir para a escola de culinária ou seguir a via acadêmica. Agora ele vai poder fazer as duas coisas.

Mas, por baixo dessa felicidade, desse orgulho, está uma mágoa tão profunda que não consigo nem saber onde começa, muito menos onde termina. É como se sentar no lugar em que sua cadeira sempre esteve e cair no vazio.

– Você vai ficar tão longe – digo, sem me tocar que falei isso em voz alta. Eu me seguro para não dizer o que ficou em mim como um hematoma: *E não achou que seria importante a ponto de me contar.*

A "chance perdida" de que Connie estava falando – era sobre isso. Nunca foi sobre mim.

– Sim. Eu sei. – Ele coloca a mão em meu ombro, e isso deveria me estabilizar, mas estou cambaleante. – Mas isso não vai mudar nada, certo? Sempre vamos ser melhores amigos.

Ele parece tão preocupado de verdade que o que quer que eu deveria ou não dizer perde força antes mesmo que eu possa verbalizar. *Nova York.* Nunca nem saí da Costa Oeste. É quase outro planeta. E aqui estou eu, criando coragem para dizer a Leo que estou apaixonada por ele, enquanto Leo estava criando coragem para me dizer que está saindo de minha vida para sempre.

– Claro – digo, mas não acredito nisso. Tudo já mudou, tanto que nem sei se consigo mais usar as palavras *melhor amigo.* Melhores amigos não mentem. Melhores amigos não guardam segredos tão monumentais. *Pensei que contássemos tudo um para o outro*, Leo me disse, pertinho deste mesmo lugar. Mas eu menti para Leo, e Connie e Leo mentiram para mim.

– Você disse que também tinha alguma coisa.

Faço que sim, e minha última esperança desaparece com o movimento.

– É só que, hum, eu e Savvy… estamos de boa.

O rosto de Leo se abre no tipo de sorriso que detém tempestades.

– Que demais.

– Pois é – consigo dizer.

Bem nesse momento a primeira leva de nadadores ursos polares volta à costa, e Mickey chama Leo para ajudar com a distribuição de chocolate quente. Leo estende o braço e me segura pela mão antes de ir, puxando-me rápido demais para eu resistir e me abraçando firme embora eu esteja encharcada. Fecho os olhos esmagada contra seu peito, e me permito ter isto. Apenas por um momento. Seja lá o que for.

– À noite a gente conversa – ele diz, afastando-se.

Volto à costa quando ele se afasta, sentindo-me tão distante da leva seguinte de corredores que se preparam para pular que é quase como se eu fosse um fantasma. Alguém toca em meu braço.

– Ei – Savvy diz, baixo.

Um segundo se passa, e estou rezando para ela não falar nada, porque não sei por quanto tempo consigo me segurar. Então Savvy – completamente vestida, com o cabelo todo arrumado para o dia e a maquiagem no olho aplicada com uma precisão de boneca – pega minha mão e a *puxa*, e nós duas estamos correndo, igualando os passos uma da outra, atingindo a água com o mesmo estrondo.

Procuro Savvy, mas encontro Finn primeiro, sua gargalhada atravessando a névoa. Então sinto uma mão em minha cabeça, fazendo-me submergir para dentro da água. Minhas bochechas ficam imediatamente dormentes e minhas pernas começam a se debater e, quando volto à superfície, estou ofegando bem na cara de Finn.

É um rosto bonito. E meu coração está batendo em todos os cantos e recantos dentro de mim, furioso e confuso e sobrecarregado demais para lembrar para qual lado deve bater. E talvez eu deva fazer algo a respeito. Talvez deva me libertar do poder que Leo exerce sobre mim, resolver um problema com outro, fazer a coisa que com certeza está passando por minha cabeça e pela de Finn ao mesmo tempo e beijá-lo.

Finn lambe um pouco da água dos lábios, o sorriso malandro escapando de seu rosto. Não tenho que olhar para trás para saber que Leo está observando e, por esse momento passageiro e egoísta, fico contente. Finn se aproxima, e talvez eu também me aproxime – e então recebo um jorro d'água no olho.

Finn solta um berro indignado e joga água de volta na direção de onde ela veio. Savvy solta um gritinho, afastando-se. Vejo o sorriso de Savvy, mais largo do que nunca. Cheio da liberdade infantil de se permitir aproveitar o momento. É a Savvy das antigas fotos de acampamento, aquela que todos os outros conhecem, que ainda estou começando a conhecer... alguém em quem realmente consigo me ver.

– Vocês têm que *sair* depois do pulo, seu bando de masoquistas – Mickey grita da margem.

Alguém sopra o apito e todos voltamos às pressas, tremendo. Mickey logo oferece uma toalha para Savvy, revirando os olhos para nós duas. Olho ao redor em busca de Finn, mas não o vejo em lugar nenhum.

– Parece um Day frio em julho – diz Leo, oferecendo-me um pouco de chocolate quente.

Solto uma risada esbaforida abrupta, ainda arfando pela corrida para dentro e fora da água, e pego o copo de isopor da mão dele. Leo coloca um braço ao redor de meus ombros encharcados de novo, dessa vez com um aperto diferente – por um breve momento penso que é porque sabe que estou chateada, mas não tão sutilmente ele nos vira para que Finn possa ter uma visão completa.

Fico tensa, e Finn também fica, olhando em meus olhos – não, olhando nos de Leo. Finn desvia o olhar tão rápido que quase não noto antes de ele se virar na direção de outro grupo de campistas.

Eu me afasto de Leo.

– Você vai se molhar todo – digo, embora ele já esteja molhado.

Leo estende o braço.

– Não ligo.

Eu me esquivo antes que ele possa tocar em mim. Me sinto ferida. Diferente. Como se o frio tivesse cristalizado tudo, tornado as coisas que eu não queria ver tão claras que não há como evitá-las: não é só que Leo não me quer. Também não quer que ninguém mais me queira.

Eu me obrigo a ver a confusão perpassar pelo rosto dele, a mágoa, mas isso não abala minha decisão. É como Leo disse quando estávamos observando os raios: *existem certas coisas que só você pode fazer por si mesma.*

– Leo – começo, mas ele pega meu braço e me puxa, puxando-me contra si logo antes de Mickey e Savvy trombarem conosco.

– Sinto informar que vamos ter que enterrar você nisso – diz Mickey, tentando arrancar o suéter molhado do corpo de Savvy –, porque está grudado em sua pele de maneira permanente.

O calor de Leo em minha pele gelada é tão convidativo que me embala, deslocando-me no tempo. Sou levada de volta a dois invernos atrás, quando estávamos andando de trenó em um dia raro de neve em que desci muito rápido e acabei caindo de cara numa pilha de neve semiderretida na garagem de alguém. Leo ficou esfregando meus braços para me manter aquecida enquanto ríamos e voltávamos correndo para minha casa. De volta a quando as coisas eram simples. Quando eu não tinha motivo para pensar que nem sempre seriam.

Savvy solta um gritinho, inclinada e com a cara toda envolta pelo tecido.

– Meu cabelo está preso na etiqueta!

– Então fica *parada*, sua pateta – diz Mickey. – Juro por deus, nem Houdini conseguiria sair disso. Quem colocou você nessa armadilha mortal?

– Jo me deu de aniversário!

Tenho um calafrio, e Leo me puxa com mais firmeza. Digo a mim mesma que só estou deixando porque estamos os dois distraídos pelo showzinho de Savvy e Mickey, mas a mentira é superficial demais para tomar forma. A verdade é que essa deve ser a última vez que vou permitir que ele fique tão perto. Quero saborear esse momento, gravá-lo em meu coração, e guardar a parte dele que posso ter, mesmo se não posso tê-lo.

– Jesus, o que você fez para irritar aquela menina?

Savvy abaixa a cabeça para que Mickey consiga soltar a etiqueta de seu cabelo molhado, mas as duas estão rindo tanto da pose ridícula de Savvy, com a cabeça virada para baixo e os braços estendidos como se estivesse prestes a fazer as mãozinhas de jazz mais agressivas do mundo, que elas não estão fazendo muito progresso.

– Provavelmente fiz merda com a programação de datas no Google Agenda – diz Savvy, bufando.

Mickey está sem fôlego, envolvendo a cabeça de Savvy entre as mãos, tentando sem sucesso não rir.

– *Diz* que você está zoando.

Vou me afastando de Leo com uma lentidão absurda, como se talvez ele não fosse notar se acontecesse devagarzinho. Mas acho que nós dois estamos nos afastando um do outro há muito mais tempo do que isso. Dessa vez, ele por fim me solta.

Ele tenta olhar em meus olhos, mas não deixo. Tenho medo do que ele vai ver. Medo do que não vai ver.

Savvy abana a cabeça logo à nossa frente, acabando por se enroscar ainda mais no suéter.

— Sabe o que ela falou? — ela diz a Mickey. — Por que ela não vem esse fim de semana? Porque aparentemente *eu* fiz besteira marcando em *rosa* em vez de *verde* e... Ah.

Seja lá o que está acontecendo, todas as pessoas num raio de três metros notam antes de mim, porque tenho que acompanhar os olhares assombrados de todos até a origem — uma menina, tão alta, pálida e etérea que eu poderia nunca parar de encará-la se os olhos dela não parecessem capazes de me cozinhar em carne de Abby incinerada em um segundo de contato visual.

Mesmo assim, não faz sentido. Nem o silêncio, nem a maneira como a menina parece tão ridiculamente deslocada com seu par de sapatos sociais e um terninho xadrez, nem como Mickey se distanciou tanto de Savvy num piscar de olhos que é quase como se ela tivesse se teletransportado para o meu lado.

— Jo? — Savvy consegue dizer.

Os olhos de Jo se estreitam, duros e azuis e furiosos.

— Surpresa — diz. O sarcasmo não consegue mascarar nem um pouco a mágoa.

— Eu estou... Merda. — Savvy se empertiga, tirando o suéter. — Jo, espera.

— Deixa quieto — Jo murmura, saindo a passos largos na

direção do estacionamento diante do prédio principal do acampamento. Savvy vai atrás dela, descalça e tremendo, sem dizer uma palavra.

Mickey enfia um par de tênis pretos em minhas mãos.

– Ela vai precisar disso – ela me diz.

Olho ao redor, sem saber por que ela os deu para mim, mas ela está olhando com tanta determinação para os tênis, e não para mais ninguém, que sei que é melhor não questionar. Eu os pego e ela sai andando na direção oposta, deixando-me na costa com um frio na barriga de pavor tão profundo e distinto que parece impossível que os problemas de Savvy nem sempre tenham estado emaranhados com os meus.

dezenove

Levar os tênis para Savvy acaba se revelando um fracasso. Quando chego ao estacionamento, não vejo nem ela nem Jo em lugar nenhum, tampouco seja lá qual tenha sido o meio de transporte que trouxe Jo até aqui. Acabo guardando os tênis na cabana dos monitores e me escondendo de Leo junto com as meninas da Cabana Phoenix, que ficaram todas sabendo sobre Jo – ou pelo menos sobre a parte de Jo surpreender Savvy, e não sobre a parte em que isso se transformou em um episódio de *The Real Housewives of Acampamento Reynolds*.

– É tão romântico. Tudo que minha namorada já fez foi me mandar um cartão-postal de Minnesota – Izzy resmunga durante o jantar.

Jemmy suspira.

– Ainda é mais do que mandar GIFs do John Mulaney, que é a linguagem do amor do meu namorado.

Cam bufa.

– Bom, o *meu* namorado, Oscar Isaac, mas mais especificamente no papel de Poe Dameron, estaria me enchendo de afeto infinito se não estivesse ocupado demais salvando o cosmo.

Soltamos uma gargalhada compreensiva, e todas se voltam

para mim, pensando que vou intervir com minha própria piadinha. Sinto um aperto na garganta antes que consiga falar algo e tomo um gole desnecessariamente grande de suco para me esquivar.

Na manhã seguinte, saio ainda mais cedo que o normal. Não consigo dormir de todo modo, e quero confirmar se Savvy está bem, mas ela não está em nenhum de seus lugares habituais. É como se a ilha a tivesse engolido viva.

Mas encontro Rufus, que me guia por uma de suas trilhas favoritas. Obedeço, jogando um graveto para trás e para a frente enquanto seguimos. Estou tirando uma foto de Rufus com a língua saindo pela lateral da boca quando Gatinha me informa de maneira muito clara que seu cartão de memória está cheio. São só oito horas, então imagino que não vou ter que esperar demais para acessar o computador compartilhado e despejar os conteúdos num Dropbox.

Rufus me segue, ainda me cutucando com o graveto, mas, quando o atiro na direção do prédio principal, ele desaparece na esquina e não volta mais.

– Ei, Rufus – grito. – Seja lá o que suas patinhas cleptomaníacas pegaram, é melhor soltar... Merda.

Só para constar: essa não é a palavra que imaginei saindo de minha boca quando colocasse os olhos na mãe de Savvy pela primeira vez. Também, só para constar: mas que *porra*?

Uma semana atrás eu não a teria reconhecido sem que seu rosto estivesse voltado para mim, mas agora vi tantas fotos dela no celular de Savvy que sua aparência é basicamente uma aba para sempre aberta em meu cérebro. Por alguma pequena misericórdia, ela e o pai de Savvy estão distraídos demais enchendo Rufus de carinho para me notar. Pelo menos por um segundo.

— Ah, que bom. Você é monitora?

Abaixo tanto o boné de beisebol em minha cabeça que pareço uma celebridade tentando sair às escondidas de uma aula de Pilates.

— Hum — consigo dizer.

O pai dela estreita os olhos para mim enquanto ando para trás, quase tropeçando numa pedra.

— Já nos conhecemos antes, não? Você é uma das amigas de Savvy?

— Não... eu só... desculpa! — exclamo e, antes que eles possam dizer mais alguma coisa, começo a correr na direção da cabana de Savvy como se nossa vida dependesse disso.

Estou na metade do caminho quando acontece: estou correndo em minha própria direção. Estou correndo em direção a um espelho no meio do acampamento, prestes a me estilhaçar no vidro.

Paro de repente, ofegando, e, quando meu reflexo ofega de maneira muito mais graciosa, percebo que não sou eu, mas Savvy sem maquiagem, o cabelo despenteado em toda a glória frisada e encaracolada de uma mulher Day indomada.

Seguramos uma à outra pelos ombros.

— Seus *pais* — nós duas dizemos.

Fecho a cara para ela e ela fecha a cara para mim, e nós duas dizemos:

— Não, *seus* pais.

Resmungamos ao mesmo tempo e, de novo, com a mesma indignação:

— Estou tentando dizer que seus *pais estão aqui!*

Minha boca se abre, horrorizada, porque, pelo menos uma

vez na vida, sou a primeira a entender: eu vi os pais dela. E, de alguma forma ridícula e impossível, ela viu os meus.

Savvy entende alguns segundos depois, ficando tão imóvel que sua pele fica branca como cera.

– Onde? – pergunta, murmurando a palavra como uma praga.

Fico o exato oposto de imóvel, girando no lugar como Rufus em um local cheio de esquilos.

– Eles vão me matar.

– Eles vão *nos* matar – Savvy me corrige.

– Como é que eles descobriram? – pergunto, alto demais para alguém que deveria estar tentando se manter escondida. – Você colocou alguma coisa no Instagram?

Savvy solta um riso que é quase histérico, fazendo um gesto tão largo que não sei se está tentando envolver o acampamento ou todo o universo conhecido.

– Você acha que eu postaria essa bosta toda no *Instagram*?

Eu ficaria brava pela insinuação de que minha existência constitui uma "bosta toda", mas, sinceramente, até que estou curtindo isso. A Savvy de chinelo e cabelo desgrenhado com cara de quem está pouco se fodendo é dez vezes mais dramática do que a Savvy do Instagram, e muito mais divertida de observar.

Exceto que Savvy também parece a um segundo de perder a cabeça, então alguém precisa assumir o controle.

– Certo. Não se preocupe. Vai dar tudo certo. Vamos lá e vamos explicar... da maneira mais racional possível... que agimos pelas costas deles, reviramos os segredos mais sombrios que mantiveram pelos últimos vinte anos e fugimos para uma ilha para nos esconder.

Os olhos de Savvy estão esbugalhados como os daqueles bonecos de borracha de apertar. Ela limpa o nariz com a manga larga, parecendo fungar sob o som de pânico sem precedentes.

– Você está bem?

– Sim, é só um resfriado idiota – diz, balançando a mão para mim para dizer que não é nada. – Onde meus pais estão?

– Perto da sala de recreação.

– Vi os seus no estacionamento – diz Savvy –, o que deve significar que...

– Eles estão indo para o pavilhão central – completo, olhando naquela direção. Uma rajada de vento nos atinge, e não sei dizer se nós duas estamos arrepiadas de ansiedade ou pavor. Nossos pais devem estar putos, mas, do outro lado dessa conversa, estão as respostas a todas as questões impossíveis que nos temos feito desde que nos conhecemos.

Eu me viro para Savvy.

– Pronta?

Ela abana a cabeça para mim.

– Abby, não temos um *plano*. Não fazemos ideia do que vamos dizer.

Pego a mão dela e a aperto, da forma como ela segurou a minha ontem, como se eu pudesse lhe passar parte de minha bravura recém-encontrada e provavelmente muito imprudente.

– Vamos começar com "desculpa" e partir daí.

Savvy me abre um sorriso cauteloso e lacrimejante, mas aperta minha mão em resposta antes de a soltar, e seguimos para a secretaria, acompanhando o passo uma da outra, para que nenhuma de nós fique à frente ou olhando para conferir se a outra ainda está lá.

Durante a curta caminhada, estou me preparando para uma centena de cenários diferentes, e cerca de noventa e nove deles começam com meus pais em níveis astronômicos de furiosos. Mas talvez não estejam. Talvez vejam os pais de Savvy, e algo simplesmente se resolva por conta própria. Todos vão se encarar, e as memórias compartilhadas de seus cortes de cabelo ruins dos anos noventa e cerimônias de casamento simples e seja lá o que mais deve tê-los conectado antes de eu e Savvy nascermos vão vir à tona. Até amanhã eles vão estar rindo de tudo isso.

Mas, mesmo considerando essa hipótese idiota, não consigo dar conta do que realmente acaba por acontecer: não vemos nossos pais em lugar nenhum. Em vez disso, quando abrimos a porta da secretaria encontramos Mickey, ao lado de Rufus, olhando pela janela com uma cara de quem testemunhou um crime.

Nós nos viramos para seguir o olhar dela e, ao longe, vemos dois carros subindo o morro serpenteante perto do acampamento – um é um Prius e, atrás dele, a minivan de meus pais em toda sua glória inconfundível e desengonçada coberta de adesivos. Em poucos segundos, os dois vão ter sumido do campo de visão.

– O que acabou de acontecer? – Savvy pergunta.

Mickey mal olha para ela. No fim, ela se dirige mais para mim.

– Hum… os pais de vocês… meio que trocaram um olhar e… foram embora?

Consigo encontrar minha voz antes de Savvy. Só porque, se eu não superar o nó que se forma em minha garganta e o ardor em meu rosto, vou fazer alguma coisa idiota e chorar.

– Eles disseram o porquê?

– Não – Mickey diz, baixo. – Ninguém disse nada. Mas, hum… seja lá o que aconteceu entre seus pais? Acho que é oficialmente seguro dizer que foi feio.

vinte

O que acabamos nos dando conta, depois de espremer o cérebro de Mickey feito uma esponja, é: nenhum de nossos pais veio para nos confrontar sobre a Operação Irmã Secreta. Os pais de Savvy estavam lá porque Mickey mencionou o resfriado de Savvy para a mãe dela, que o mencionou para a mãe de Savvy.

– E isso era motivo para seus pais largarem tudo e atravessarem um grande corpo d'água em menos de vinte e quatro horas porque...? – pergunto.

Savvy fecha a cara, avançando e nos guiando floresta adentro.

– Por que seus pais vieram?

Ah. Isso. Eu me crispo, abrindo a barra de proteína que Savvy me deu antes de me puxar para uma trilha e me mandar vir atrás dela.

– Existe uma chance de média a grandinha de eu ter reprovado numa matéria, e por isso era para eu estar na recuperação agora.

– *Recuperação?*

E lá está de novo. As sobrancelhas erguidas, o tom incrédulo. Mesmo com, literalmente, gravetos no cabelo e o nariz mais vermelho do que o daquela rena do Papai Noel, ela consegue emanar o tipo de autoridade que faria a diretora da minha escola lhe dar as chaves de sua sala sem pensar duas vezes.

– Pois é, pois é, nem todas podemos ser a Betty Cooper – digo.

– Desculpa, não queria parecer que estou... julgando. Só fiquei surpresa.

Bom, é melhor do que se ela *não* ficasse surpresa, então vou aceitar. Estou prestes a voltar ao assunto dos pais de Savvy cruzando o Puget Sound por causa do resfriado dela, mas Savvy enfim para.

– Uau.

A trilha dá para uma clareira com uma vista ampla e um penhasco abrupto e inesperado – não exatamente tão alto quanto outros mirantes que já vi desde que chegamos, mas impressionante. Estamos tão longe que conseguimos ver o acampamento lá embaixo, as cabanas e o refeitório e as quadras de tênis espraiados diante de nós, campistas começando a vagar preguiçosamente para as atividades menos rígidas de domingo. Só percebo como é silencioso aqui quando Savvy dá um espirro e me crispo.

Savvy toca meu ombro.

– Fica cheio de lama aqui – ela avisa.

Baixo os olhos até o fim da descida. Não é perigoso, mas é íngreme, e não parece ter como voltar a subir se você cair.

Dou um passo para trás, arrependendo-me de ter ouvido todos esses pensamentos na voz de Leo.

– Que lugar é esse?

– Bom, aqui *era* onde fazíamos arco e flecha, no verão logo depois que saiu o primeiro filme dos *Jogos Vorazes* e um monte de gente curtia. Mas então ninguém mais quis subir até aqui, e a vegetação da trilha cresceu e... quase todo mundo esqueceu.

Seus olhos se voltam para a base de uma árvore, mas se afastam tão rapidamente que sei que é melhor não olhar o que quer que seja.

– Mas não você.

Savvy dá de ombros e se senta em um toco de árvore. Eu me deixo cair no toco ao lado, ainda duvidando se vi mesmo o carro de meus pais ou se vou acordar na cabana e descobrir que tudo não passou de um sonho febril maluco induzido pelo repelente em spray.

– Então nossos pais se odeiam.

– Não sabemos isso – diz Savvy.

– Na última vez que vi um Prius correndo tanto, a loja de esportes ao ar livre lá do centro estava em liquidação. – Cravo os dentes na barra de proteína. – Além disso, eles todos estavam aqui, o que significa que os meus pais devem ter deixado três meninos com menos de dez anos de idade com meu tio desavisado e pegado a balsa das seis da manhã. E depois apenas… *ido embora*?

A mágoa não sabe bem onde permanecer dentro de mim nem se deveria. Eles não têm como saber que eu sei que estiveram aqui. E não foram embora porque estavam bravos comigo. Pelo contrário, *vieram* até aqui porque estavam bravos comigo. Mas a história toda me deixou incomodada. A decisão de vir até aqui não deve ter sido simples. O que só pode significar que a força que os fez ir embora é maior – maior até do que vir me ver.

– Argh – diz Savvy, enfiando a cabeça entre os joelhos. – Queria que nossos pais apenas… relaxassem.

– Tipo, menti na cara dura para os meus e hackeei os e-mails deles para fugir de minha obrigação legal de fazer recuperação, então faz sentido que eles *não* estejam relaxados – admito. – Os seus, por outro lado... o que os deixou tão preocupados em relação ao resfriado? Tem certeza de que não estão aqui por causa de Jo?

– Não – Savvy diz, com tristeza, a cara enfiada na legging.

– Jo foi embora faz tempo.

– Ah.

Não sei se devo perguntar. Estar com Savvy é como... há essa proximidade, uma compreensão em algum lugar dentro de nós, de nossos olhos e ritmos e pingentes de pássaro. E há essa amizade que começamos a criar entre nós. Mas falta o recheio. A parte entre ser amigas e parentes, em que sabemos coisas sobre a vida uma da outra e sabemos onde nos encaixamos e que tipo de pessoa se é quando está com ela.

– Meus pais... eles são assim desde sempre. Quando eu era pequena, bastava um espirro e eu ia parar no consultório do pediatra. Uma vez eles não me deixaram ir para a escola porque minha língua estava verde, e levamos um dia inteiro para lembrar que eu tinha chupado uma bala colorida na noite anterior.

– Você era, tipo, superdoente quando era criança ou coisa assim?

– Nada. Mas eles sempre pareceram pensar...

Ela para de repente, encarando a barra de proteína pela metade em suas mãos, e lambe o lábio superior.

– Pareceram pensar o quê?

Ela encara por mais alguns segundos sem responder. Ando tendo que me acostumar com isso. As pausas de Savvy, a maneira como ela vive tentando escolher as palavras com muito cuidado. É melhor não tentar apressá-la. Ela normalmente acaba dizendo o que queria dizer, mas às vezes não consigo me conter.

– Pareceram pensar... enfim... sempre foram paranoicos

que eu teria algum tipo de doença cardíaca não diagnosticada. O que, até onde sei, não tenho – acrescenta rápido. – Só um pontinho estranho num monitor quando era bebê que até o médico falou que não era nada para motivo de preocupação, mas minha mãe estava convencida de que era outra coisa e que, se eu ficasse muito doente, aquilo aumentaria e viraria um problema de verdade.

– Isso é... um medo estranhamente específico.

Savvy concorda, observando-me, e só então entendo sua hesitação. Talvez não seja estranho. Talvez seja apenas específico.

– Que eu saiba, ninguém na minha família teve nenhum negócio esquisito de coração. Seus pais acham que temos?

– Eu meio que presumi que sim? Eu estava mais ocupada me irritando com isso. – Savvy exala. – Mas acho que meio que acabei pegando para mim no fim das contas.

– Hum, você é, tipo, o contrário de hipocondríaca. Tenho quase certeza de que, se estivesse prestes a morrer, desafiaria a Morte a um concurso para ver quem toma mais suco verde e venceria. Você é, tipo, a pessoa mais saudável que conheço.

– Sim, porque tive que ser. Até eu fazer todo um número de canto e dança sobre me cuidar, meus pais não largavam do meu pé. – Ela solta uma risada, estendendo os joelhos e esticando as costas, como se as palavras relaxassem suas articulações e ela não soubesse como contê-las. – Acho que nunca contei isso para ninguém.

Cutuco o joelho dela com o meu, e isso a acalma um pouco.

– Acho que é o tipo de coisa que seus amigos deveriam saber.

O sorriso de Savvy fica menor, menos genuíno. Como se ela estivesse reconsiderando algo.

– Pois é. – Ela acrescenta: – Só para deixar claro, gosto do que faço. O Instagram, digo. Ou...

– Você gosta de passar tempo com Mickey.

Savvy se empertiga tão rápido que sei que estou certa, mas quase gostaria de não estar. Ou ao menos de ter me tocado que deveria ficar de boca fechada.

– Você vai embora? – Savvy pergunta, a voz mais baixa do que esteve a manhã toda.

Puxo uma grama no chão, perfurando o caule com as unhas, observando os sucos tingirem minha pele de verde. Não existe nenhum cenário em que meus pais não me tirem daqui. Mas a decepção não é um golpe tão grande quanto pensei que seria. O tempo que passei aqui – as manhãs vendo o sol nascer com Savvy e Rufus, as tardes na água com as meninas e saindo às escondidas para ir atrás de belas paisagens com Finn, as noites comendo com as mãos junto de Leo e Mickey – foi sempre bom demais para durar por muito tempo. Como quando se está vivendo um sonho bom, mas sabe que está sonhando. Meus dias aqui eram contados.

– Não quero ir.

Parte de Savvy relaxa, como se ela só se permitisse se soltar um pouquinho por vez.

– Bom, você já perdeu a recuperação, certo? O estrago está feito.

– Tem uma segunda sessão – digo, arrasada. – E só começa depois das duas semanas que ainda temos de acampamento, mas tenho certeza de que eles vão me tirar daqui mesmo assim. Estou até meio surpresa que não tenha acontecido antes.

– Seus pais são muito a fim de que você entre numa boa faculdade ou coisa do tipo?

Encolho os ombros. Na verdade, não conversamos muito sobre isso. Sempre meio que presumi que iria para a faculdade barata da região até decidir o que fazer da vida, e ninguém parecia ter um problema com isso.

– Então por que eles são tão fixados em suas notas e em matricular você para todo esse lance?

– Não sou, tipo, burra.

– Eu sei – diz Savvy. Não de maneira rápida nem aplacadora demais. – Victoria comentou que suas primeiras notas práticas pareciam altas demais para justificar a preparação para o vestibular.

Mesmo compenetrada em tentar dissecar o drama de nossos pais, fico estranhamente contente em ouvir isso.

– Eu... sei lá. Minhas notas sempre foram boas. Mas esse ano... acho que nem tanto.

O que não digo é que elas despencaram depois que vovô morreu. Que isso aconteceu logo antes do começo do ano letivo. Que as notas em si talvez nem fossem tão ruins, mas o fato de eu parecer não dar bola fez meus pais se borrarem de medo.

E não é que eu não desse bola, exatamente. É só que, quando o ano letivo começou, eu estava exausta. Tudo estava mudando – não apenas as coisas grandes e assustadoras, mas as pequenas e mais práticas também. A reorganização de nossa rotina, as coisas que meus pais tiveram que assumir sem vovô ali para ajudar. Eu não tinha percebido como o cuidado e a atenção de Abby Day tinham sido relegadas em grande parte a ele. Não tinha percebido até meus pais se adaptarem para compensar isso e, de repente, toda a atenção deles se voltar para mim.

– Eles só começaram a me colocar em aulas particulares para *tudo*, até para as coisas em que eu estava indo bem.

– Mas você odeia.

– Com todo o meu coração.

– E você não disse isso para eles.

Não é uma pergunta. Minha reputação por deixar os problemas se inflamarem deve ter me precedido.

– Não foi tão ruim assim, no começo – explico. A barra de proteína começa a ter um gosto farinhento, como se fosse grossa demais para mastigar. Embalo a sobra e a coloco sobre o joelho, encarando enquanto ela fica perfeitamente equilibrada, esperando que caia. – Vovô sempre fazia com que eles parassem com toda a história de pais superprotetores, quando exageravam. Às vezes ele até fingia me sequestrar, e saímos para fazer trilha ou para Green Lake com nossas câmeras.

– Parece divertido.

Meus olhos ainda estão fixados por completo na barra, e quase fico contente quando ela cai, de modo que meus olhos têm algo em que focar em vez de lacrimejarem como querem fazer.

– Pois é. – Minha voz vacila. – Enfim, o feitiço virou contra os feiticeiros. Quanto mais aulas particulares eles me obrigavam a fazer, piores ficavam minhas notas.

– Você está fazendo isso de propósito?

Estou? Às vezes sinto que o último ano me escapou pelas mãos, e não consigo nem medir em termos de tempo de tantas coisas que aconteceram nele. Perder vovô. O GIC. Descobrir sobre Savvy. O resto é uma névoa turva, como se eu estivesse embaixo d'água, tentando seguir a corrente, e só agora tivesse emergido e percebido quanto tinha sido carregada pela correnteza.

– Acho que não. Mas… depois que comecei a ficar para trás…

– Fica difícil tirar o atraso.

– Talvez, se eles me deixassem. Se eu só tivesse *tempo* para...
– Solto um suspiro. – Tipo, todo esse lance de preparação para o vestibular do método Reynolds? Até que não odeio. Estou indo bem. Porque temos tempo para fazer nossas coisas depois. Meu cérebro consegue, tipo, dar descarga. Resetar. Sei lá.

Savvy acena como quem entende.

– E vou falar com eles. Talvez depois. Quando não for um momento tão...

– Pois é – Savvy concorda. – E acho que é difícil. Ficar brava com as coisas que fazem porque nos amam.

Isso traz à tona algo em meu peito que, em meio a todo o caos, consegui ignorar: sinto *falta* deles. Quase quero que as coisas voltem ao normal, só para poder abraçá-los, e conversar com eles sobre as partes chatas de meu dia com que ninguém parece se importar, e ter aquela sensação calorosa de estar com eles, sem tudo o mais para atrapalhar.

Mas a questão é o *quase*. Porque estou entendendo agora que não apenas não consigo desfazer isso, mas que também não quero. Não quero voltar a um mundo em que não conheça Savvy. Não porque ela é minha irmã, mas porque, apesar de tudo, acho que talvez seja minha amiga.

– Pois é. – Esmago a embalagem de barrinha de proteína em minha mão, criando forças. – Eles nos amam. Então precisam nos contar a verdade.

Savvy faz que sim, e nós duas nos levantamos. Começo a voltar para a trilha antes dela, mas sua voz me interrompe:

– Tomara que você possa ficar.

Não sou muito de abraçar, na verdade, então nem sei por que estou fazendo isso até já estar fazendo – abraçando essa menina que sou eu e não sou, essa menina com quem não me identifico nem um pouco mas de certa forma entendo. Ela fica tensa, mas então retribui o abraço e me aperta, e sinto que é sólida a compreensão entre nós. Aconteça o que acontecer, esse não é o nosso fim. Vai haver muito mais picuinhas e sessões de foto ao amanhecer e tentativas de nos entender no futuro.

Nós nos viramos para partir, e me abaixo para amarrar o sapato. Só então vejo o pequeno entalhe na árvore antiga, riscado com um canivete, desbotado pelo tempo: *Mick + Sav*, escrito em uma grande estrela entalhada.

vinte e um

O que começa depois disso só pode ser descrito como uma tocaia. Nós nos plantamos no estacionamento e esperamos. Até as quatro da tarde, todos nós já nos alternamos: eu antes do café da manhã, Savvy antes do almoço, Mickey logo depois, e Finn indo e vindo quando está a fim, como se isso fosse uma transmissão ao vivo de filhotinhos de cachorro e ele estivesse voltando para conferir se já acordaram.

– Certo, que tal o seguinte. Se começar a dar merda, entro no meio e falo: "Sou EU, seu *filho* secreto! E depois que aliviarmos a tensão ou acabarmos revelando *mais um* segredo de família sombrio, todos vão poder…

– Finn, Finn, fica quieto – digo, minha voz subindo cerca de uma oitava. – Vai buscar Savvy.

Finn choraminga, avistando a minivan que está descendo a colina.

– Mas até que enfim está prestes a começar…

– *Vai.*

A estrada é comprida e serpenteante, então a minivan some e reaparece enquanto ziguezagueia. Mas só temos cerca de um minuto até ela chegar ao estacionamento. Eu e Savvy conversamos sobre o que vamos dizer, mas, quanto mais perto eles chegam, mais minha mente se esvazia.

Passos soam no cascalho atrás de mim, mas, quando dou meia-volta, não é Savvy, mas Leo. É prova de meu estado atual de pânico que mal sinto a torção em minhas entranhas me lembrando de que faz tempo que estou devendo uma conversa com ele.

– Ei – ele diz, olhando de relance para onde eu estava olhando fixo até um instante atrás.

Merda. Ele não sabe o que está rolando. No caos desta manhã, não apenas me esqueci de todo o drama com Leo como me esqueci... bom... de Leo.

– Oi – consigo dizer. – Hum... então eu...

– Você quer... a gente pode conversar durante o jantar? Tipo, depois do jantar normal no refeitório?

– Ah. – Atrás de Leo, Savvy está vindo correndo, de volta à sua versão arrumadinha, o rabo de cavalo brilhante preso e uma camada estratégica de base escondendo o nariz congestionado. – Hum...

– Vou fazer bolas de lasanha.

Faço que sim, mal sabendo com o que estou concordando.

– Claro... sim, sim, pode ser – digo, quando Savvy nos alcança.

– Legal – diz Leo. Por fim olho para a cara dele, para a linha tensa e ansiosa que deve ser uma tentativa de sorriso. Tento retribuir com outro sorriso, e formamos um par macabro, ambos sem dúvida criando forças para dizer coisas que o outro não vai querer ouvir. – Até mais tarde.

– Até.

Ele se vira enquanto escuto o barulho de rodas sobre cascalho e a tração característica da velha minivan estacionando. Eu e Savvy estreitamos os olhos para enxergar meus pais pelo para--brisa, e me arrependo no mesmo instante. Meu pai fica boquiaberto de espanto e os olhos de minha mãe estão mais arregalados do que nunca, alternando entre mim e Savvy como se estivesse esperando que fôssemos voltar a nos fundir em uma menina só, em vez de duas.

Não sei o que fazer exceto acenar, o que é o que meu braço idiota faz, como se essa fosse uma visita social e não que eles vieram para me arrastar pelo Puget Sound pela orelha. Há um segundo depois que eles estacionam o carro, e minha mãe diz algo a meu pai, e meu pai concorda com a cabeça. Ele sai do carro sozinho.

— Merda — murmuro. Nunca vi minha mãe se esconder de *nada* antes.

Sem perceber, Savvy fica um pouco mais perto de mim, ou talvez me aproxime um pouco dela. Seja como for, estamos com os ombros encostados quando meu pai chega, muito determinado a não ver nem cumprimentar Savvy, olhando fixamente para mim com os olhos vermelhos e cansados.

— Acabou a brincadeira — diz, como se pudéssemos manter as coisas leves.

— Hum... pois é. Pode-se dizer que sim. — É minha tentativa de resposta frágil.

— Recebemos uma ligação da escola. Perguntando por que você ainda não tinha se matriculado para a recuperação – diz meu pai, continuando a evitar Savvy com tanta determinação que é como se ela fosse uma fantasma bem-arrumada e instagramável. — Eu e sua mãe viemos levar você para casa.

– Olha, sei que menti, mas... primeiro, estou aprendendo muito aqui. Radicais latinos e circunferências e todo tipo de pérolas que caem no vestibular. Mas além disso...

– Desculpa, Abby – diz meu pai, dando um passo para trás.

– Você pode arrumar suas coisas e se despedir dos seus amigos com calma, mas...

– Não vou me despedir de Savvy.

A boca dele se fecha, e em seus olhos há um lampejo de algo que nunca vi antes – como se eu o tivesse traído. Como se o tivesse colocado contra a parede, uma que ele vinha evitando muito antes de eu poder colocá-lo contra ela. Mas isso está somado a outra coisa que piora tudo, fazendo-me duvidar de mim mesma: surpresa. Ele não consegue acreditar que estou fazendo isso com ele.

Por um momento, eu também não.

Meu pai enfim olha para Savvy com uma indiferença praticada, como se só pretendesse olhar de relance, mas então seus olhos se fixam nela e o reconhecimento é inconfundível. O tipo que não tem nada a ver com a fisionomia, e tudo a ver com o coração.

– Eu... tenho certeza que você e sua amiga podem...

– Ela não é só minha amiga – exclamo. Eu me volto para Savvy, mas ela está com uma cara de quem esqueceu como falar, e a culpa que revira meu estômago está completamente visível em seu rosto. – Você sabe que ela é minha... você *sabe*.

– Eu não...

Tiro o chaveiro do bolso, o pingente de *magpie* refletindo a luz. Sem dizer uma palavra, Savvy tira a corrente do pescoço, segurando-a perto do meu com gestos lentos e hesitantes.

A porta do carro bate. Há lágrimas escorrendo pelo rosto de minha mãe, tão grossas que não sei dizer que tipo de lágrimas são.

– Meninas – ela diz, dirigindo-se a nós duas. – Essa não é a melhor hora para... eu quero explicar. Juro. Mas, Abby, você pode só... entrar no carro e...

– Savvy!

Nós nos viramos, minha mãe chorando, meu pai com uma cara de quem está há um minuto sem respirar, nossos pingentes pousados na palma de nossas mãos, e nos damos conta de que o Prius – como é típico do modelo – chegou sorrateiramente, e que os pais de Savvy estão fora do carro.

Não apenas isso, mas a mãe de Savvy está *furiosa*.

Com seu vestido floral rodado e sandálias anabela, ela não parece uma mulher prestes a caminhar furiosamente em nossa direção tão rápido que quase estralo o pescoço acompanhando seu progresso, mas, num instante, ela está segurando o braço de Savvy e penetrando minha mãe com o olhar.

– Como *ousa* – ela diz para minha mãe, apertando o braço de Savvy com tanta força que a pele dela vai ficando vermelha. – Você sabe muito bem das regras.

– Eu não estava...

– Vamos resolver isso da maneira como fizemos da última vez. Não pense que não vamos – diz, puxando Savvy para trás, como se alguém fosse sequestrá-la.

– Pietra – diz o pai de Savvy, que só agora alcançou a mãe dela. – Espere um...

– Vamos embora. *Agora.*

Fico esperando que meus pais se defendam. Minha mãe dá alguns passos para trás, mas fora isso está paralisada, olhando para Pietra como um animal que está prestes a ser atropelado por um caminhão.

– Mãe, você não pode simplesmente me colocar no carro – diz Savvy, por fim recuperando a voz. – Eu *trabalho* aqui.

– Até parece que não posso – diz a mãe de Savvy, completamente diferente da mulher radiante e formal do cartão de Natal da família Tully.

Meu pai intervém antes que a mãe de Savvy a jogue sobre os ombros.

– Acho que todos nós precisamos conversar com nossas filhas – diz, sem olhar para os pais de Savvy. – Abby, você precisa buscar alguma coisa ou pode vir com a gente agora?

– Eu... tenho que...

– Eu conto para Victoria onde você está – diz Savvy. Então, antes que sua mãe possa reclamar: – E aonde eu vou. Só me dá alguns minutos, e vou com vocês, beleza?

A mãe de Savvy concorda, não exatamente calma mas com certeza envergonhada. Ela se vira para meu pai e diz:

– Sim. Acho que é melhor. Mas, só para deixar claro, não quero ver nenhum de vocês perto da minha filha nunca mais.

Estou achando que alguém, qualquer um deles, vai reclamar. Mas, embora o rosto de minha mãe ainda esteja arrasado, sua voz é clara:

– Entendido.

vinte e dois

Meus pais me levam até o pequeno hotel da ilha sem dizer uma palavra, olhando para mim de tempos em tempos pelo retrovisor. Tento encarar seus olhares – *desculpa, desculpa, desculpa* –, mas, toda vez que faço isso, eles desviam os olhos.

Quando estacionamos o carro, ninguém ainda falou nada. Eu os sigo humildemente, sentindo-me mais criança do que nunca, não apenas porque estou encrencada de oitenta e seis maneiras diferentes, mas porque estou totalmente dependente deles. Saí sem nada além de minha câmera e meu chaveiro. Estou até sem o celular.

Minha mãe começa a esquentar água no micro-ondas assim que entramos no hotel. Nunca dei mais do que alguns goles e acho que ela também não, mas o ritual do chá se tornou um tipo de definidor. Se é um problema, vamos dar um jeito. Se é um Problema, minha mãe faz chá.

Depois disso, todos nos sentamos, eles no sofá e eu na cadeira de rodinha da escrivaninha. Estou inquieta, e eles ficam completamente imóveis, mexendo-se apenas para olhar um para o outro em uma conversa silenciosa.

– Não queríamos que vocês descobrissem dessa forma – digo, por fim. – A gente só queria… sei lá. Descobrir o que aconteceu.

– Você não poderia ter simplesmente perguntado? – diz meu pai.

Aperto a sobra de tecido de meu short entre os dedos. Deveria contar a verdade para eles: sabíamos desde o começo que estávamos desenterrando algo grande demais para o mundo à superfície. Que eu não queria dar a eles a chance de mentir.

E que *dói* saber que esconderam isso de mim. Que, se dezesseis anos se passaram, eles provavelmente pretendiam esconder isso de mim a vida toda.

– Estou perguntando agora – digo em vez disso. As palavras exigem muita coragem para serem colocadas para fora, e só me dou conta disso quando solto o ar e sinto meus ossos esgotados pelo esforço. – O que aconteceu?

Minha mãe aperta sua xícara de chá, mas não o bebe, segurando-a junto ao rosto e fechando os olhos por um instante.

– Você sabe que eu e seu pai nos casamos cedo.

Faço que sim com a cabeça. Tenho a sensação de que vou ficar respondendo muito com a cabeça daqui para a frente.

– Bom... o que você não sabe é o porquê.

– Por causa de Savvy?

Minha mãe faz que não.

– Porque... seu pai... bom, nós não sabíamos se ele tinha muito tempo de vida.

Solto uma risada, que começa sincera mas vai sendo substituída por outra baixa e insegura. Meus pais não riem, o rosto de ambos solenes e retraídos. Acho que nunca os vi tão sérios. Eles parecem versões zumbis de si mesmos.

– Quando eu tinha vinte anos, tive um caso bem sério de pneumonia – meu pai me conta. – Hum... bom, resumindo, eu tinha uma má-formação cardíaca não diagnosticada. A pneumonia desencadeou complicações. E foi bem pesado para mim. Fiquei indo e vindo do hospital por alguns anos.

Minha mãe estende o braço e pega a mão dele. Eu os observo apertarem – meu pai primeiro, depois minha mãe. Eu me pergunto quantas vezes os vi fazendo isso. Me pergunto por que essa é a primeira vez que entendo como eles dizem coisas um para o outro sem precisar dizer nada.

– Até o colocaram na lista de transplantes por um tempo – diz minha mãe. – As coisas ficaram bem ruins, e nós... estávamos apaixonados, e simplesmente... nos casamos. Não achamos que haveria muito futuro, então queríamos fazer o máximo possível com o pouco tempo que tínhamos.

Minha garganta se fecha. Não consigo imaginar um mundo em que minha mãe exista sem meu pai, nem meu pai sem ela. É estranho até pensar que houve um tempo em que eles não se conheciam.

– Inclusive ter um bebê?

– A bebê... Savannah – minha mãe se corrige. Fala como se diria uma palavra que se leu em um livro uma centena de vezes, mas nunca em voz alta. – Foi um acidente.

– Era demais para nós – diz meu pai. – Estávamos casados, mas não estávamos prontos para... pelo menos não naquelas circunstâncias.

– Ele estava doente – explica minha mãe –, éramos jovens e estávamos... já estávamos tentando planejar como seria a vida sem ele. Eu não... a ideia de... de estar num mundo sem ele... Achei que era nova demais para lidar com isso sozinha. Sei que era.

Não precisa explicar, quero dizer – mas não é verdade. Eu

preciso que ela explique, e acho que ela precisa explicar. Mas ela não tem que se justificar. Ela é minha mãe. Mesmo antes de saber as circunstâncias, entendia que ela tinha feito uma escolha dificílima.

– Então decidimos entregá-la para adoção – diz meu pai. – E então...

– Você melhorou.

Ele faz que sim. Minha mãe aperta ainda mais a mão dele, os dois tão unidos que parecem uma força. Estou começando a entender. Aquele nível irritante de calma diante de toda catástrofe digna de Abby ou relacionada a um irmãozinho que surge em nosso caminho. Eles já enfrentaram coisa muito pior do que podemos jogar para cima deles, e sobreviveram.

– Logo antes de Savannah nascer, eles o colocaram num programa de tratamento experimental, e foi como se nada nunca tivesse acontecido. Ainda é. Ele não teve nenhum problema desde então.

Meu pai vê a pergunta em meus olhos, mas a interpreta mal.

– E, até onde sabemos, você e seus irmãos também estão livres. Fizemos o teste em todos vocês.

– Mas Savvy?

– Ela tem...? – Minha mãe leva a mão ao coração, o rosto mais pálido do que antes.

– Não – digo rápido, desejando ter pensado que minha escolha de palavras os assustaria. – Tipo... quando vocês a entregaram. Vocês conheciam os pais dela.

– Éramos amigos – meu pai diz, com cautela.

Está claro que nenhum dos dois vai elaborar.

– Então... o que é que aconteceu?

Minha mãe se encolhe. Ela sempre foi pequena – mais com

a altura de Savvy do que com a minha –, mas agora parece capaz de se afundar entre as almofadas do sofá e desaparecer.

– É complicado.

– E a parte em que vocês esconderam uma irmã secreta de mim por dezesseis anos, não?

– Ei – meu pai me alerta.

– Está tudo bem, Tom – diz minha mãe.

Ergo as mãos para eles, um gesto de rendição que sai um pouco desajeitado porque nunca tive que fazer algo do tipo antes. Até eu estou surpresa comigo mesma por questioná-los. Não é fácil, mas também não é tão difícil quanto pensei. Como se eu tivesse guardado todos esses momentinhos ao longo do último ano em que eu poderia, queria, deveria ter falado alguma coisa, até que algo tão grande e impossível de ignorar enfim me levou ao limite.

– O resto eu já sei – digo. – Por que vocês não me contaram?

– Porque… – Minha mãe abana a cabeça.

– E… e eu? Tipo, como me encaixo nessa história? – pergunto, antes que perca a coragem. Estou tremendo. – Tipo… vocês a entregaram e me tiveram um ano e meio depois. Vocês eram, tipo… superpropensos a acidentes ou…

– Filha, não – diz minha mãe.

– Está tudo bem – digo, e estou sendo sincera. – Tipo, sempre meio que imaginei que era, e sei que isso não significa que vocês me amam menos…

– Filha, você não foi um acidente, você foi…

Minha mãe para de falar porque, em sua pressa para me tranquilizar, acabou revelando algo.

Eu me sinto fraca, como se tivesse escalado algo muito alto e não soubesse se teria forças para voltar a descer.

– A história toda... não faz sentido.

– Eu sei – diz minha mãe, abanando a cabeça. – Desculpa. Eu sei.

Consigo sentir que minha janela está se fechando. Eles vão encontrar alguma forma de fechá-la, para que nunca mais se abra. Tento outra tática.

– Se vocês não vão me contar agora... vão me contar algum dia?

Eles se entreolham e, desta vez, não é um mistério. Nenhum dos dois sabe o que me dizer.

– Porque... porque vou ter que saber algum dia. Savvy é parte da minha vida – digo a eles, e só agora sinto que estou prestes a perder o grau ínfimo de controle que tenho sobre a situação. Só então me dou conta de que isso não é apenas sobre o que eles perderam: eu também tenho algo a perder. – Somos amigas. O que fizemos foi feio, e desculpa por isso, mas não me arrependo de termos nos encontrado porque...

Tenho que parar porque minha mãe está chorando de novo. Ela coloca o rosto entre as mãos, abanando a cabeça como se não tivesse a intenção de me interromper. Mas ela toma fôlego e tudo sai como um grande soluço engasgado, um barulho que nunca a ouvi soltar antes, e isso cala minha boca tão rápido que o resto das palavras desaparece em minha garganta.

– Desculpa – ela diz. – Des...

Meu pai solta a mão dela para poder colocar o braço ao redor dos ombros dela, estabilizando-a. Não saio do lugar, atordoada demais por esse poder inesperado que tenho sobre eles, por ver como isso os quebrou rápido. Não é isso que quero. Só quero entender. Não quero toda a dor que vem junto.

Mas o entendimento e a dor estão enroscados, mais firmes

do que um nó, e juntos criam algo tão imutável que não importa o que quero ou deixo de querer. De uma forma ou de outra, vou puxar um nó que não tem como ser desfeito.

– Vamos nos deitar – diz meu pai, ajudando minha mãe a se levantar. – Tem uma lanchonete na porta, e dinheiro na bolsa da sua mãe...

– Espera – digo, levantando-me de um salto. – Sei que... é muita coisa. Mas se vocês me deixassem ficar...

– Abby – meu pai reclama.

– ... porque estou realmente progredindo. De verdade. Quase tirei nota máxima no simulado! Eu!

Eles nem estão me escutando. Sinto que estou numa dimensão alternativa. Não sei mais o que dizer, como fazer isso dar certo.

– E estou fazendo amigos e... e tirei tantas fotografias. Lindas.

Meu pai olha de relance para mim. Tenho a atenção dele, mas não o suficiente para prendê-la. As próximas palavras são algumas das mais angustiantes que já disse na vida, mas estou desesperada.

– Me deixem mostrá-las para vocês.

Meu pai estaca, e ficamos nos encarando, tentando entender qual de nós está mais surpreso. Nunca mostrei mais do que uma ou outra foto para eles. Eles sempre as elogiaram, mas são meus pais e são obrigados a dizer coisas gentis. Na verdade, só me deixavam mais envergonhada.

Isto, por outro lado, me faz arder de vergonha como se estivesse na superfície do Sol.

– Manda para a gente. Vamos dar uma olhada – ele diz e, embora sua voz esteja carregada e seu rosto esteja pálido, consigo ver que está sendo sincero. Que sabe como isso é importante para mim. – Vamos mesmo. Mas, Abby?

Merda. Merda, merda, *merda*.

– Não... não quero que você crie muitas esperanças. Isso não tem nada a ver com você nem com a história da recuperação. É maior do que isso, tá?

A palavra deixa um gosto metálico em minha língua, mas não há nada mais a dizer.

– Tá.

vinte e três

Não sei como, mas, contra todas as previsões, estou colocando os pés no Acampamento Reynolds antes do almoço do dia seguinte. É um alívio tão grande que eu poderia me prostrar na frente do edifício acadêmico e beijar o chão enlameado. Também é uma decepção tão grande que, em vez disso, estou no estacionamento, observando meus pais se afastarem, minha culpa crescendo mais e mais a cada curva dos pneus da minivan.

— Ela está viva!

Estou esgotada demais para Finn e sua energia ilimitada e, a julgar pelas olheiras sob os olhos dele, ele também está.

— Pensei que você tinha sido assassinada. Eu ia começar a espalhar os boatos. Fazer de você a próxima Gaby, encontrar uma boa árvore para você assombrar…

— A Savvy está aqui?

— Ela voltou ontem à noite. Precisava voltar para o trabalho e tudo. Vocês são a fofoca do acampamento, sabe? – Finn me diz. – A Cabana Phoenix achou que você tinha se perdido na floresta; estavam prestes a montar uma equipe de busca. Juro que Leo parecia prestes a chorar…

— Mandei mensagem para ele do celular da minha mãe… ele não recebeu?

– Bom, sim. Mas pensamos que você voltaria antes do jantar. Ele estava convencido de que você tinha sido sequestrada ou comida por um animal raivoso ou coisa parecida.

Merda. Tínhamos combinado de conversar no jantar. Vinte quatro horas atrás, isso estaria gravado com tanta força em meu cérebro que eu não teria conseguido pensar em mais nada. Agora lá fui eu piorar a situação ainda mais.

– Então o que rolou? – Finn pergunta. – Você vai...

– Abby!

Savvy parece surpresa em me ver, afastando-se dos outros monitores de maneira tão abrupta que eles parecem um bando de pássaros migratórios cuja formação foi arruinada por um deles. De longe ela parece tão pronta para as câmeras como sempre, mas, quando chega perto, parece tão exausta quanto eu, de olhos vermelhos e com uma postura nem tão perfeita.

– Você *voltou*?

– Estou tão chocada quanto você.

– O que aconteceu? – Finn pergunta de novo, o olhar se alternando entre nós. – Resolvemos o mistério? Vocês foram separadas do mesmo óvulo lá atrás, um experimento genético que deu errado, o encobrimento foi malsucedido...

Rufus o interrompe me atacando com toda sua exuberância exagerada e enlameada de sempre, bem quando Savvy diz:

– Me encontra depois do almoço?

– Sim – eu e Finn dizemos ao mesmo tempo.

Savvy ergue as sobrancelhas para ele.

– Argh, está bem – aceita Finn. – Vou encontrar uma irmã secreta só para mim.

No instante em que eu e Savvy ficamos mais ou menos

sozinhas, desembuchamos tudo que sabemos, comparando observações. As histórias dos meus pais e dos dela se alinham perfeitamente. Eles falaram para Savvy que não podiam ter filhos, e uma amiga deles estava em uma posição em que precisava colocar o bebê para adoção. Nenhuma história vai além disso.

– Tentei descobrir, mas minha mãe ficou muito chateada – diz Savvy, remexendo-se, sem jeito

– Nem me fala.

– Fico pensando... – Savvy abana a cabeça. – O que fez seus pais mudarem de ideia sobre deixar você ficar?

– Não sei bem.

Mas talvez eu saiba, sim. Pode ser o lance dos estudos, mas também pode ser que eles apenas acordaram pela manhã e decidiram que era mais fácil não lidar comigo do que passar mais duas semanas respondendo a perguntas. Era mais fácil não andar pela casa com um lembrete vivo de que o acontecimento de dezoito anos atrás foi descoberto, colocando em xeque o mundo que eles construíram desde então. Não sou mais apenas a filha problemática. Sou uma bomba-relógio.

A única coisa de que tenho certeza é que não é pela fotografia. Ninguém nem tentou acessar o Dropbox de minhas fotos ontem à noite. Era para ser um alívio, mas, se for, é muito menor do que qualquer um que eu já tenha sentido antes.

– Queria saber o que os fez se odiarem tanto – diz Savvy.

– Queria que pudéssemos resolver isso.

– Savvy, você viu a Amelia?

Nós nos sobressaltamos, mas Victoria parece imperturbável.

– Hum... ela estava no refeitório – diz Savvy. – Por quê? Posso ajudar em alguma coisa?

Victoria suspira.

– Houve algum problema nas docas. Nenhuma balsa chegou nem partiu hoje. Então o professor de literatura avançada não chegou, e preciso que Amelia o substitua até tudo voltar a funcionar. Peça para ela me procurar se você a vir.

– Pode deixar.

Assim que ela se afasta, nossos olhos se encontram: nossos pais ainda estão aqui.

Os olhos de Savvy se iluminam de um jeito travesso tão familiar para mim que é quase como se eu estivesse de volta em casa, brincando de árbitra enquanto meus irmãos se atacam com sabres de luz de plástico e spray de serpentina.

– Tenho uma ideia.

vinte e quatro

Já fiz muitas idiotices na vida, mas esse plano de Savvy – Savvy, a *responsável* dentre nós – talvez seja a maior de todas.

Na verdade, *plano* é uma palavra generosa. Ela quer que saiamos para encontrar nossos pais e, por pais, quero dizer os pais uma da outra. No sentido de sair pela floresta, faltando só um par de binóculos de sermos rotuladas de stalkers de carteirinha, porque Savvy tem certeza de que vou encontrar Dale e Pietra nesta trilha específica. Enquanto isso, Savvy vai usar seu único intervalo do dia para pegar uma carona com um dos professores da manhã até o centrinho da cidade.

– Vamos acalmá-los da seguinte forma – ela argumentou. – Vamos cruzar com eles "sem querer", puxar papo, fazer parecer que nossos pais deram a entender que sentem falta deles e dar um empurrãozinho na direção certa.

– Mentir para eles, você quer dizer.

– Não é mentir. Está na cara que eles sentem, *sim*, falta uns dos outros. Você viu aquelas fotos.

– Sim. Mas, Savvy…

– Mas o quê? – Savvy perguntou.

Suspirei.

– Supondo que os encontremos. E aí?

– Nós os chamamos de volta ao acampamento. Talvez eles relaxem e não seja tão estranho assim.

Ergui as sobrancelhas, perguntando-me quando foi que a Savvy virou a rebelde e eu me tornei a seguidora de regras. Não sabia como tinha sido a noite dela, mas, da minha parte, tinha um forte interesse em nunca mais ver aquelas expressões no rosto de meus pais novamente.

Pensei que ela fosse dizer algo provocador – *Tem alguma ideia melhor?* –, mas em vez disso ela deu um toquinho em minha câmera, só um toquezinho de leve, como se fizesse mais parte de mim do que meu próprio braço.

Sua voz ficou baixa:

– Se quisermos voltar a nos ver sem deixá-los putos da vida, essa pode ser nossa única chance.

Quase todo o meu medo desapareceu. Ela estava certa. E era ainda mais terrível do que isso, considerando que temos mais um ano e algumas mudanças até eu fazer dezoito anos.

– E se seus pais me odiarem?

Savvy relaxou, percebendo que tinha me convencido.

– Confia em mim – disse, tirando o boné e o colocando em mim. – Eles não vão odiar você.

O único consolo que tenho é que minhas chances de cruzar com eles na floresta, dentro ou fora dessa trilha específica, são mínimas. Não que eu não esteja comprometida com o plano – quero, *sim*, que eles voltem para podermos descobrir o que quer que tenha acontecido e deixar essa história para trás –, mas também tenho total consciência de que não estou exatamente ganhando o prêmio de Filha do Ano, em comparação com ela. Savvy é um troféu de filha. Já eu estou mais para prêmio de consolação.

Levo Gatinha, sentindo que não deveria carregar a câmera de vovô comigo quando estou tramando deliberadamente contra minha mãe. Em determinado ponto, a trilha se bifurca em uma que é claramente a principal e outra que é estreita e íngreme e cheia de lama. Levo um minuto para subir na cheia de lama sem escorregar, mas vale a pena. Há três cervos, um adulto e dois pequenos, paralisados de medo, todos me encarando como se sem querer tivéssemos atravessado um véu para o mundo um do outro.

– Oi – murmuro, movendo-me o mais devagar possível com minha câmera. Há uma clareira mais além, os raios de sol brilhando detrás de uma nuvem, riscando o rosto fino dos animais e as árvores. Já consigo ver o resultado e estou salivando como se a foto fosse algo cujo sabor consigo sentir. – Não saiam daí, amiguinhos... uuuuum segundo, e eu vou...

– Dale, tem *certeza* de que não podemos pedir para um de seus amigos que tem barco...

Os cervos saem em disparada feito foguetes, e começo a escorregar de bunda pelo morro para me esquivar deles antes que a mulher lá embaixo consiga terminar sua frase. Consigo não gritar, mas não tenho como não me entregar – fiz tamanha transição de menina a monstra da lama que tenho quase certeza de que consigo sentir um pouco de barro nas axilas.

– *Savvy?*

Não conheço a voz da mãe de Savvy – *de Pietra* – o bastante para reconhecê-la, mas conheço o suficiente sobre o universo para saber que me ferrei por completo. Então não é nenhuma surpresa quando ergo os olhos e os pais de Savvy estão em pé ao meu redor com cara de preocupados, ambos com o rosto brilhando de protetor solar e sombreados por chapéus iguais de aba larga.

– Não. Só a imitação barata – consigo dizer, tirando o boné de Savvy.

Pietra abana a cabeça, envergonhada, antes de voltar a si.

– Você está bem?

– Estou. Minha bunda é resistente.

Obrigado por nada, filtro entre o cérebro e a boca.

– Me deixa te ajudar – diz Dale.

Antes que eu possa dizer que não precisa, ele pega minha mão e me ergue com tanta facilidade que meus pés saem do chão antes que eu consiga voltar a pisar na lama. Pestanejo, endireitando-me, e os dois estão me encarando como se eu fosse um fantasma.

Pietra desvia os olhos, mantendo o olhar fixo nos sapatos, mas os olhos de Dale se arregalam em minha direção.

– Você se parece mesmo com ela.

Meu rosto arde.

– A gente tem ouvido isso bastante.

– Não, não com Savvy. Com Maggie – ele diz.

Não estou acostumada a ouvir as pessoas chamarem minha mãe pelo primeiro nome, mas Pietra reage antes de mim.

– Você está sangrando – ela diz, meio repreensiva, meio preocupada. Ela toca minha bochecha, e estou chocada demais para reagir. Ela está tão chocada quanto eu. Como se fosse algo que ela faria com Savvy, talvez, mas que fez comigo sem querer.

Meu rosto está ardendo, mas já sei por experiência própria que, seja lá o que for, não é tão ruim assim.

– Estou bem, de verdade.

– Você…

– Sua câmera, por outro lado – diz Dale.

Gatinha está com a lente enfiada no barro, e não parece muito bem. Dale a pega para mim, tentando tirar um pouco da lama. Ele inspira um pouco entre os dentes, fazendo um prognóstico negativo. Pietra não tira os olhos de mim durante toda a conversa.

– Ela deve estar está bem – digo, pegando Gatinha e fazendo uma oração silenciosa para os deuses das câmeras DSLR.

– É melhor a gente levá-la de volta ao acampamento, para darem uma examinada – Pietra diz a Dale, como se eu tivesse seis anos, e não dezesseis. Eu a observo com mais facilidade, agora que ela não está se matando de gritar. Ela é daquele tipo maternal, o tipo que faz isso com todo mundo, não só com os próprios filhos.

– Tenho certeza de que tenho um pouco de óleo de coco no carro que podemos passar aí.

Ela sai andando, e Dale inclina o queixo para indicar que devo seguir. Parece que, assim como Savvy, Pietra é uma mulher que não está acostumada a ouvir a palavra *não*.

Eu os sigo em silêncio, escutando nossos passos na lama em ritmos diferentes. Deveria pensar em alguma coisa para dizer – Savvy conseguiria pensar –, mas tudo que me vem à cabeça é direto e franco demais.

Em vez disso, me ocupo de um pensamento muito mais grandioso e estranho: se alguém tivesse, tipo, chacoalhado os óvulos ou coisa do tipo – se eu tivesse me esforçado para sair de uma tuba uterina antes –, eu teria nascido antes de Savvy e ficado com essas pessoas. E talvez fosse eu a pessoa com um guarda-roupa cheio de elastano em tons pastel e o Instagram cheio de comentários com emojis de olhos de coração e uma cabeça cheia de regras.

– Então você curte fotografia? – Dale pergunta.

Ele é claramente o tipo de pessoa que preenche silêncios.

Ele me lembra de Finn. Alguém que ameniza momentos constrangedores, com uma leve alegria forçada, e os torna um pouco mais fáceis de engolir.

— Hum... só... quase só paisagens. Às vezes animais, como pássaros e cervos e tal. — Sem perceber, toco o amuleto de *magpie* no cordão enrolado ao redor de meu punho.

— Tem certeza de que sua câmera sobreviveu?

— Ela já passou por coisa pior. — Viro Gatinha para confirmar e, dito e feito, a luz dela se acende, sua lente zumbindo ao se encaixar. Ainda restam mais algumas vidas, pelo jeito.

— Isso é... é do alto daquela colina?

Dale é tão alto que duvido que deixe escapar alguma coisa, muito menos o instante em que o Puget Sound aparece na tela de Gatinha. Paraliso, horrorizada por meu descuido.

Mas a questão vai além de mim ou minhas fotos bestas. Há muito mais em jogo com que me preocupar do que com Dale ver uma delas, mesmo que a palma de minhas mãos estejam suando tanto que criam sua própria pocinha.

— Não, isso é, hum... de outro lugar — digo, limpando a garganta. — Uma trilha do outro lado do acampamento.

Dale espia a tela com um interesse tão sincero que só noto que estendeu o braço para pegar Gatinha quando ela já está na mão dele. Quase morro de vergonha quando ele começa a navegar pelas fotos, passando pelos diferentes lugares privilegiados de onde tirei fotos do nascer do sol de ontem.

— São lindas.

É estranho dizer obrigada, como se eu estivesse concordando com ele. E, embora meu cérebro tenha me abandonado mais de uma vez nos últimos dias, ele não está desaparecido a ponto de eu não lembrar que os pais de Savvy são Gente Séria da Arte. Não sei dizer se ele está elogiando a sério ou da boca para fora, um gesto de caridade para uma menina cujo trabalho não tem potência alguma.

— Estas três — ele diz, baixando a tela para a altura dos meus olhos. — Você pode ampliá-las, colocá-las em telas lado a lado. Onde está expondo seu trabalho?

Dou risada, mas sai mais como um chiado.

— Hum, em lugar nenhum.

— Nem mesmo em Bean Well?

É Pietra, pegando a mim e Dale de surpresa. Ela dá as costas de imediato, olhando à frente na trilha, mas não antes de eu ver um lampejo de algo que deseja estampado em seu rosto.

Não quero falar nada. Passei dezesseis anos *evitando* deliberadamente falar em situações como essa. Mas, se eu não perguntar, vou me repreender quando me encontrar com Savvy e disser que não descobri nada.

— Você já foi a Bean Well?

Pietra assume um tom leve que até eu, alguém que a conhece há menos de um dia, consigo notar que é falso.

— É esse o nome, não?

— Pietra — diz Dale, rindo baixo —, você vivia lá.

Ela se volta abruptamente para Dale.

— Isso foi há muito tempo.

Essa imagem demora um momento para entrar em minha cabeça. Os pais de Savvy vêm de famílias ricas. E, embora todos sejam bem-vindos em Bean Well, é um lugar bem diferente das mansões e dos bailes de gala beneficentes de Medina, que parecem ter muito mais a ver com Pietra.

Mesmo assim, é mais do que eu sabia cinco segundos atrás, e não posso desperdiçar isso. Incorporo minha Savvy interior e pergunto:

— Foi assim que você conheceu minha mãe?

Pietra se crispa, mas relaxa um pouco quando olha para mim.

— Isso foi há muito tempo — ela repete, com o tom gentil e firme de alguém que está fechando um livro que não tem a mínima intenção de voltar a ler.

É um golpe baixo, mas é tudo que tenho:

— Bom, não vai ser Bean Well por muito tempo. Vamos vender.

— Não. Por quê?

Não planejei tão adiante. Os dois estão me observando com tanta intensidade que sinto como se houvesse um holofote sobre algo cuja forma nem descobri ainda, um buraco em mim que ainda estou tentando descobrir como preencher.

— Bom...

No fim, não preciso contar para eles.

— Ah. Abby, eu... — Pietra parou de andar, e Dale também. Sou eu que paro um minuto depois, presa na rede inesperada do luto deles. — Meus pêsames.

Dale coloca uma mão em meu ombro.

— Walt era um homem bom.

Minha garganta fica dolorida, meus dedos apertando a câmera como se fosse uma boia salva-vidas. Queria estar com a câmera de vovô em vez de Gatinha. Queria estar com ela mesmo que isso signifique que ela estaria cheia de lama, que Dale não teria visto minhas fotos e nós terminaríamos essa caminhada de volta sem trocar uma palavra.

Mas, em vez de me tirar do rumo, a dor me dá firmeza. Me dá

algo para cortar a distância entre mim e esses completos estranhos. Eles conheciam o meu avô. Entendem como ele era especial.

Decido me arriscar.

– Vocês deveriam dar uma passada – ofereço. – Antes que o lugar seja vendido, digo.

Dale solta meu ombro, e Pietra dá meio passo hesitante.

– Não acho que seus pais gostariam disso.

Abano a cabeça.

– Eles sentem falta de vocês.

Pietra solta um suspiro trêmulo que talvez tenha começado como uma risada, erguendo os olhos para o céu. Eu a observo com cuidado, essa mulher que está claramente em frangalhos, e estou torcendo para que ela vire e revele algo sem querer ao mesmo tempo que não quero que isso aconteça. Quanto mais descubro, mais assustadora a descoberta parece ser.

– Eles falaram isso? – diz Dale.

Eu me viro para ele.

– Sim. – Uma mentira. – Quer dizer… eu sei que sentem. Ontem à noite…

– Abby, querida, agradeço o que vocês estão tentando fazer. Você e Savvy – diz Pietra. Ela tem o mesmo olhar quase desesperado de minha mãe e, de repente, sinto que estou perdendo a coragem. – Mas você precisa entender que o aconteceu foi… não tem como voltar atrás.

Não consigo acreditar nisso. Preciso me forçar a não acreditar. Eu e Savvy podemos ser parentes, mas os pais dela e os meus – são como uma família. Ou um dia foram. Basta olhar a foto do casamento e ver os pendentes de *magpie* desgastados para ter certeza disso. E, para mim, isso, sim, é algo que não se tem como voltar atrás. – Desculpa. Não sei o que aconteceu, é só que eu...

Pietra começa a andar de novo, devagar, com mais resignação do que raiva.

– Não precisa se desculpar. Sei que Savvy convenceu você a fazer isso.

Abro a boca para contestar, mas noto o brilho nos olhos dela. Me faz sorrir, e então ela sorri em resposta – fui pega no flagra, e nós duas conhecemos Savvy bem demais para fingir que não.

Mesmo assim, ela não pegou totalmente no flagra. Ela acha que Savvy me convenceu a descobrir a verdade. O que Savvy me convenceu a fazer foi encontrar uma forma de juntar nossos pais no mesmo espaço.

– Considere pelo menos ir à festa de encerramento do Bean Well no fim do verão – digo, baixo. – Se você passou mesmo um tempo lá, vovô teria gostado que você fosse.

Pietra abre a boca – para gentilmente me fazer parar de falar, imagino eu –, mas Dale diz:

– Vamos considerar. Mas só se você exibir algumas de suas fotos para a festa. São muito lindas.

– Você tem o olho do seu avô para a luz – Pietra concorda.

Tento não deixar que a vergonha me devore por inteiro. Mas é um tipo diferente de vergonha, talvez. Há uma emoção latente, zumbindo sob a superfície. Como se talvez eles estivessem sendo sinceros. Como se talvez eu fosse tão boa nisso quanto vovô sempre dizia.

– Vocês o conheciam bem?

Dessa vez, não estou tentando investigar. Estou curiosa de verdade.

– Eu trabalhei para ele.

Tento conter minha surpresa, mas não sei se consigo muito bem. Mas ela não está olhando para mim, seus olhos e seus pensamentos voltados para outro lugar.

— Mas você é... — Abaixo a cabeça, sem encontrar uma forma de terminar essa frase sem parecer rude.

— Como muitas meninas aos vinte e pouco, eu me peguei passando por uma fase difícil.

Seja lá o que for, não deve ter sido tão terrível, porque ela parece quase nostálgica em relação a essa tal fase. Tão nostálgica que decido abusar da sorte.

— E foi assim que você conheceu minha mãe.

Ela vira a cabeça para a abertura da trilha, que surgiu à nossa frente antes do que eu esperava.

— Você me faz lembrar dela.

Prendo a respiração para não rir. Não sou nada como minha mãe. Ela é organizada e sagaz e — enfim, muito mais parecida com Savvy do que comigo.

— Direta e reta — Pietra explica. — No bom sentido, digo. Você parece uma pessoa que fala o que pensa.

Bom, ela está errada em relação a isso, se os últimos dezesseis anos de minha vida servem de indício. Mas talvez isso esteja começando a mudar.

— Eu *acho* que você e meus pais deveriam conversar sobre o que aconteceu.

Dale solta outro suspiro de trás de mim.

— Eu *acho* que deveríamos deixar esse papo para depois que todos tivermos tempo de acalmar os ânimos.

Pietra já mudou de marcha, entrando no modo mãe coruja, estreitando os olhos para o corte em meu rosto.

– Talvez um pouco de açafrão – ela me diz. – É um antibiótico natural, e com certeza tenho um pouco no kit de primeiros socorros do carro. Ah, e óleo de coco, para evitar que fique cicatriz.

– Você vai estar com cheiro de feira quando ela terminar – Dale me informa.

Respondo com um aceno, seguindo os dois para o carro. Considerando que há um zilhão de anos de ciência por trás dos remédios modernos muito bons que estão na secretaria do acampamento logo depois da trilha, não faz muito sentido, mas uma coisa faz: sei exatamente de onde vieram as origens do Instagram de Savvy.

E, como se invocada por meu cérebro, lá está Savvy, cercada por meus pais. Pietra está compenetrada em seu kit de primeiros socorros, e Dale está agachado deixando Rufus lamber seu rosto, então não estou esperando que eles se virem tão rápido, tampouco o "Mas que *porra*?" baixo que escapa de Pietra.

Então vem um *"Puta que pariu"* e um "Espera" e "O que você tinha na *cabeça?"* até eu e Savvy não conseguirmos mais saber quem está dizendo o quê. Nossos olhos se encontram e, em meio ao caos, há uma sensação de compreensão que é mais profundo do que a amizade, mais profundo do que a relação entre irmãs: é a sensação de compreensão entre duas pessoas que estão simultânea e extremamente ferradas.

vinte e cinco

No fim, não sei nem ao certo o que é dito. Quase tudo é gritado. Pietra gritando com minha mãe, meu pai gritando comigo, Dale gritando para Rufus parar de se matar de latir, o que é basicamente o motivo por que estamos todos tendo que gritar. Quando Finn e Mickey chegam correndo pela esquina, ficamos em silêncio ao mesmo tempo, seis pessoas claramente não acostumadas a fazer escândalo.

Mickey puxa Finn pelo cotovelo, e ele se deixa guiar para longe, e todos ficamos ofegantes no estacionamento como se tivéssemos participado de uma verdadeira batalha de uma hora de duração e não de um minuto de vozes um pouco exaltadas.

A mão de Pietra segura o braço de Savvy com firmeza.

— Vamos entrar em contato com nosso advogado assim que sairmos desta ilha.

Eu e Savvy a encaramos.

— Advogado? — perguntamos em uníssono.

Estou surpresa pela firmeza da voz de minha mãe, quanta determinação retornou desde ontem.

— Isso não vai ser necessário. As meninas não vão…

— Eu vou decidir o que é necessário. Ainda mais ao ver que você está quebrando descaradamente os termos do nosso acordo ao chegar perto da *minha* filha, sem falar em coagi-la a ir a algum lugar sem a presença de outras testemunhas.

As palavras *advogado* e *acordo* ressoam alto em meus ouvidos. Não que eu não tenha acreditado em meus pais quando eles disseram que a questão ia além de nós. Só não achei que fosse ruim a ponto de coisas desse tipo serem ditas.

– Ah, vá – diz Savvy, nervosa demais para notar. – Vocês *sabem* que fomos eu e Abby que fizemos isso.

Tento não me encolher. Meus pais se voltam para mim e, por mais que eu desvie o olhar, consigo sentir o calor deles me atingindo como um lança-chamas.

Dale inspira fundo, e penso, ingenuamente, que ele vai dizer algo para apaziguar a situação. Em vez disso, ele diz:

– Não podemos tomar medidas legais. Savvy tem dezoito anos. Ela própria teria que pedir uma ordem de restrição.

Pietra reforça sua resolução.

– Então é isso que vamos fazer.

– Em que universo você acha que vou concordar com *isso*?

– Ninguém tem que tomar medida legal nenhuma – diz minha mãe. – As meninas não vão ter permissão de se verem mais. Isso deve resolver a questão.

As palavras me fazem voltar a mim no mesmo instante.

– Vocês não podem fazer isso.

A voz de meu pai é baixa e carregada:

– Podemos pelo próximo ano.

– Isso é… vocês estão tirando uma com a minha cara? – exclamo. – Ela mora quase que no quarteirão ao lado. Vocês não podem me trancar numa torre como se eu fosse algum tipo de prisioneira…

– Talvez seja hora de darmos mais regras para você – diz minha mãe, naquela voz de "desista enquanto é tempo" que normalmente só escuto quando meus irmãos estão se atacando.

A raiva é incandescente e totalmente inconveniente, considerando que eu deveria me concentrar na emergência do desastre criado por mim mesma, mas não consigo me conter.

– Mais *regras*? – questiono. – Vocês programaram cada centímetro de minha vida e querem *mais* regras?

Os lábios de meu pai se afinam.

– Faça suas malas, Abby. Vamos embora de manhã, e você vai conosco.

Não sou uma pessoa que se permite chorar em público, mas a ideia de tirarem este lugar de mim me corrói. Este lugar onde posso aprender e ainda ter espaço suficiente para respirar, para que realmente possa *aproveitar*. Este lugar onde tenho amigos por todo lado – antigos, novos, amigos de quem por acaso sou parente e cuja existência passei dezesseis anos sem saber. Este lugar onde posso encontrar um canto novo do universo a cada dia e tirar fotos de coisas que nunca vi, contemplar o mundo e me sentir parte dele, em vez deixar que ele passe diante dos meus olhos.

Tenho esperado por essa sensação desde que vovô morreu. Agora ela também vai embora.

Savvy vê que vai precisar me controlar e intervém antes que eu possa surtar ainda mais.

– Ou vocês quatro podem se resolver e superar o que quer que tenha acontecido para que *todos* possamos nos ver. Como pessoas normais.

– Isso é impossível.

– Por quê? O que é tão imperdoável a ponto...

– Savannah – minha mãe começa –, não é...

– Não. Conta para ela – diz Pietra.

Minha mãe dá um passo para trás como se Pietra tivesse dado um tapa na cara dela.

– Pet – ela diz. Um apelido. Uma bandeira branca. Isso paira entre elas por um segundo, mas Pietra deixa que seja carregado pela brisa.

– Conta para ela o que você fez – diz Pietra. Seu rosto está inchado pelas lágrimas, mas sua voz sai estranhamente firme. – Conta que você a entregou para nós e, depois, *mudou de ideia*. Você a entregou para nós, depois a pegou do berçário e saiu do maldito hospital com ela.

Minha mãe não está chorando desta vez.

– Eu... Pietra, você sabe que eu...

– Conta para ela que você disse que foi um erro. Só coisa do "efeito pós-parto" no cérebro. Conta que você me disse que estava tudo bem e que nos deixou levá-la para casa e que, uma semana depois, recebemos a intimação de um advogado, tentando *pegar nosso bebê de volta*, porque, depois de tudo que passamos, você tinha *mudado de ideia, porra*.

– Se pudéssemos voltar atrás – diz meu pai. – Se soubéssemos...

Pietra abana a cabeça, sem querer ouvir.

– Eu sabia que não podia ter filhos. Esperei minha vida toda por ela. E ela era *minha*... assim que você me pediu para adotá--la. Antes de ela nascer. Ela era *minha*. – Pietra está chorando de soluçar agora. Dale também está chorando, as mãos nos ombros dela, como se eles estivessem acostumados a absorver essa dor específica um do outro. – O pavor de perdê-la. Que você venceria e a pegaria de volta. Você não pode imaginar como foi.

As palavras podem ser uma justificativa, mas minha mãe as diz como um pedido de desculpa.

– Você não tem como imaginar como foi entregá-la.

Eu e Savvy nos encaramos como se estivéssemos em lados opostos de um buraco que abrimos na terra. Queríamos a verdade por tanto tempo, mas isso mais parece uma granada do que a verdade.

– Mas você poderia ter outros filhos – diz Pietra.

– Ai, meu deus.

Os quatro adultos voltam a cabeça para mim, e é assim que percebo que disse as palavras em voz alta.

– Não fui um acidente. – Só estou repetindo o que minha mãe disse ontem à noite; é a última volta de uma chave que acabou de ser encaixada numa fechadura. A última informação de que preciso para confirmar uma verdade terrível. Olho para eles para perguntar, mas a resposta já está no rosto deles, já estava na tensão do ar entre nós lá no hotel. – Vocês me tiveram tão rápido porque estavam tristes por Savvy e precisavam de um bebê substituto.

Todos ficam em silêncio, a batalha esquecida por um tempo. Eu me arrependo de ter aberto a boca. É pior do que a raiva, do que as mentiras, do que tudo que trouxe a esse momento: é pena.

Meus pais me encaram, pálidos, e então se encaram. Estão tentando fazer aquela coisa doida de encontrar uma solução sem dizer uma palavra. O problema é que eles não pensam em nenhuma rápido o bastante.

Seco os olhos com a palma da mão.

– Legal. – Falo com a intenção de soar mordaz. Em vez disso, soa patético.

Minha mãe se aproxima de mim, e Pietra também, como

se as duas quisessem me tranquilizar mas não soubessem como. E de repente a coisa toda é excruciante. Meus olhos idiotas lacrimejando, as duas me encarando e até Rufus vindo se aninhar em mim como se minha autopiedade fosse tão forte que ele conseguisse farejá-la no ar.

– Vamos...

Não deixo minha mãe terminar.

– Vai à merda – exclamo, espantando todos nós. As palavras me fazem me sentir sólida de novo, dura como uma rocha e inclemente. Nem pretendia dizê-las. Só são melhores do que chorar. – *Vai se foder.*

Preciso sair daqui, *agora.*

– Abby, espera!

É Savvy que me chama quando saio andando e, infelizmente, não há como correr mais rápido do que a rainha da aeróbica e dos treinos de alta intensidade. Dito e feito, ela já me alcançou antes que eu chegue à metade do caminho para minha cabana, e paro de repente para não trombar nela.

– Savvy...

– Abby, espera. Só escuta. Estamos fazendo progresso, dá para ver. Volta.

Abro a boca. Queria parecer indignada, mas sou sabotada pelo fato de que estou ofegando boquiaberta enquanto Savvy veio deslizando de asas até aqui.

– Progresso? – repito. – Desculpa, a gente estava vendo o mesmo desastre?

Savvy abana a cabeça.

– Vai piorar antes de melhorar. Expurgar todo o veneno. E está finalmente sendo botado para fora e...

– E deveríamos ter simplesmente os deixado *em paz*.

Minha voz soa destruída. Não quero ter raiva. Passei a vida toda evitando esse sentimento e, agora que ele está subindo à flor da pele, crescendo em meu peito, sei exatamente por quê – mas agora a raiva é tudo que tenho. Se eu não sentir raiva, isso vai se transformar em algo muito pior.

– E então o quê? – Savvy pergunta, baixando a voz e me puxando para fora da trilha principal. Mais uma vez atraímos o interesse dos outros campistas, não como duas irmãs, mas como uma campista batendo boca com uma monitora. – Nunca mais nos ver?

Eu deveria baixar a voz, mas essa informação não consegue atingir meu cérebro.

– Pelo menos teríamos mais duas semanas. E talvez uma chance de fazer algo sem botar fogo nessa coisa toda – digo. E então, em segredo: *Talvez uma chance de continuar existindo sem saber que eu não passava de uma emenda. Uma vice. Um segundo lugar.*

Não é justo, e sei disso. Nem com meus pais, que nunca me fizeram sentir como se eu não fosse o centro de seu universo, nem com meus irmãos. Nem com Savvy, que não pediu por nada disso.

Mas isso não faz passar a dor e, agora, preciso que ela passe. Preciso de um espaço para respirar. Um espaço para gritar.

– Mas é a sua cara fazer isso, não é, Abby? Evitar o problema. – Ela não diz isso num tom acusatório. É pior: está me encorajando. Em seus olhos há o mesmo brilho motivacional presente em seus stories no Instagram, logo antes de ela compartilhar seu mantra da semana, uma das "Sabedorias de Savvy". Queria poder deslizar para a esquerda, mas a vida real não vem com essa opção.

– Você está infeliz com todas as aulas extras e não fala para os seus pais. Quer ser uma fotógrafa, mas tem medo demais de dar uma chance para seu trabalho. Você sente algo pelo Leo, mas...

– Dá para *calar a boca*? – exclamo. O constrangimento me cega, incandescente, perfurando todos os poros de minha pele. – Você entendeu o que acabou de acontecer? Todos queriam você. *Todos*. E, em vez de conseguir a menina que seguia as regras e tirava boas notas e fazia todas as merdas que meus pais queriam de uma filha, eles me tiveram. *Eu*, a irresponsável, idiota e sem talento.

Dessa vez sou eu que noto que as pessoas estão parando ao nosso redor. Em especial Izzy, Cam e Jemmy, parando a meio caminho entre nós e o refeitório com as mesmas expressões conflitantes de quem quer ajudar mas não sabe como.

Abaixo a cabeça, meu rosto tão quente que praticamente consigo sentir ele queimar o ponto que estou encarando do chão.

– Abby – diz Savvy, a voz baixa e encorajadora. – Não quero perder tempo falando para você como nada disso é verdade.

– Então não perca. A última coisa de que preciso é um de seus discursos de Instagram.

Ela franze a testa mas não recua. Em vez disso, endireita os ombros, sua resolução ganhando força.

– Isso não tem a ver com o *Instagram*. Se você conseguisse aceitar só um pequeno conselho...

– Porque isso fez *maravilhas* por mim.

– O que quer dizer com isso?

Quero dizer que dei, *sim*, ouvidos a ela. Criei coragem para contar meus sentimentos para Leo e, antes que eu pudesse dizer uma só palavra, ele os reduziu a pó. Superei a vergonha e tentei mostrar minhas fotos para meus pais, e eles nem ligaram. Todos os "conselhos" que Savvy me deu me deixaram pior do que antes.

– Você age como se soubesse de tudo, como se tivesse todas as respostas para consertar todo mundo, mas você é tão cagada quanto o resto de nós, Savvy. – Seus olhos se arregalam pelo golpe que eu ainda nem acertei, mas isso não me impede de dá-lo mesmo assim. – Eu vi aquelas fotos antigas. Você era divertida e andava com seus amigos, mas aquele Instagram maldito virou toda a sua personalidade. Você é só uma controladora com um cabelo bonito.

Ela pisca com força, a mágoa cintilando em seus olhos, e eu consegui – quebrei a força impenetrável que é Savannah Tully. Todos esses anos guardando tudo, sem me permitir ficar brava, e agora cheguei a um limite do qual não sei como voltar.

– Isso não é justo – Savvy diz, tão baixo que quase não escuto.

É claro que não. Nada disso é *justo*. Mas não consigo conter as lágrimas por tempo suficiente para responder. Eu me viro na direção da trilha mais próxima, espero até sair do campo de visão dela e começo a chorar.

vinte e seis

Quando entro na cozinha depois do jantar, não sou bem uma menina, mas uma criatura do pântano perdida emocionalmente, de rosto inchado, o cabelo espalhado em tantas direções diferentes que não tenho nem esperança de domá-lo. Não consigo decidir como agir quando entro – envergonhada, defensiva ou desconsolada –, mas Leo está lá, junto de um prato de comida acompanhado por Cheetos Flamin' Hot demais para ser de qualquer outra pessoa que não seja eu, e qualquer fingimento voa pela janela.

– Você ouviu nosso showzinho?

Leo empurra o prato no balcão.

– Claro como o Day.

Estou tão chateada por tudo o mais em minha vida que isso ofusca qualquer motivo que eu possa ter para ficar chateada com ele. Mesmo quando estou em meu pior, ele sabe exatamente como me tranquilizar, ainda olha para mim como se eu fosse preciosa para ele.

Solto meu resmungo de sempre, e fizemos nossa parte, restaurando uma ordem hesitante entre nós. Estou me preparando para ouvi-lo tentar me convencer a fazer as pazes com Savvy, mas ele baixa a voz e diz:

– Quer conversar?

Quero, mas não quero. Quero, mas não agora, quando não há quase nada a dizer que não me leve de volta aonde comecei: furiosa com todos, mas principalmente comigo mesma.

– Estou com fome demais.

Ele ri baixo e pega o prato e vem até mim, mas, em vez de me entregá-lo, ele o coloca na bancada de metal brilhante perto da porta. Então ele coloca as mãos em meus ombros, aquele momento silencioso de quem pede permissão. Nem me permito olhar nos olhos dele. Só me rendo, porque estou cansada. Estou tão cansada. Sinto minha mente esvaziada e minha cabeça dói e, se de fato tiver que abrir mão de Leo, talvez possa adiar isso até amanhã, quando for embora do acampamento de vez.

Afundo o rosto na camisa dele, em suor e canela, um pouco amargo, um pouco doce.

– Desculpa por ter dado um bolo em você no jantar – balbucio, com a cara enfiada nele.

Nenhum ser humano normal teria conseguido decifrar o que eu disse, mas Leo consegue.

– Como você não voltou, fiquei preocupado que alguma coisa tivesse acontecido com você.

Eu me enrijeço, só porque é difícil somar a culpa por isso à culpa por todo o resto.

– Eu sei – ele diz, interpretando mal minha rigidez. – Mas uma vez… como você chamou? Dar uma de Benvólio com você.

Eu me afasto, cutucando seu ombro com a palma da mão.

– Esta deve ser minha última noite aqui – digo.

Leo assente, recuando para olhar para mim. Ele inclina a cabeça na direção da porta. Saímos devagar, sentando-nos em silêncio no banco onde tínhamos observado os raios – só que desta vez o sol está se pondo, o céu tão claro que dá para ver a luz brilhando sobre a água e o começo de amarelos e laranjas onde as montanhas encontram o céu.

Eu e Leo nos sentamos separados por uns trinta centímetros, uma barreira invisível. Não consigo decidir se é uma decepção ou um alívio, então decido não decidir nada. Em vez disso, saboreio o jantar que Leo guardou para mim, só percebendo *quanto* estou faminta quando dou a primeira garfada e começo a comer como um leão.

– O que é *isso*?

Leo olha em direção à água.

– Menudo de porco. Mais um prato filipino. Mickey me ensinou a preparar – explica, envergonhado mas satisfeito. – Só que a versão tradicional não tem farelo de Cheetos Flaming' Hot.

Entreabro um sorriso. Ele me conhece bem até demais.

– Fico feliz que você e Mickey tenham largado as espátulas e decidido fazer as pazes.

– Descobri que fazer menudo é muito mais fácil do que fazer guerra – ele diz. – Sem falar que Mickey estava acabando com minha raça.

– É, mas você se defendeu bem.

Reviro um pouco do jantar em meu prato, afundando-me no banco, reconhecendo este momento pelo que ele é – não uma chance de confrontar Leo, mas uma chance de ter o tipo de conversa que tínhamos antes de eu deixar meus sentimentos idiotas atrapalharem tudo. Talvez a última que vamos ter em muito tempo.

Só que Leo se aproxima com um de seus sorrisos estupidamente cativantes, daqueles que mostram que ele está tão animado que mal se aguenta, e a ideia de me manter longe voa pelos ares.

— Mas ela vai *muito* além dos pratos — ele me diz. — Tipo... ela me conta todas as histórias sobre como ela os aprendeu com as tias, as daqui, e as de Manila também. E muitas coisas sobre a família dela. Por exemplo, como a avó dela tem certeza de que, se você deixar arroz no prato, é sinal de que nunca vai se casar. Ou que as tias dela acham que, quando alguém derruba algo na cozinha, significa que alguém vem visitar.

Ele está num nível contagiante de "despejo de informações", o tipo que me atrai tamanha a força.

— Pelo jeito como eu e Finn cuidamos do serviço na cozinha, vamos receber muitas visitas.

Ele ri, tirando o celular do bolso e abrindo-o numa conversa longuíssima.

— Os primos mais novos dela passaram o verão todo colocando-a em grupos aleatórios no WhatsApp de brincadeira. Eles me emboscaram na semana passada e me colocaram num também. Agora estão todos nos enchendo de links de K-pop e dublagens da Disney que estão fazendo num aplicativo.

— Bom, isso é maravilhoso de tão ridículo.

— Então, é tudo divertido até eles jurarem de pés juntos que estão me ensinando a dizer "bom dia" em tagalo e eu acabar mandando Mickey "comer merda".

Mesmo nas profundezas de minha autopiedade sem fim, isso me tira uma gargalhada.

Leo bate o ombro no meu, outro lembrete de como preenchemos rapidamente o vácuo entre nós.

— Pois é, pois é, *kumain ng tae.*

– Eu até comeria, mas já estou com a boca cheia – comento, apontando a cabeça para o prato que estou comendo tão desleixadamente que alguns pássaros curiosos vieram voando. Com cautela, pergunto: – Você acha que isso ajuda? Digo... com não saber?

Leo considera a pergunta, encarando meu prato pela metade.

– Em certos sentidos, meio que sim? Tipo, não dá para saber se meus pais são de algum lugar próximo de onde vem a família dela, mas... é bom aprender mesmo assim.

Há um segundo, então, em que sei que não é o fim do raciocínio, mas o pensamento tomando uma forma nova. Eu o observo em seu rosto como sempre fiz, querendo poder ver essa expressão como parte de minha vida. Querendo saber se vou ter a chance de vê-la de novo.

– É estranho pensar que... em outra vida... eu e Carla estaríamos morando lá. Como se tivesse versões alternativas de nós que moram lá. Sabe?

Quase dou risada. Minha versão alternativa está a uns cem metros de distância, sem dúvida flagrando mascadores de chiclete na sala de recreação e refletindo sobre o que eu disse antes. Leo nota o traço disso em meu rosto, e sua expressão fica séria como se ele estivesse pensando o mesmo.

– Mas quanto ao teste... estou meio que aliviado por não ter encontrado ninguém – ele admite. – Não sei se pensei direito no que poderia acontecer se isso tivesse acontecido. O que eu poderia acabar descobrindo.

Chuto um pouco de terra com a ponta do sapato.

– Espero que o que aconteceu comigo e Savvy não tenha assustado você.

Essa esperança é lançada aos ares quando Leo responde sem hesitar.

– Mas é exatamente isso. É diferente. Essa coisa com seus pais... eles deviam saber que você descobriria mais cedo ou mais tarde. Essa confusão toda é mais culpa deles do que sua. – Ele abana a cabeça. – Mas comigo... se é que essas pessoas ainda existem... elas ditaram os termos. Ninguém nunca mentiu a respeito. O que significa que há a chance de, se eu os encontrar, mexer em algo com que eles não estão preparados para lidar. Algo com que *eu* não estou preparado para lidar.

Não sei bem o que dizer nem se há algo *para* dizer. Nós dois sabemos que ele tem razão. Mas sinto uma dor por ele mesmo assim, conhecendo Leo a ponto de entender que a decisão tem menos a ver com se proteger e mais com proteger outras pessoas.

E se há algo que aprendi na última semana é que todos temos muito mais a proteger do que imaginávamos.

– Vou deixar isso para lá por enquanto. – Leo pronuncia as palavras mais para o chão do que para mim. Está claro que ele tem pensado nisso muito mais do que admite e que não foi uma decisão fácil. Mas ele ergue os olhos para mim com uma resolução renovada e diz: – Quero me concentrar mais no futuro. Nessa escola em Nova York. Meio que abriu essa porta em que posso aprender mais sobre gastronomia, mas também sobre minha origem. Não é o que eu estava tentando fazer, mas talvez... talvez eu precisasse me sentir dessa forma para que isso pudesse me trazer até aqui. Talvez...

Concordo com a cabeça, hipnotizada pela possibilidade desse *talvez* ao final, pelo peso dessa palavra. Ele sempre foi tão motivado, sempre mergulhou de cabeça em suas ideias. E eu sempre fui a primeira a mergulhar ao lado dele. É estranho pensar que não vou mais poder fazer isso. Não importa o que aconteça entre nós, sem dúvida algo vai acabar – o futuro dele está a milhares de quilômetros de distância, e o meu ainda está fixado no ensino médio e em grandes decisões e na confusão que deixei há pouco no estacionamento.

– Então você acha que um dia vai viajar e conhecer os primos de Mickey? – pergunto. – Ensinar para eles como falar "bom dia" em élfico?

– Vou conversar com Carla sobre fazer uma viagem no próximo verão. – Ele pausa, deixando um pensamento na ponta da língua, e acrescenta: – E acho que... bom, tem um *longo* caminho pela frente, mas, supondo que eu não vire motivo de piada em Nova York, eu e Mickey começamos a conversar sobre um dia abrir, tipo, um restaurante *fusion*. Menudo com Cheetos. Bolas de lasanha com folhas de bananeira. A infância de Mickey com a minha. Sabe?

Sei – consigo imaginar perfeitamente. Um lugar de tamanho médio, aconchegante e caloroso, o tipo de restaurante em que todos que vão uma vez encontram uma desculpa para voltar.

Eu me pergunto se vai ser em Seattle. Engulo o nó na garganta, com medo demais para perguntar.

– Puta merda – digo. – Se for para eu investir nisso, preciso arranjar um jeito de ficar rica, e *rápido*.

Leo solta uma risada apressada, como se estivesse há um tempo esperando para falar sobre esse assunto comigo e estivesse contente por enfim ter essa chance.

– Vamos nos contentar se tirar fotos dos pratos para o site.

– Desde que eu possa comer tudo que fotografar, combinado.

Nós nos acomodamos no silêncio que se torna menos uma coincidência e mais uma compreensão. Nosso sorriso vacila ao mesmo tempo, nossos olhos se esforçando para se encararem.

— Então... amanhã.

— Amanhã — repito, voltando-me para a água.

— Você vai mesmo embora?

Ergo as mãos como quem dá de ombros.

— Acho que não tenho muita escolha.

— Você não vai resistir?

Tento não ficar tensa. Leo pode saber que não sou boa em lutar minhas próprias batalhas, mas não entende que essa batalha não é minha. É só um fogo cruzado em que estou desde antes de eu nascer.

— Não.

Leo abaixa a voz, e a pergunta sai mais suave do que a que veio antes:

— Você não está brava?

Não quero muito falar sobre isso, mas é Leo. Não consigo me convencer a tirá-lo de minha cabeça, a manter distância, mas nada pode apagar mais de uma década abrindo meu coração para ele.

— Eu estava. Estou. Mas acho que acima de tudo estou mais com...

Ia dizer *medo*, mas parece besta demais. É de meus pais que estou falando.

E não estou com medo deles, na verdade. Estou com medo de mim. Medo das coisas que vão mudar agora que a verdade veio à tona. Medo de que eles vão pisar em ovos para sempre, tentando não acordar a fera adormecida em todos os cômodos.

Medo de que eu nunca mais volte a ver Savvy.

Os medos se acumulam, um em cima do outro, um monte mal equilibrado, extremamente inflamável. Eu não os tinha articulado nem formulado antes, mas aí é que está. Leo é minha pedra angular. Minha bússola. A força de estabilização que coloca todas as coisas trêmulas em perspectiva.

Então ignoro tudo isso e digo a coisa que mais me dá medo – a que me acompanha desde muito antes de descobrir tudo isso.

– Eu... tenho medo de nunca me sentir boa o suficiente.

Leo age imediatamente como se fosse o salva-vidas de meu cérebro, agarrando um pensamento que se afoga.

– Seus pais não pensam isso. Sei que eles...

– Não são só eles. É... com tudo. Com essa história com Savvy, com a escola, com...

Estou chegando perto de *a gente*... do GIC, e do que aconteceu depois. De como eu e Leo nos distanciamos tanto que nem pude participar da maior decisão que ele já tomou na vida. Dessa sensação constante que só vai ficando mais pesada a cada ano que passa, de que não fui feita para o que o mundo oferece.

– Abby... as coisas sempre vão funcionar em momentos diferentes para pessoas diferentes. Você precisa ser paciente. Seguir seu próprio ritmo. – Sua voz fica tão baixa que parece uma daquelas ondinhas na costa, como se ele estivesse jogando uma corrente tranquila em meus ouvidos. – É como falei para você no começo do verão. Você é única.

Solto uma risada. Consigo ouvir o sorriso na voz dele, mesmo sem o olhar.

– Coisas boas vão vir, Abby. Sei disso porque conheço você. Você é talentosa e obstinada e mais valente do que pensa.

Quero tanto acreditar nas palavras dele – não apenas porque

descrevem o que tentei ser a vida toda. Mas porque são palavras vindas dele.

– Queria que você se visse como eu te vejo.

Fecho bem os olhos por um momento, mas, quando os abro, continuo abalada na mesma medida.

– Leo... – Não estou o confrontando exatamente, mas é o mais próximo que consigo chegar disso depois de um dia como hoje. – Você nem me contou que iria embora.

Sua boca se abre de leve, tão rápido que ele não consegue esconder a surpresa em seu rosto.

– Abby, não foi bem assim, sério – ele insiste. – Eu só... nem achei que seria aprovado. Também não contei para Connie.

Fecho a cara.

– Sim, mas nós somos... – *Diferentes*, quero dizer. Mas acho que não somos, não.

Olho para ele, procurando como mudar de assunto. Mas seus olhos são tão sinceros que os meus se fixam neles, levando-me a uma parte dele que sempre foi minha. Uma dor latente que sempre compartilhamos, mas que agora está mais visível do que nunca, a luz do poente expondo-a em todos os ângulos de seu rosto.

– Vou tirar uma foto sua.

Leo me observa por um segundo.

– Não, não vai.

– Vou, sim.

– Você não fotografa pessoas. Tipo, nunca.

– Sim, bom... andei praticando. – O que não é bem uma mentira, considerando as palhaçadas da Cabana Phoenix que andei documentando. Mas ele tem razão. Não fotografo pessoas.

Mas *isto* – o céu projetando seu calor sobre ele, como se seu rosto fosse feito para refletir a luz. O dourado de seus olhos, o plano reto de seu nariz, a curva angulosa de seu maxilar – essas partes dele que me esforcei tanto para não notar, agora tão evidentes que tentar desviar os olhos seria tentar negar todos os momentos em que sofri de amores por ele, quando a última coisa que quero fazer é esquecer.

Pego a câmera do vovô, grata por ter passado na cabana para pegá-la durante o jantar. Ela leva um segundo a mais para ligar, um que parece tão demorado que não é a câmera, mas o universo: *Tem certeza? É isso que você quer?*

Não entendo o porquê da pergunta até pôr o olho no visor e ver Leo me encarando através da lente.

Entendo nesse momento que isso não é uma foto. É uma memória. Passei a vida toda tentando capturar momentos perfeitos, tratando cada um deles como uma vitória. Esse é o primeiro que encaro como uma derrota.

– Abby?

As próximas doze horas vão ser um minifuneral, despedindo-me de tudo e de todos aqui, mas esta também é uma despedida. Leo vai passar o resto do verão aqui, enquanto eu vou passá-lo na recuperação. Depois vou voltar à Shoreline High, com todas as minhas aulas, tanto as da escola como as particulares, e Leo vai embora. O problema é resolvido antes mesmo que se torne um problema; nunca vou ter que contar a Leo o que sinto de verdade por ele. Nosso tempo acabou.

Eu deveria me sentir aliviada. Ninguém vai se machucar. Ninguém vai ficar com o orgulho ferido. E ninguém além de mim vai ficar com o coração partido.

Ajusto o foco em Leo e clico.

Há um silêncio desconfortável na sequência, eu parada com a câmera na altura do peito, o olhar de Leo fixado em mim como se a câmera nunca nem tivesse estado ali. Penso em fazer o upload da foto, e isso me assusta, pensando no que posso ver. No que posso não ver.

Leo é o primeiro a desviar os olhos. Não sou mais eu a covarde.

– Eu queria... – Leo se inclina para a frente, frustrado. – Ai, meu deus. Abby!

– Quê...

– Sua câmera, pega sua câmera, é...

– Puta *merda*.

Lá estão elas, ao longe. Um baleal de orcas. São inconfundíveis, elegantes e resplandecentes conforme os dorsos entram e saem da água, suas nadadeiras inconfundíveis cortando as ondas.

– Tira a foto – diz Leo. – É a imagem perfeita.

A câmera de vovô é velha demais. Não tem a mínima chance de capturá-las de longe. Talvez dê para correr até a cabana, pegar Gatinha e voltar a tempo de registrar algo magnífico. O tipo de foto que sonho em tirar há anos.

Mas nenhuma foto vai capturar isto – meu coração subindo pela garganta, a sensação formidável em todo o corpo, a leveza que me faz sentir como se eu estivesse em queda livre, sem estar presa à terra. Sem tomar uma decisão pensada, saímos correndo até a beira d'água, alegres e incrédulos, correndo atrás dessa sensação que diz mais do que palavras.

Observamos em um silêncio maravilhado, a emoção pulsando entre nós como algo palpável. Então acontece: uma delas salta da água, aquela criatura alegre, enorme e inacreditável, tão longe da costa mas ao mesmo tempo tão perto que parece que está saltando só para nós dois podermos ver.

Nós nos viramos, nossos olhares estalando um para o outro como os raios daquele primeiro dia de acampamento. É energia e caos, mas enraizados em algo tão profundo que, pela primeira vez, não me assusta. Eu me sinto estranhamente invencível, como se os acontecimentos de agora não valessem de nada, mas, ao mesmo tempo, fossem tudo que importa.

Em algum lugar escondido no fundo de minha mente, sei que eu não deveria deixar isso acontecer. É o exato oposto de como pretendia lidar com a situação. Mas talvez seja isso que Savvy quis dizer, sobre as coisas piorarem antes de melhorarem. Bom, acho que o pior que pode acontecer é o seguinte: dar a Leo mais uma chance de me rejeitar. E, se ele não me rejeitar, dar a mim mesma a chance de saber como é a sensação, mesmo que nunca possa ser minha.

Não estou vendo nada além de Leo quando meus olhos se fecham, algo mais forte do que qualquer sensação me conduzindo à frente, guiando-nos um para o outro. É inevitável. Trovão depois de raio. Ordem depois de caos. Esperança depois de...

– Vocês viram Finn?

O beijo é interrompido antes mesmo que possa começar, mas nenhum dos dois se sobressalta. Estamos paralisados. Os olhos dele tão arregalados nos meus que só me resta supor que ele nunca teve a intenção de deixar isso acontecer. Sou eu que tenho que assumir o controle e dar um passo para trás antes que Mickey possa nos ver. Leo está tão vermelho que justificaria uma ida à enfermaria, mas, por estranho que pareça, estou calma.

Penso que bastou a sensação. Só para conhecê-la. Para tê-la

gravada em meus ossos, torná-la parte de minha história. Há um lindo antes, sem um *depois* para estragar tudo do outro lado.

– Não desde hoje à tarde – respondo por nós. – Por quê?

Mickey nem nota que estávamos quase brincando de lutinha com a língua diante de metade do acampamento. Sua testa está franzida, e ela está esfregando os braços de maneira tão ansiosa que fico com medo de que ela arranque a princesa Jasmine.

– Não consigo encontrá-lo em lugar nenhum. Tentei dar cobertura para ele, mas Victoria vai notar logo mais, e…

Leo limpa a garganta, secando a palma das mãos no short.

– Você perguntou para Savvy?

Mickey abana a cabeça.

– Também não a encontrei, mas sei que Jo ligou, então…

Leo por fim dá um passo para longe de mim. Consigo sentir que ele está vasculhando meu rosto, mas, quando olho para ele, não sei o que pensar. É quase como se ele parecesse desapontado, mas não sei dizer se é consigo mesmo ou comigo.

– Abby precisa fazer as malas, mas vou ajudar você a procurar – ele diz a Mickey. – Tenho algumas ideias.

Eles conversam e seguem em direções diferentes em menos de um minuto, deixando-me na praia com a câmera ainda pendurada no pescoço. Olho para a água, sem me surpreender ao ver que as orcas já foram embora.

vinte e sete

Considerando que estou muito menos familiarizada com as histórias sobre Gaby, a fantasma do acampamento, do que as dezenas de pessoas que já tinham vindo ao Acampamento Reynolds antes, eu deveria ser a última pessoa a segui-la no rastro de Finn. Mas lá estou eu, apenas cinco minutos depois, ao pé da árvore supostamente assombrada com uma sombra em formato de Finn sendo projetada no chão.

Piso em um galho caído ao parar, e o rosto de Finn surge dentre os ramos. Ele olha para mim, fecha os olhos e diz:

– Merda.

– É bom ver você também.

Ele vira a cabeça, na direção do horizonte, que está ficando mais escuro a cada segundo que passa.

– Não estou preso.

– Parece o que uma pessoa que está presa diria.

– Savvy está com você?

Nem tenho forças para ficar ofendida. Mesmo se eu ficasse, temos problemas maiores a julgar pela voz dele, que se parece muito com a de alguém tentando sem sucesso não entrar em pânico.

– Sou só eu.

Antes que ele possa exclamar outra desculpa ou qualquer outra coisa típica dele, puxo a alça da bolsa de modo que a câmera de vovô fique em minhas costas, flexiono os punhos e começo a subir na árvore. Não é exatamente uma tarefa fácil sem muita luz, mas aí é que está. Não temos muito tempo para dar meia-volta e buscar Savvy, nem sair em busca de ninguém, na verdade. Tenho cerca de cinco minutos para ajudá-lo a descer antes de o sol se pôr e o acampamento todo ficar no escuro.

– Não precisa...

Sou rápida, mais do que Finn está imaginando. Seus olhos se arregalam quando estou me aproximando dele, grandes e vermelhos e se entregando antes de ele poder virar a cabeça.

– O que você está fazendo aqui em cima?

Ele está agarrado ao tronco e a um galho com todas as suas forças, mas pelo menos parece relaxar quando chego no alto. Não há nada entre nós além de casca de árvore e da velha placa com os dizeres FAÇA UM PEDIDO. Quaisquer que fossem os planos que ele tinha de não olhar para mim são imediatamente frustrados quando o graveto de um galho estala em minha mão, e ele estremece com o corpo todo.

– Você não tem seus *próprios* problemas para resolver? – pergunta, com a voz tensa.

Já subi tanto que estou na altura dos olhos dele.

– Bela tentativa de mudar de assunto.

Ele está olhando para mim sem olhar, meio perscrutando e meio concentrado nos braços que mantém ao redor da árvore.

– Finn.

Ele pousa a cabeça no tronco da árvore.

– Eu... estava subindo. E acho que não costumo subir sozinho. E fiquei... um pouquinho...

– Preso – completo.

Ele solta um suspiro envergonhado.

– Bom, estou aqui agora. Vou ajudar você a descer.

Sinto que é outra pessoa dizendo isso. Não estou acostumada a me sentir alguém com autoridade, alguém com um plano. Sempre foi Connie em nosso grupo, meus pais em casa, ou o exército de professores da escola e fora dela. Eu meio que imaginava que era ruim nisso.

E talvez ainda seja, mas não há tempo para pensar demais nisso agora.

– Tá – diz Finn, exceto que não soa tanto como um *tá* e mais como se ele tivesse se engasgado com a própria saliva.

Tento outra tática.

– Por que você acabou subindo?

– Para fazer um *pedido* – ele diz, voltando a si por um momento. – Duh.

Tento me lembrar dos pedidos que fizemos, mas parece que faz anos que ele me trouxe aqui pela primeira vez. Um vez, Leo me contou que todas as células da pele são substituídas a cada duas ou três semanas, mas dessa vez é como se eu pudesse sentir, todas elas morrendo e renascendo, criando uma nova versão de mim com contornos e partes que ainda não sei direito como usar.

Meus pedidos eram muito específicos na época. Posso não ter conseguido resolver meus problemas, mas pelo menos eu conseguia nomeá-los. Agora, eu nem saberia por onde começar.

E é assim que me lembro exatamente do que Finn disse, porque é exatamente como me sinto tantas semanas depois.

– Coisas para ficar menos na merda?

Ele solta um chiado que pode ter começado como uma risada, virando a cabeça para o outro lado. O problema é que os braços e pernas dele estão concentrados demais na árvore para que ele possa secar os olhos ou segurar a lágrima que escorre rápido por sua bochecha.

– Você sabe que não era nem para eu vir ao acampamento neste verão? Era para a gente fazer uma viagenzona juntos pelo país, eu e minha mãe e meu pai. A gente estava havia anos planejando isso.

Meu peito se aperta, e me perguntando o que vem depois disso, sabendo pela cara que ele faz que a história está prestes a ir de mal a pior.

– Mas então... minha mãe simplesmente... *foi embora.*

Ele diz isso com a perplexidade de alguém que acabou de ver isso acontecer, como se ele não estivesse preso nesta árvore, mas preso no abandono. Fico esperando, pensando que ele vai continuar, mas ele está a quilômetros de distância desses galhos, em algum lugar que não consigo alcançar.

– Tipo, ela largou seu pai ou...

Finn abana a cabeça, uma parte dele voltando.

– Tipo... ela só... entrou no meu quarto numa manhã e me falou que estava indo para Chicago para ver meu tio e perguntou se eu queria ir junto, e eu disse que sim. Ela disse que me esperaria lá embaixo. E eu disse: "Espera, agora?" e ela disse que sim, e eu disse: Eu tenho aula" e... – Finn para de falar como um trem que puxou os freios, percebendo que estava prestes a sair dos trilhos. – Tipo, eu estava meio que dormindo. Não pensei que...

Está quase completamente escuro. Qualquer chance que tínhamos de usar a luz do sol para descer já era, então paro de tentar apressá-lo. Eu me sento e deixo o tempo acompanhar nosso ritmo.

— Ela mora lá agora, em Chicago. Apenas decidiu que não queria ficar mais com meu pai, então deixou a gente.

Volto ao que ele disse antes, sabendo que não vai ajudar mas sem saber o que mais dizer.

— Mas ela queria que você fosse com ela.

Finn solta um suspiro tenso, enfim desencostando a testa da árvore para olhar para mim.

— Não, não queria. Se ela me chamou daquele jeito, ela não queria. Só se faz uma pergunta desse jeito se quer que a resposta seja não.

Olho de relance para a escuridão turva lá embaixo, tentando entender o que poderia ter se passado pela cabeça dela. Ela não queria que ele fosse junto porque sabia que o mundo dele estava aqui. Não queria que ele sentisse que tinha que dizer sim e deixar tudo para trás, mas queria que ele soubesse que ela o amava. Porque às vezes tentar proteger os outros das merdas que se faz é tão impossível que não existe jeito certo ou errado de fazer isso — tudo vai explodir no final. Só é possível antecipar de onde a explosão vai vir.

O pensamento se aproxima demais da raiva que ainda não estou pronta para esquecer, machuca como uma agulha tentando esvaziá-la. O problema é que compreendo por que meus pais fizeram o que fizeram. Mas isso não muda nem um pouco como me sinto em relação a tudo agora.

— Não foi uma escolha. Foi uma armadilha. E, enfim... — A voz dele fica baixa. Ele não parece mais com medo, pelo menos. Só cansado. Envergonhado. — Eu fiz merda depois. Falei para ela que a odiava e que não queria vê-la nunca mais.

Meu próprio *vai se foder* ainda está ecoando como uma bola de fliperama pelo acampamento.

– Você não falou a sério – digo.

– Acho que falei, sim, na hora.

Ficamos em silêncio por um momento.

– É uma merda – ele me diz. – A maneira como ela foi embora, digo. Fiz algumas coisas que não deveria ter feito. Acabei com as minhas notas. Meu pai me mandou voltar para todo o lance do "método Reynolds" basicamente para me castigar, mas acho que ele só não quer mais lidar comigo. E minha mãe…

– Você achou que ela voltaria para casa. Quando as coisas começassem a dar errado.

O rosto dele fica tenso, como se estivesse tentando ficar imóvel, mas o queixo dele começa a tremer.

– Seus pais vieram para cá num piscar de olhos – diz, soando mais juvenil do que nunca. – Eles ainda estão aqui. Já os meus estão muito bravos um com o outro para se lembrarem da minha existência. Ele está encarando a placa de FAÇA UM PEDIDO com uma intensidade capaz de botar fogo nela. Está diretamente na linha de visão dele, e a escuridão é demais para ignorá-la tentando ver outra coisa.

– Pensei que, uma vez aqui, ajudaria ficar com meus amigos. Mas eles estão todos ocupados com empregos de verdade no acampamento, e eu fiquei… para trás.

Isso ressoa comigo de uma forma como eu não gostaria. Meio que andei com a mesma sensação – meses com Connie ocupada demais para sair comigo, e depois indo para Europa. O choque de Leo partindo de vez. Talvez seja por isso que gravitei em torno de Finn o verão todo. Nós dois estamos tentando correr atrás de pessoas que parecem já ter ido embora.

Sei que ele está pensando a mesma coisa quando diz:

– Mas estou feliz que você esteja aqui.

– Bom, acho que estou longe de ser alguém para dar conselhos sobre assuntos de família agora – admito. – Mas acho que você precisa ligar para sua mãe.

Pela primeira vez, ele não se inquieta nem tenta dar uma de espertinho.

– O que faço, peço desculpa?

– Talvez ninguém tenha que pedir desculpa – digo, baixo. – Talvez vocês só tenham que conversar.

As palavras pairam entre os galhos. Estamos mais próximos do que nunca, mas a universos inteiros de distância – Finn em seu quarto, eu no estacionamento, os dois tentando reviver coisas que aconteceram rápido demais para vivermos por inteiro quando aconteceram.

Finn interrompe o silêncio com um gemido.

– Sabe, eu pretendia passar o verão todo tentando impressionar você. E aqui estou eu choramingando no topo de uma árvore.

– Tipo, ainda estou impressionada – digo, tentando melhorar o clima. – Essa altura não é brincadeira. Você é basicamente o alfa dentre todos os esquilos da ilha agora.

– Mas como é que vou descer agora?

– Devagar. E com a misericórdia de Gaby, a fantasma do acampamento.

– Tomara que ela seja tão misericordiosa quanto está morta.

Estendo o braço e encosto na mão dele, um toque leve para não o assustar.

– Já fez seu pedido?

– Não, estava ocupado demais tentando não virar panqueca da floresta.

– Vamos fazer um juntos. Depois vamos descer.

Finn concorda com a cabeça, ajeitando-se para se segurar à árvore com mais firmeza, e fecha os olhos. Fecho os meus também, meu desejo tão imediato que parece ter passado o dia todo tomando forma. É curto dessa vez, mas maior do que qualquer palavra poderia abarcar. Desejo um certo tipo de paz. Que os anos perdidos valham de alguma coisa. Que todos saiam disso mais fortes do que entraram.

Eu e Finn terminamos de fazer nossos desejos no mesmo momento, expirando-os na escuridão. Seus olhos brilham ao seu voltarem para mim, cortando a penumbra, tão arregalados que me vejo neles tanto quanto o vejo.

Eu me inclino para a frente e o beijo na bochecha, mas é mais uma compreensão do que um beijo. Não existe nenhum arrepio, nenhum frio na barriga, nenhum desejo de que fosse algo mais. Existem apenas meus lábios na pele dele, e o consolo tranquilo de ser vista, compreendida.

– Certo – digo, numa voz firme como a de Savvy quando está orientando os campistas. – Vamos fazer o seguinte. Vou usar a lanterna do celular para iluminar a descida. Eu vou primeiro, para você poder ver o que faço e me imitar.

Finn engole em seco.

– Tá. Beleza.

– Vamos devagar.

E é o que fazemos. A mesma árvore que me levou menos de um minuto para subir leva dez minutos excruciantes para descer.

Vou falando com Finn a cada passo, parando a cada pânico ocasional. Começo a entender coisas sobre Finn que todos aqui já deviam saber: ele não é um aventureiro, não é um rebelde. É um menino confuso dando o melhor de si para agir como um.

– Quase lá – digo.

Bem nesse momento meu celular vibra em minhas mãos, uma foto de Savvy iluminando a tela. Eu me sobressalto, surpresa, e há um barulhinho – um levíssimo, idiotíssimo passo em falso – e escorrego pelo último metro e meio da árvore, tentando pegar um galho que não existe, caindo no chão com um baque surdo.

– Caralho. Abby... você está bem?

– Estou – grunho. Ainda não sei se é uma mentira. Ainda estou em choque demais para saber se estou bem, mas não quero assustá-lo. A câmera de vovô está milagrosamente ilesa, e isso é tudo que importa para mim, na verdade. – Espera, vou pegar a luz para você poder...

Prendo a respiração, porque é quando tateio em busca do celular no escuro que sinto. A pontada no punho esquerdo que sobe até meu cotovelo, meu ombro, até a parte que diz *ai, não* de meu cérebro.

Ignoro a sensação, usando a outra mão para encontrar o celular e apontar a lanterna para Finn, por mais que a dor comece a latejar no ritmo de meu coração e se espalhar por todo o braço. Ele termina de descer e tateia para me ajudar a levantar. Faço que não precisa, usando a mão boa para me erguer, toda machucada.

– Tem certeza de que está bem?

Finjo que sim me alongando. Ao menos, todo o resto parece estar em ordem.

– Confia em mim. Minha bunda já sofreu tombos *muito* piores.

Não consigo ver Finn na escuridão, mas consigo sentir seu sorriso vacilante. Ele estica o braço na escuridão e pega minha mão boa, apertando-a.

– Obrigado – diz.

Aperto a mão dele em resposta, e sinto que não fizemos tanto um pedido, mas uma promessa. Agora só temos que descobrir como cumpri-la.

vinte e oito

– Puta *merda*, Abby.

Não é a maneira mais agradável de acordar, e não melhora depois disso. O latejar em meu punho progrediu para um tipo de dor intensa que só piora quanto mais acordada estou. Abro os olhos turvos para Cam, que está olhando fixamente para meu braço como se fosse um filme de terror.

– Você saiu na porrada com um *urso*?

Sigo o olhar dela até meu punho, que inchou até mais ou menos o tamanho e o formato de um animal de balão mutilado. Tento escondê-lo embaixo das cobertas, mas acabo silvando de dor antes de conseguir movê-lo apenas um centímetro.

Izzy coloca a cabeça sobre a lateral de minha cama.

– Você precisa ir à enfermaria.

– Que que está acontecendo? – Jemmy, que não é uma pessoa matinal até ser alimentada, murmura do beliche de cima.

– Meu punho está parecendo uma batata inflamada – eu a informo.

– Batata – ela murmura, voltando a dormir antes mesmo de terminar a palavra.

– Sério – diz Izzy –, enfermaria. Agora. Vamos levar você.

Eu me sento, a cabeça e meu corpo duros por uma ressaca de lágrimas. Preciso de água, Advil e talvez alguém para serrar meu braço.

Mas, junto com a dor, vem uma clareza ainda mais brutal: preciso encontrar Savvy e pedir desculpas. Não consegui retornar a ligação dela ontem à noite e, se vou ser levada daqui à força sem nenhuma ideia de quando vou vê-la de novo, quero que seja com as coisas mais resolvidas.

– Estou bem – digo. Diante do olhar de Izzy, acrescento: – Tá, estou péssima, mas consigo ir sozinha até a secretaria. Vão tomar café. Guardem lugar para mim.

Isso é o oposto de um *adeus*, que é o que eu deveria estar dizendo. Mas a ficha ainda não caiu, embora imagine que tenha meia hora até meus pais aparecerem. Eles ligaram para Victoria ontem à noite para me avisar quando chegariam. Está longe de ser tempo suficiente, mas é o tempo que tenho.

Visto um suéter para esconder meu punho repugnante, embora esteja tão quente que sair da cabana é como dar um gole numa sopa morna. Não quero que Finn repare e se sinta mal, e não quero que meus pais façam um escândalo por isso antes de irmos.

Estou passando pela cozinha quando sou encurralada por ninguém menos do que Finn, que parece tão cansado quanto eu. Ele diminui o passo quando me alcança, parecendo pálido à luz do dia, mas com um pouco do brilho típico de Finn de volta aos olhos.

– Queria confirmar se você está bem – diz, parando de repente. – E agradecer de novo, por ontem à noite.

Faço que não foi nada com a mão boa.

Seu sorriso é menor do que o habitual.

– Tipo, é provável que eu ainda estivesse lá se não fosse por você. Teriam que chamar a brigada de incêndio ou coisa assim. E minha reputação de "cara descolado" teria escorrido pelo ralo.

– Esse foi o principal motivo por que o ajudei. Deus nos livre de você ser superado por um cara mais descolado.

Finn dá uma risada grata, equilibrando-se nos calcanhares e ajeitando o topete para trás.

– Bom… vou procurar você em algum lugar da internet. Te vejo depois que o acampamento acabar?

– Claro.

Parte de sua malícia volta a seu rosto.

– Quem sabe aí levo você num encontro de verdade. E não num assustador a doze metros acima do nível do mar.

Antes que eu possa reagir, ele me envolve em um abraço tão apertado que meus pés saem do chão. Retribuo com um único braço no piloto automático, consciente do calor súbito e abrasador dos olhos de Leo sobre nós. Finn recua e belisca minha bochecha.

– Tchau por enquanto, Babalu.

– Tchau.

Por um segundo enquanto Finn sai às pressas e fico parada observando-o ir, considero não me virar. Apenas dar a volta para o outro lado do prédio e ir tomar café da manhã, deixando Leo e seu olhar cravando buracos na terra.

– Bom, acho que sei por que você não mandou mensagem depois que o encontrou – diz Leo. Ele está tentando fingir naturalidade, mas falhando de maneira tão espetacular que consigo ouvir o nervosismo em sua voz mesmo estando de costas para ele. – Então, você e Finn têm mesmo um lance?

Acho que vamos direto ao ponto, então. Dou meia-volta,

preparada para enfrentar sua irritação, mas para nada além disso – o brilho de mágoa em seus olhos, pesando em seus ombros.

Inspiro fundo. Ele não tem o direito de se sentir magoado. Não depois dos últimos meses, muito menos depois dos últimos dois dias.

– E se tivermos? – digo. Seja lá o que estava crescendo em mim ontem está de volta, procurando encrenca. Dessa vez, não me importo.

Leo me encara, perplexo, como se tivesse um roteiro sobre como seria esta conversa e eu o tivesse jogado na lama.

– Beleza. – Ele diz devagar, com os olhos em mim mas já voltando o rosto para o chão. – Bom. Espero que vocês sejam... felizes.

As palavras soam tensas e falsas, e ele fica ali parado, como se não conseguisse decidir se quer continuar me questionando ou dar meia-volta e ir embora. Nós dois ficamos surpresos quando tomo a decisão por ele.

– Tá, chega. – Ele volta a atenção para mim, erguendo o rosto para ouvir minhas palavras. – E se eu estiver com Finn? Por que você se importa?

– Por que eu me *importo*?

Planto os calcanhares com mais firmeza na terra. A hora é agora – o momento que aconteceria depois do GIC, e da repetição de ontem à noite. Esta era a inevitabilidade. Esta era a envergadura que se recusava a se quebrar. A verdade que nós dois nos recusávamos a encarar.

– Bom, em primeiro lugar – ele diz, aproveitando minha deixa –, ele é uma má influência. Acha que não fiquei sabendo que ele arrastou você até aquela árvore dos *desejos* idiota ontem à noite? Ou sobre semana passada, quando vocês dois tentaram subir no telhado da cabana? Ou sobre o outro dia, quando vocês saíram escondidos da maldita propriedade para tirar fotos da doca do acampamento vizinho, ou...

— Ele não está me colocando em perigo, está fazendo essas coisas porque está me ajudando...

— Porque está tentando ficar *sozinho* com você...

— ... e realmente se importa com minha fotografia.

Digo as palavras com desdém, tentando ir direto ao ponto dessa discussão, que não tem nada a ver com Finn e tudo a ver com a gente.

— Você acha que não me importo com sua fotografia? — Leo pergunta, com uma risada indignada. — Eu não... sei nem como responder a isso. Tipo... se você acha que não apoio você, tem todo um perfil do Instagram cheio de fotos suas que mostram como você está errada.

Ranjo os dentes. Nós dois sabemos do que estou falando.

— Está na cara que você gosta de me prender.

— Quando foi que eu...

— Não com a fotografia — interrompo. O caos de minha raiva ficou mais tenso, ganhou um corpo ao qual consigo me segurar, dando um peso a cada palavra que sai de mim. — É o vaivém durante todo este verão maldito. Você não gosta de mim o bastante para me querer, mas não quer que eu seja feliz com mais ninguém.

Leo me encara, tão chocado que é quase como se eu tivesse cerrado a acusação como um punho que usei para acertá-lo. Mas é como se um dique tivesse estourado e tudo viesse por detrás dele, lutando para chegar à superfície.

— Tipo, eu entendo, Leo. Você não pensa em mim como

eu penso, ou *pensava*, em você. – Minha determinação já está se esvaindo, então tenho que forçar as palavras a saírem, dizendo-as mais em direção ao peito de Leo do que para seu rosto. – E vai saber o que teria acontecido se Connie não tivesse... – Abano a cabeça. – Mas tudo bem. Eu me obriguei a superar porque é isso que amigos fazem. Porque você é *importante* para mim. Mas você nem se importa comigo o bastante para *considerar* me contar que vai embora antes de simplesmente ir.

Minha voz se embarga na última palavra. Algo em seu rosto se despedaça, e sei que finalmente o atingi. Não vivo mais no meio-termo confortável agora, fingindo que Leo sabe e não sabe como me sinto. Está tudo exposto, assim como eu também estou.

– Você acha que não contei porque você não é importante para mim?

Só consigo encará-lo. Não sei de que outra forma responder sem me expor ainda mais.

– Você não entende? – Os olhos de Leo se enchem de lágrimas, e sou eu que fico sem palavras. – Quase pensei em não ir. Porque eu... é claro que gosto de você, Abby. Eu queria te contar, mas eu... sabia que não poderia fazer isso se um dia fosse embora.

O ar que eu ia soltar fica preso em minha garganta, minha raiva se dissolvendo tão rápido que meus ossos quase esqueceram como me sustentar.

– Como assim?

Ele não diz nada, mas não precisa. Vejo minha própria confusão e mágoa refletidas de volta para mim. Vejo as engrenagens de seu cérebro trabalhando como as minhas, a enormidade do que ele acabou de dizer, do que isso significa e deixa de significar.

– Leo, eu... – Quero ser feliz. Esperei meses, alimentei até a última esperança, para ouvir o que ele me disse. Mas nunca pensei que estaria acompanhado de algo tão desolado. – Você acha que eu impediria você de ir? Depois de tudo que passamos, é realmente isso que você pensa de mim?

Leo fecha os olhos, exalando algo que é mais pesado que o ar.

– Não, Abby, aí é que está. Eu estava com medo de que eu mesmo desistisse. Porque sabia que, se você sentisse o mesmo por mim, eu nunca conseguiria ir.

Nós dois prendemos a respiração, sabendo que os próximos momentos vão definir o que passamos a vida sendo um para o outro. Demos passos inconsequentes para chegar até aqui, mas vamos ter que voltar com passos cuidadosos.

Abano a cabeça.

– Eu teria feito você ir. Você sabe disso, né? – Nem estou pensando quando volto a dar um passo na direção dele e ergo a mão. – É isso que...

– Ai, meu deus. *Abby*.

Seus olhos estão fixados em meu punho. A dor atravessa meu braço, cortante, um lembrete inconveniente e inoportuno de que estou machucada no sentido figurado e num sentido muito literal. Tento cobrir com a manga, mas Leo é rápido, seu toque leve como uma pena, mas firme o bastante para eu saber que é melhor não puxar o braço.

– O que é *isso*... Finn – ele diz, respondendo à própria pergunta. Há menos raiva nisso, mais preocupação. Ele entrou completamente no modo Benvólio, e não há como voltar. – Isto está muito feio. Temos que...

Leo ergue os olhos ao som de passos. Já sei quem é pela cara que ele faz, mas isso não me deixa preparada para ouvir o tremor na voz de minha mãe quando ela diz:

– Vamos embora. *Agora*.

vinte e nove

A coisa mais idiota que posso fazer é tentar esconder o punho, tanto porque está claro que minha mãe já o viu como porque dói para caralho. Mas é exatamente o que faço, e o guincho dolorido que escapa de minha boca só piora tudo.

— O que aconteceu? — perguntam minha mãe e Leo em uníssono.

Olho para minha mãe e vejo que ela está carregando minha bolsa. Não sei como, mas em dez minutos ela tomou a liberdade de invadir a cabana, enfiar todas as minhas coisas na bolsa e a trazer para fora. Ela não está para brincadeira.

— Eu caí.

Ela abre a boca, claramente sem aceitar isso como uma resposta adequada, mas já entrou no modo de luta ou fuga e está com certeza no modo *fuga*.

— Vamos parar em algum lugar do caminho para examinar — diz. — Vamos, seu pai está no carro.

— Espera… não posso… tenho que me…

— Por favor, não torne isso mais difícil.

Há uma resignação em sua voz que não estou acostumada a ouvir. Algo nela faz meus ouvidos arderem, lembrando-me da verdade que venho tentando aceitar não apenas nos últimos meses, mas por toda a vida – sou um problema.

Bem feito para eles, então. Eles me tiveram para resolver um. Faz sentido que eu tenha criado mais uma dezena.

Minha voz é dura, igual à dela:

– Me deixa me despedir da Savvy. Você me deve pelo *menos* isso.

Ela vacila por uma fração de segundo, e aproveito o momento, afastando-me dela.

– Já volto – digo. Eu me viro para me despedir de Leo, mas ele sumiu. Passo os olhos ao redor rapidamente, mas ele deve ter voltado para a cozinha.

– Merda.

Saio andando, mas antes de encontrar Savvy quase dou de cara com Mickey, que está voltando de uma corrida com Rufus. Ela tira os fones dos ouvidos, estreitando os olhos para o passo manco que adotei para o punho não doer.

– Você viu Savvy?

Ela olha para o meu braço, abre a boca, horrorizada, e volta a olhar para o meu rosto.

– Hum…

– Sério, meus pais estão aqui, preciso encontrá-la.

O horror no rosto de Mickey se transforma em um tipo mais profundo e inquietante de medo.

– Ela não está com você?

– Não. Por quê?

– Porque ela não voltou para a cabana depois que conversou com Jo ontem à noite – diz Mickey, deixando as palavras saírem rápidas demais. Ela estava ofegante antes, mas agora está prestes a hiperventilar. – Só imaginei que, com todas as coisas rolando, ela estivesse com você. Ela não está mais com você?

O calafrio que me atravessa é mais imediato do que o do Nado do Urso Polar, mais antigo do que qualquer coisa que eu pudesse ignorar.

– Ela não esteve comigo em momento nenhum.

Um segundo se passa, e então Mickey começa a dizer entre um sussurro e um grito:

– Merda. *Merda*. Merda, merda, merda...

– Quando você a viu pela última vez?

– Ela estava na frente da cabana, atendendo à ligação, e eu estava... eu não queria ouvir, eu... – O rosto dela fica pálido. – Ela estava procurando um sinal melhor e saiu na direção da secretaria, e foi isso. Foi a última vez que a vi.

Só então me lembro do instante em que o número de telefone dela iluminou minha tela, logo antes de eu cair da árvore. Pego o celular e ligo para ela, os olhos de Mickey fixados em mim durante todos os longos segundos que isso leva.

– Caixa de mensagem – murmuro.

Mickey parece prestes a chorar.

– Rufus queria ir com ela, mas eu estava carente e o obriguei a ficar agarradinho comigo. Ai, meu deus. Ai, meu *deus*...

– Está tudo bem. – É o que me escuto dizer. A menina com pais furiosos no carro, e um punho mais inchado a cada segundo, e um cérebro que está basicamente em queda livre, está dizendo para outra pessoa que vai ficar tudo bem. – Vamos encontrá-la. Tem algum tipo de protocolo do acampamento? Alguém para quem devemos ligar?

Mickey inspira fundo, empertigando-se e piscando até seus olhos focarem.

– Sim. Vou avisar Victoria.

– Eu vou...

Mickey já está correndo, me abandonando. Fico parada, olhando para trás para ver se minha mãe me seguiu. Mas só vejo Rufus, encarando-me completamente alerta, sem baba nem parafernálias roubadas do acampamento na boca, como se estivesse esperando um comando.

Meus pais vão me matar.

– Vamos.

trinta

Não sou uma corredora, mas hoje definitivamente sou. Rufus começa a correr à minha frente, reconhecendo a trilha que vou seguir antes mesmo que eu chegue nela, e a adrenalina consegue me fazer ignorar a dor de meu punho. Se vai me fazer ignorar a dor de ficar de castigo pelo resto da vida é outra história, uma completamente diferente.

O que é estranho é que não estou em pânico. Pode ser inocência minha, mas sei que Savvy está bem. Em primeiro lugar, se ela estivesse mesmo em perigo, teria telefonado para um adulto responsável muito antes de ligar para mim ontem à noite. E, em segundo lugar, duvido que nesta ilha haja muitos obstáculos para os quais Savvy não tenha uma solução escondida num dos bolsos de sua legging.

Eu e Rufus vamos avançando aos poucos, chutando a lama da chuva de ontem à noite. A trilha está mais escorregadia do que eu me lembrava. Quase tropeço duas vezes e chego a tropeçar na terceira, mas consigo me segurar por pouco com a mão não machucada.

Mesmo assim, embora a lama esteja contra nós, chegamos em questão de minutos ao lugar de arco e flecha abandonado que

Savvy me mostrou. Passamos pela árvore em cujo tronco os nomes de Savvy e Mickey estão esculpidos e paramos – Rufus, ao menos. Meus pés estacam, mas meu corpo, não, a lama criando um tipo de escorregador natural. E, antes que me dê conta, estou deslizando pela beirada da vista espetacular do acampamento, e dando tchauzinho para ela enquanto vou caindo e caindo de bunda, até por fim parar com um baque surdo enlameado no sopé do minipenhasco.

Quando tenho certeza de que parei de escorregar por um abismo de lama, abro os olhos e dou de cara com Savannah Tully, que está enlameada, com o cabelo todo arrepiado, os olhos arregalados e – graças a Gaby, a fantasma do acampamento – intacta.

– Em primeiro lugar, você está bem? – ela pergunta.

Estou envergonhada demais para responder, batendo a cabeça para trás na lama e sentindo-a grudar em meu cabelo. Ela interpreta isso corretamente como um sim.

– Em segundo lugar, por favor, pelo amor de tudo que é mais sagrado, me diga que você trouxe ajuda.

Rufus dá um latido, antes de desaparecer prontamente de nosso campo de visão.

– Além de Rufus, cujos dois neurônios restantes estão dedicados a comer o celular de estranhos.

Fecho os olhos.

– Não.

Há um silêncio e então:

– Estou morrendo de fome. Abby. Estou num nível de fome que seria capaz de comer você.

– Não sou instagramável o bastante para ser comida – murmuro, ainda humilhada demais para me mover. – Tem um chiclete no meu bolso.

— Você morreu para mim. Mas me dá.

Apoio o braço bom para me levantar e coloco a mão no bolso da frente, tirando o cordão e um pacote de chiclete de canela que com certeza deve estar morno depois de sabe-se lá quanto tempo lá dentro. Savvy pega dois e os enfia na boca, quase chorando:

— Deus, queria que isso fosse comida.

— Bom, as pessoas definitivamente sabem que você está desaparecida agora, então tenho certeza de que é só uma questão de tempo até…

— As pessoas só começaram a procurar *agora*? Está de *brincadeira* comigo? Estou presa aqui há… que horas são, afinal? Minha bateria acabou.

Levo a mão ao celular, mas ele não está em meu bolso de trás. Os olhos de Savvy se arregalam, parecendo tão mortais que quase quero me estrangular para ela não ter que se dar ao trabalho.

— Deve ter escorregado do meu bolso quando caí.

— Morreu. Para. Mim.

— Justo — digo, tentando tirar o máximo que consigo de lama das pernas. — Mas, se vale de alguma coisa, estou muito feliz que você esteja bem.

As palavras penetram a barreira de sua frustração, depois passam por algo ainda mais fundo. Ela suspira, depois se acomoda ao meu lado, apoiando-se e repousando a cabeça em meu ombro. Apoio a minha sobre a dela, e nós duas fazemos uma inspiração longa e um tipo de perdão silencioso.

— Acho que, se é para ficar presa aqui embaixo, é bom ter companhia.

Por alguns momentos, há um estranho alívio completamente inapropriado, considerando como estamos ferradas. Nosso bem-

-estar pode estar quase em risco, mas ao menos isto, não. Seja lá o que *isto* for, agora é sólido. Talvez não o bastante para ter um nome, mas o suficiente para suportar uma tempestade.

Nós duas erguemos os olhos para o barranco que nos fez cair.

– Tem certeza de que não tem como sair daqui?

– Confia em mim, eu tentei. Também considerei me apoiar em seus ombros e abandonar você por tempo suficiente para colocar um pouco de comida na boca e buscar ajuda, mas também não rola.

– Me sinto tocada.

Os olhos de Savvy se fecham.

– Eu cometeria um crime por um sanduíche de ovo agora.

– Sabe, você não é a primeira pessoa cuja missão de resgate estraguei de maneira fenomenal nas últimas doze horas.

– Ah, é? – Savvy pergunta, erguendo as sobrancelhas. – O que perdi?

Ergo o punho. Savvy silva.

– Não querendo tentar superar sua história nem nada – digo, voltando a baixar o braço.

– Hum, é, venha falar comigo quando tiver passado a noite toda numa vala e *ninguém nem notar que você sumiu*.

Bato o ombro no dela.

– Para ser justa... rolou muito drama desde então. Este lugar é quase o cenário de um reality show.

Savvy bufa. É o som menos gracioso que já a ouvi fazer. Amo cada parte dele.

– Nem me diga.

– Mickey disse que Jo ligou.

Savvy se vira de repente. De perto consigo ver que não há só lama endurecida em seu cabelo, mas folhas e gravetos também. Ela me faz lembrar daquela vez que nossa escola montou uma produção de *Sonho de uma noite de verão* e o pessoal do teatro se animou um pouco demais com as fantasias.

– Mickey ouviu?

– Ouviu o quê?

– Eu terminando com Jo.

Minhas sobrancelhas se erguem.

– Você terminou com Jo?

– O que Mickey ouviu? – Savvy questiona, muito mais paranoica do que alguém cujos problemas incluem estar presa numa vala barrenta sem nenhuma forma de contato com o mundo exterior deveria estar.

Encolho os ombros.

– Tipo, acho que não muito. Ela disse que você atendeu à ligação e ela estava meio mal e fez Rufus ficar agarradinho com ela ou coisa assim, então...

– Jesus. – Savvy ergue os joelhos e repousa a testa neles, enchendo-se de lama. É uma pena que eu nunca tenha notado tanto nossa semelhança quanto neste instante. – Estou estragando *tudo*.

– Tá, dessa vez, eu com certeza posso superar sua história, considerando que falei para meus pais irem à merda. – Chuto a lama com o calcanhar dos tênis, criando pequenas pilhas de lama à minha frente. – Então... o que rolou com Jo?

Savvy resmunga.

– Terminei com ela e o universo me castigou logo em seguida me jogando numa vala cheia de lama e me dando uma irmã que não atende à única ligação que consigo fazer antes de meu celular se transformar num tijolo superestimado.

Minhas orelhas não se empertigam com a palavra *irmã* como aconteceria normalmente. Pela primeira vez, não soa estranho. Talvez seja porque é ao ouvi-la, no meio de um discurso com uma pontada de irritação, que essa palavra por fim se encaixa – ela solta a palavra *irmã* como eu soltaria a palavra *irmão*, com o descuido de alguém que pode ser descuidado porque sabe que essa pessoa não vai sumir do nada.

– Por que o universo castigaria você? Tipo... não conheço Jo nem nada. Mas vocês não pareciam feitas uma para a outra.

– Tipo, é – ela admite. – Não estava dando certo.

Entro no assunto com cautela:

– Ocupadas demais para lidar uma com a outra?

– Não... quer dizer, sim. – A atitude defensiva se esvai, e ela acrescenta: – Mas, para ser sincera... esse deve ser o motivo por que durou tanto tempo, na verdade.

– Ah, sim. Era... qual foi a palavra incrivelmente romântica que você usou? *Conveniente.*

– Além disso, ela era... não queria muito que eu andasse com Mickey. – A expressão de Savvy fica mordaz. – Ela tinha certeza de que Mickey tinha segundas intenções, o que é idiotice, óbvio. Mickey namora aquela menina há anos. Se ela tivesse *segundas intenções*, eu saberia a essa altura.

Se a tentativa ruim de contornar o assunto já não deixasse claro que ela ainda nutre *algum* sentimento por Mickey, referir-se à ex dela de vários anos como "aquela menina" com certeza deixa.

– Enfim, isso nunca foi negociável. Mickey é minha melhor amiga.

Penso na maneira como Mickey ficou mais vermelha do que

um hidrante no dia em que nos conhecemos e a confundi com Jo, como ela sempre parece estar com os olhos fixos em Savvy e prevê todas as coisas gloriosas de alguém Tipo A que Savvy vai dizer antes mesmo de o pensamento criar raízes no cérebro dela.

Penso em Mickey me entregando os tênis de Savvy depois que Jo apareceu, parecendo tão derrotada como me sinto em relação a Leo.

— Não sei, não – digo. – Vendo vocês duas, às vezes tenho a impressão que...

— Ai, meu deus, você está falando que nem a Jo.

Tento outra tática.

— Tá, beleza, então está aí uma coisa que Jo com certeza não vai dizer: você talvez fique brava consigo mesma se nunca nem a questionar sobre isso.

Os lábios dela se erguem.

— Nossa – ela diz, sarcástica. – Que ótimo conselho.

Encosto meu tênis enlameado no dela.

— Pois é, a menina que me disse isso primeiro até que não é ruim.

Savvy cutuca meu pé em resposta e se afunda mais na encosta enlameada, o olhar perdido e reflexivo.

— Que tal fazermos um acordo? – propõe. Cerro os dentes, pensando que vou ter que fazer algo com Leo, e não vou saber o que dizer. – Vou sondar Mickey, se você aceitar ter uma conversa séria com seus pais sobre sua fotografia.

De repente a dor volta, um novo lembrete do Dropbox intocado.

— Bom, azar o seu. Eu já tentei.

— Tente de novo.

Encolho os ombros. Mesmo se eu quisesse, agora não parece um bom momento. Há coisa demais acontecendo para eu tirar isso do canto e colocar num holofote já ocupado com o resto do caos que provoquei.

— Se isso ajuda, meus pais são críticos para caramba, e adoraram seu trabalho.

— Sério? – pergunto, não totalmente convencida de que eles não estavam tentando ser bonzinhos com a irmã biológica da filha deles.

Savvy revira os olhos.

— É a cara deles gostar.

— Hum… essa doeu?

— Não, desculpa, não… não quis dizer nesse sentido – acrescenta rápido. – Só quis dizer que eles sempre meio que… sei lá. Pareceram meio confusos com todo o meu lance do Instagram.

— Acho que, se eu tivesse crescido sem Instagram, também ficaria confusa – digo, tentando ser diplomática.

— É, bom, eles cresceram sem dar ordens a Alexa da Amazon e com *isso* parecem ter se acostumado muito bem – Savvy diz, categórica. – Era de se imaginar que eles me apoiariam mais, porque basicamente me prepararam para esse tipo de coisa. O que mais eu faria depois de uma vida com os maiores hipocondríacos da região metropolitana de Seattle?

— Seria bom se todos pudessem monetizar tão facilmente a paranoia de nossos pais.

Savvy relaxa um pouco, dando uma risada.

— Enfim, faz sentido eles terem adorado suas fotos. É justo o tipo de coisa que curtem. Tudo em você: o lance todo criativo de aproveitar o dia.

Contenho o impulso de corrigir com "aproveitar o Day" por minha própria sanidade, e acrescento:

– Ou, como meus pais chamam, todo o lance descuidado de quem não sabe priorizar as coisas.

– Seus pais parecem tão de boa. Tipo, não consegui tirar nenhum pingo de informação deles, então isso foi um saco. Mas fora isso eles parecem de boa.

– É claro que são de boa com você. Você é a filha dos sonhos.

– Eu me contenho antes que diga *a filha dos sonhos deles*, mas é quase como se tivesse dito isso. Fica pairando no ar, ocupando espaço embora não tenha sido emitida.

Mas Savvy não parece notar, virando-se por completo para olhar em meu rosto.

– Abby, você precisa parar de pensar que é, tipo, uma "filha ruim" ou coisa assim. Suas notas não são as melhores. E daí? Notas param de contar no minuto em que você pegar seu diploma. Ainda mais quando seus talentos estão fora da escola. – Essa é a última coisa que estou esperando escutar da capricorniana mais obediente que já caminhou pela face da terra, mas é menos surpreendente do que o que ela diz em seguida, que é: – A verdade é que eu mataria para ser mais como você.

– Como é que é?

Ela se recosta.

– Sabe o que é besta? Estou presa no meio da floresta e, sim, pensei em comida e água e ser comida por um lince selvagem, mas mais do que isso fiquei obcecada por não ter ninguém atualizando o Instagram. Nenhum post programado, nenhum story, nenhuma troca de mensagens com meus seguidores. Estou basicamente no escuro pela primeira vez em dois anos.

Há uma reserva no rosto dela quando ela termina, como se estivesse achando que eu fosse tirar sarro.

– Como você se sente? – pergunto, em vez disso.

– Um lixo. – Savvy seca o suor do rosto, acabando por sujar ainda mais sua testa de lama. – É doido pensar que eu fazia isso por diversão.

Eu a espio, com cautela.

– Mas era mesmo divertido?

– Era – ela insiste. – Na verdade, era meio que uma fonte de alívio. Eu só queria… controle, acho. Sobre as coisas que meus pais queriam que eu fizesse, todas as regras que eles tinham. Você viu o que aconteceu quando fiquei resfriada por uns dias – diz, gesticulando de maneira ampla como quem aponta para uma confusão catastrófica. – Sempre foi assim, e nada que eu dissesse os impediria. Sempre houve essa grande incógnita assustadora da qual eu nunca conseguia dissuadi-los porque eles nunca me contaram sobre meus pais biológicos. Não sabia o suficiente nem para entender de onde vinha o medo. – Ela inclina a cabeça, considerando. – Mas montar o Instagram, mostrar para eles que estava levando os conselhos deles a sério, funcionou por um tempo.

Ouvi-la dizer isso toca em um ponto um tanto sensível demais. Savvy, apesar de toda sua bravata, é tão culpada quanto eu de pegar o caminho mais fácil.

– E, mesmo quando isso parou de funcionar, foi divertido, quando éramos só eu e Mickey. Mas agora meio que parece… um animal independente. Eu o criei para sentir que tinha controle, mas ele me controla.

Cutuco o ombro dela com o braço bom, e ela suspira.

– Às vezes penso em todas as coisas que perdi porque estava

distraída ou porque não queria quebrar uma regra que criei para mim mesma, e... acho... sei que estou perdendo muita coisa. E isso me deixa ansiosa. Mas não seguir meus planos me faz me sentir pior.

Ela me olha como uma criancinha que está procurando alguém para confirmar se algo é ou não verdade. Mas nós duas sabemos que ela tem razão. Penso em minhas noites na cozinha sem ela, nas ligações que ela atendeu enquanto estávamos olhando as constelações, nas alvoradas que ela passou olhando fixamente para a tela da câmera.

– E você... você é apenas você mesma. Você é corajosa. Faz o que quer. Sem desculpas.

Corajosa. Está aí uma palavra com a qual estou me acostumando, depois de uma vida fugindo de meus problemas. Mas talvez eu esteja fazendo por merecê-la, à minha própria maneira. Um pouco menos de fuga e um pouco mais de conversa. Um pouco menos de perdidos e um pouco mais de achados.

– Desculpas não faltam. Deixo meus pais malucos.

– Escuta, não consegui tirar porra nenhuma deles, mas *sei* que eles têm orgulho de você. Antes de os encontrar, eles estavam babando em suas fotos do acampamento.

Faz mais de um dia que não consigo acessar o link do Dropbox.

– Tem certeza de que eram *minhas* fotos?

– Claro que tenho. Acho que, se você conversar com eles, pode encontrar algo em comum. – Ela baixa a voz: – Você ama isso, Abby. Não tem por que ser infeliz por causa disso e, enquanto estiver se escondendo, vai continuar sendo infeliz.

O nó dolorido em minha garganta vai descendo até o peito.

Não sei se estou bem me escondendo ou me protegendo. Essa coisa que era apenas minha e de vovô se transformou em algo que é apenas meu. Mas isso é algo que não quero admitir por completo agora na lama, então apenas concordo com a cabeça.

– Bom… isso vale para você – digo. – Com o lance das regras, quero dizer.

Savvy relaxa, as pernas se afundando ainda mais na lama.

– Esse é o problema. Não sei se consigo abrir mão delas.

Não sei o que dizer, mas me lembro do que Leo me falou ontem à noite, sobre ir no seu próprio ritmo.

– Não acho que vai acontecer da noite para o dia – digo a ela. – Mas você pode começar. E talvez eu possa ajudar.

Pauso, considerando se ela vai rir de mim.

– Podemos começar com o seguinte – sugiro, traçando duas linhas na lama. – Chama-se lista de prós e Connies.

As sobrancelhas de Savvy se erguem.

– Na próxima vez que quiser fazer algo, em vez de pensar no que aconteceria se fizesse a coisa, pense no que aconteceria se não a fizesse. Nas coisas que perderia. E também nas pessoas que sentiriam sua falta. Esses são os Connies.

É nesse momento preciso e inconveniente, sentada na lama a uma ilha de distância de nosso reduto habitual, que sinto falta de Connie com uma força sobrenatural. Quero contar tantas coisas para ela. Há tanta coisa que quero entender. Sinto como se estivesse transitando numa linha entre quem eu era quando vim para cá e quem me tornei, e Connie está num lugar intermediário, fora de meu alcance.

– Que tal o seguinte – diz Savvy. – Não importa o que aconteça quando eles finalmente nos tirarem daqui, mesmo que tenhamos que esperar você fazer dezoito anos para podermos voltar a nos ver, vamos encontrar uma forma de manter contato. De cobrar uma à outra.

– As sabedorias de Savvy encontram os Days de Abby?

Savvy resmunga.

– Os trocadilhos de Leo estão contagiando você.

A verdade é que há pouquíssimas partes de mim em que Leo não exerceu influência. Se sou mesmo assim – como Savvy pensa que sou, pelo menos –, Leo é o responsável. Se sou corajosa, é em parte porque sempre soube que Leo estava cuidando de mim. Se faço o que quero, é em parte porque Leo me apoia. Nós nos ajudamos a não escorregar e torcemos pelos sonhos um do outro antes mesmo que eles signifiquem alguma coisa. Muito antes de agora, quando os sonhos de uma vida toda estão tão emaranhados uns nos outros que nem faço ideia de que forma assumiriam sem ele.

Limpo a garganta, tentando arquivar o pensamento. Não há nada que eu possa fazer agora – nem sobre o que Connie disse, nem sobre os meses que eu e Leo desperdiçamos pisando em ovos perto um do outro, nem sobre o fato de que, em algum lugar num raio de um quilômetro e meio da vala onde estamos presas, nossos pais devem estar perdendo a cabeça.

Eu me apoio mais em Savvy, que, por incrível que pareça, está muito mais calma do que eu. É como se ela estivesse esperando faz um tempo para desabafar, e estivesse relaxando de alívio, enlameada e exausta e novinha em folha.

– Bom – digo, descontraída –, com nomes que nem os nossos, é meio difícil resistir à tentação de um trocadilho.

Savvy pestaneja, o azul de seus olhos mais aguçado.

– O nome de sua mãe. É Maggie, certo?

– Sim. Por quê?

Savvy puxa o cordão pendurado em meu bolso e o entrega para mim.

– *Magpie* – ela diz, baixo.

Encaro o pingente na palma de minha mão, seu brilho contrastando com minha pele. Essa coisa que sabe a minha história, talvez melhor do que até eu mesma. Esse presente que guardava meu maior segredo, e acabou de nos dar uma chave.

– Maggie e Pietra.

trinta e um

Preenchemos as horas seguintes falando sobre tudo e sobre nada ao mesmo tempo. Savvy me conta sobre sua infância em Medina com pais ricos excêntricos numa típica cidadezinha de ricos – sobre coisas como pedir doces no Halloween na casa de Bill Gates, ou brincar no lago Washington nos barcos dos pais de seus amigos, e passar o ano inteiro estressada para ganhar um concurso de bambolê no festival Medina Days, que rola todo verão. Ela me conta que conheceu Mickey numa matéria de artes que elas fizeram na segunda série, e se tornaram inseparáveis desde então. Conta que secretamente curte *O senhor dos anéis* e que, no mesmo ano em que Leo torturou a mim e Connie enviando mensagens codificadas em élfico, ela estava aprendendo a língua com ele.

Conto para ela das pequenas aventuras em que vovô me levava – que íamos de carro até Snoqualmie Falls para fotografar as cataratas, ou ao monte Santa Helena para perscrutar pela névoa e ver o monitor de atividade sísmica subir e descer no museu. Conto para ela quanto eu queria um irmão ou irmã, e como meus pais me contaram sobre Brandon me levando para comer cupcakes e que, em algum lugar do acervo, tem um vídeo meu me debulhando em lágrimas de felicidade com pedaços da cobertura de cookie entrando em meu nariz. Conto sobre todos eles – Brandon e Manson e Asher – e suas pequenas manias, como o fato de que Brandon é obcecado por diferentes tipos de nós e vive fazendo experimentos em nossos tênis, ou que Mason descobriu recentemente uma paixão por virar grandes volumes de leite e arrotar músicas pop, ou que Asher tem um talento quase sobrenatural para lembrar onde todos deixaram suas coisas, então as coisas nunca ficam perdidas por mais de um minuto quando ele está por perto.

É o tipo de coisa que preenche os contornos, como se fôssemos pessoas inteiras uma para a outra, mas agora temos matizes um pouco mais vivos. É o tipo de coisa que teríamos contado uma para a outra durante as próximas duas semanas, mas agora espremidas em duas horas enlameadas interrompidas vez ou outra por uma reclamação de que estamos com fome ou que precisamos fazer xixi.

– Será que um dia vou poder conhecê-los? – Savvy diz em certo momento, quando termino de contar que Asher ficou tão entusiasmado ao soprar as velinhas de aniversário de Brandon que quase botou fogo na casa.

É quase meio-dia, o calor se assentando no fundo de nossa pequena vala. Pelas sombras, nossos cabelos se armaram de maneira idêntica até seu potencial máximo de frizz. Toco o meu distraidamente, refletindo sobre as palavras de Savvy e me perguntando o mesmo.

– Tomara que sim.

Três semanas atrás a ideia me deixaria nauseada e possessiva. Mas já entramos tanto na vida uma da outra que parece estranho que ela não possa estar presente ou que haja partes que ela não possa ver – ao menos não até nossos pais tomarem uma grande decisão ou os meninos terem idade suficiente para descobrirem sobre Savvy por conta própria. Sei que não cabe a mim contar para eles. Mas isso não ameniza a decepção.

– Você acha que eles vão gostar de mim?

– *Mais uma* irmã mais velha para torturar? Vai ser o melhor dia da vida deles. – Sorrio com o pensamento, e é a primeira vez em que ser mandada de volta para casa não parece o fim do mundo. Eu realmente sinto falta daqueles pestinhas. – Isto é, se eles não ficarem ocupados demais tentando sequestrar Rufus. Estão implorando por um cachorro desde que...

E então, como se seu nome o invocasse, ouvimos um *au!* inconfundível que só pode ser de Rufus.

Savvy ergue a cabeça tão rápido que parece movida a mola.

– Rufus! – chama. – Seu idiotinha lindo e ridículo...

– Meninas?

É minha mãe. Fico em pé num instante, e eu e Savvy abrimos a boca para gritar alguma variação da mesma coisa – *toma cuidado* –, mas ficamos tão nervosas que Savvy só consegue guinchar e digo alguma coisa sem nexo e tudo só acaba abafado pelos latidos de Rufus.

– Maggie, cuidado!

– Minha nossa. – Escuto minha mãe abafar um grito. Eu e Savvy nos crispamos, quase achando que minha mãe vai escorregar e cair aqui conosco, mas, em vez disso, ela diz: – Obrigada.

Pietra não responde porque, a essa altura, outras vozes se juntaram à confusão. Ela e minha mãe estão nos chamando, e nossos pais nos chamam de algum lugar não muito longe, e nós gritamos em resposta, e a coisa toda é uma confusão do caralho de berros até Savvy conseguir ganhar de todos ao gritar:

– Alguém trouxe *comida*?

– Vocês estão bem? – Pietra pergunta, em vez de responder.

– Estamos – Savvy responde.

– Abby?

– Só famintas.

O que é tudo em que consigo pensar até alguém jogar uma barrinha de cereal e eu, como a idiota colossal e desidratada que sou, tentar pegá-la com o braço machucado e acabar ganindo feito um Chihuahua. Savvy a pega debaixo de mim e a desembala e enfia na boca tão rápido que não faço ideia do que ela diz em seguida, mas parece muito como se ela estivesse prometendo batizar a primeira filha com o nome da marca da barrinha.

– Vocês estão muito embaixo? – Pietra grita.

– Nem tanto... uns três metros? – chuto. – Mas não chega muito perto, senão você vai escorregar e cair.

Há mais conversas lá em cima, o barulho abafado de uma decisão sendo tomada, e rápido. Eu e Savvy nos entreolhamos, surpresas – nossos pais estão de fato se falando.

– Dale vai ajudar vocês, meninas – minha mãe nos diz. – Fiquem calmas.

– Como isso foi *acontecer*? – Pietra pergunta.

– Achei que seria divertido passar a noite numa vala – Savvy grita, com o revirar de olhos mais impressionante que já vi na vida.

– Qual é o veredito? – meu pai pergunta. Ele tenta falar com um tom de brincadeira, mas conseguimos ouvir a tensão na voz dele. Podemos não estar nos divertindo horrores aqui embaixo, mas não consigo nem imaginar o que passou pela cabeça deles.

– Zero estrelas – digo. – O procedimento de checkout é... uma bosta.

– Olha o palavrão – minha mãe me repreende.

Há um bufo lá no alto que soa muito parecido com o de Savvy. Pietra acrescenta:

– Acho que elas têm esse direito.

Minha mãe ri. O som é esbaforido e maníaco e tomado de uma exaustão que vai muito além do drama dos últimos dias, mas elas estão rindo juntas. Até Savvy para de mastigar para ouvir, nós duas nos encarando, incrédulas.

– Só dessa vez – minha mãe concede.

trinta e dois

Depois que os bombeiros nos tiram de lá, meus pais me levam ao pequeno hospital da ilha, equipado com uma máquina de radiografia e um residente muito nervoso que nos informa que meu punho está quebrado e parece um pouco satisfeito *demais* consigo mesmo quando consegue me engessar. Depois disso, de uma ducha no quarto de hotel e do equivalente a quatro doses de ibuprofeno na veia, quase pareço um ser humano.

Quando saio do banheiro, há um silêncio eloquente no quarto. Meus pais se viram, sem nem fingir que não estavam falando sobre mim. Preferiria que eles disfarçassem – é o primeiro silêncio em todo o dia e, de repente, não faço ideia de como preenchê-lo. Não faço ideia do que dizer, ou por onde começaria se abrisse a boca.

Meu pai nos salva ao dizer:

– Vamos jantar?

Eu tinha certeza de que partiríamos na próxima balsa.

– Colin ainda não está pedindo socorro? – pergunto, tentando imaginar meu tio sobrevivendo a mais uma noite com meus irmãos.

Minha mãe pega o celular e diz:

– Tem um tailandês descendo a rua que ainda está aberto.

– Por mim pode ser. Abby?

Eles estão tão calmos. Tão estranhamente pacientes. Quando há algum problema ou quando algo precisa ser dito, eles costumam fazer isso de uma vez. Tiram logo o curativo e seguem em frente. Em meio às agendas de nós seis, não temos exatamente o luxo de deixar as coisas para depois.

Mas acho que, em termos de *coisas*, nunca tivemos algo tão grande para resolver quanto esse.

– Sim. Parece uma boa.

O lugar é pequeno e aconchegante, à meia-luz e decorado com cores quentes, muito diferente do acampamento e seus pés-direitos altos e cheiro de pinheiro e um caos relativamente ordenado. Até as cadeiras são grandes e acolchoadas, e é só quando sento a bunda em uma que percebo que estou tão cansada que poderia pegar no sono assim que fechasse os olhos.

Mas a maneira como meus pais se posicionam, os dois do mesmo lado e de frente para mim, me faz perceber que esse jantar não foi uma ideia qualquer. Foi uma jogada tática. Eles estavam decidindo o que dizer enquanto eu tomava banho, e escolheram um lugar público para que ninguém levantasse a voz nem tentasse escapar. Depois de ontem, é de se entender. As regras normais foram lançadas pelos ares.

Tento não me contorcer, desejando ao menos ter usado parte de meu tempo no banho para ensaiar o que diria em vez de ficar protegendo o braço engessado dos respingos da água. Mas, antes que meus pais possam abrir a boca, a porta do restaurante se abre e os olhos deles se desviam de mim com tanta rapidez que não há dúvida de quem entrou.

Dito e feito, eu me viro e encontro os olhos de Savvy tão rápido que parece que planejamos isso.

– Três pessoas? – a recepcionista pergunta, antes que Savvy ou seus pais possam voltar a si. – A espera deve ser de uns trinta minutos.

– Ah – diz Pietra, fazendo um péssimo trabalho em fingir que não nos viu –, isso é… quer saber? Vamos voltar outra hora…

– Tem lugar de sobra na nossa mesa – digo, antes que possa perder a coragem.

Dale limpa a garganta.

– Não gostaríamos de… interromper, se vocês…

– Por favor – diz minha mãe, inesperadamente oferecendo a cadeira vazia a seu lado. – Não seria problema nenhum.

Somos nós que estamos fazendo o convite, mas parece que é o contrário. Todos prendem a respiração, a coitada da recepcionista tentando fazer contato visual com literalmente qualquer pessoa para avaliar o clima do que está rolando, até Pietra dizer, baixo:

– Se vocês têm certeza.

Antes que possamos complicar demais quem vai se sentar em qual lugar, eu me levanto e me sento no lado de meus pais da mesa para que, quando Savvy se sentar, ela fique de frente para mim e fiquemos as duas entre nossos pais. Tento não sorrir para não parecer que estamos tramando, mas os olhos de Savvy se voltam luminosos para os meus, e cutuco o tênis dela por baixo da mesa.

A garçonete vem pegar o pedido, olhando primeiro para meus pais. Meu pai pede uma cerveja, e minha mãe me surpreende pedindo uma taça de vinho branco, algo que só a vejo tomar quando meus irmãos já estão na cama. Ela se vira para Pietra e diz timidamente:

– E imagino que uma de tinto para você?

Pietra fica rígida, eriçando-se um pouco com a intimidade, mas aos poucos vai relaxando na cadeira e faz que sim para minha mãe.

– Seria ótimo.

Todos enfiam a cara nos cardápios depois disso, meus pais analisando a lista de aperitivos como se fosse um documento jurídico de um de seus casos, os pais de Savvy tomando quase metade de suas primeiras taças antes de a garçonete voltar para anotar o que queremos comer. Eu e Savvy ficamos em um silêncio mortal, comunicando-nos apenas por olhares furtivos ocasionais, como se tivéssemos medo demais de lembrá-los de que estamos aqui e distraí-los deste momento raro de trégua.

– Os rolinhos primavera, talvez? – minha mãe pergunta.

Meu pai abana a cabeça.

– Dale é alérgico a coentro.

Pietra estende a mão para cutucar Dale.

– Ele *diz* que é alérgico.

– Tem gosto de sabonete.

– Isso não é uma alergia – minha mãe e Pietra contestam ao mesmo tempo, com exatamente a mesma inflexão.

Dale ergue as mãos em sinal de rendição.

– Uau, voltamos dezoito anos no tempo se vocês duas vão se juntar contra mim, e não sei por quê, mas ainda é aterrorizante.

– Bom, elas não são mais as únicas se juntando contra você – meu pai diz, bem-humorado, olhando para mim e Savvy.

Fico paralisada como um coelho num campo aberto, mas Savvy se inclina para a frente, voltando um olhar intenso para cada um de nós.

– Certo. Estamos todos aqui. Sobrevivemos a uma briga em público e uma vala de lama e coentro. Podem nos contar o resto da história, talvez?

Só conseguimos escutar os grilos como resposta, até Dale se encarregar de dizer:

– Não tem muito o que contar.

Savvy hesita, e tomo a dianteira.

– Claro que tem. Vocês nos contaram o fim. O que aconteceu no começo? Como vocês se conheceram?

Sinto os olhos de meus pais em mim, mas, antes que me volte para eles, sei que é mais por surpresa do que por irritação. Não costumo assumir o controle de conversas. E, embora eu ainda esteja me acostumando com essa nova Abby, eles ainda nem a conheceram.

Consigo ver os adultos começando a amolecer. Minha mãe solta os ombros. Meu pai começa a olhar fixamente para o prato vazio. Dale para de estralar os dedos, e Pietra para de tomar goles grandes de vinho sem parar. É como se estivessem finalmente dispostos a percorrer a distância, mas não fizessem ideia de onde começar a jornada.

Tiro o chaveiro do bolso e coloco o pingente de *magpie* sobre a mesa. Savvy tira o dela e faz o mesmo.

– São seus nomes, não são? – Savvy pergunta. – Maggie e Pietra.

A cara que minha mãe fez quando tiramos os amuletos ainda está tão fresca em minha mente que quase mantenho a cabeça baixa, mas a postura dela se suaviza, seus lábios cedendo em um sorriso tranquilo. Ela e Pietra encaram os pequenos pingentes, desaparecendo juntas em outro tempo, longe do resto de nós.

Minha mãe ergue os olhos, mas são os de Pietra que ela encontra, não os meus. Como se estivesse esperando pela permissão de Pietra antes de falar qualquer coisa. Ou talvez o começo seja uma história que caiba a Pietra contar.

Pietra se inclina para a frente, passando a ponta dos dedos no pingente.

– Compramos no Pike Place Market. Na barraquinha de um artesão. Eram os dois últimos.

– Nós duas estávamos quase falidas.

– Mas foi uma boa compra – Pietra murmura. – Duraram todos esses anos, não?

– Pois é.

Pietra solta o pingente, alternando o olhar entre mim e Savvy.

– Eu tinha vinte e dois anos quando comecei a trabalhar em Bean Well. Tinha saído da casa dos meus pais, sem muita delicadeza. Falado para eles que queria me virar sozinha. Acabei chorando no primeiro café em que consegui parar, certa de que daria meia-volta e voltaria atrás. – Ela se vira para olhar para minha mãe, com os olhos úmidos, mas a voz irônica. – Mas uma adolescente enxerida interveio com um bolinho grátis e acabou mudando toda a minha vida.

Minha mãe abaixa a cabeça e, quando levanta a cabeça, consigo imaginá-la como aquela adolescente enxerida, sorrindo exatamente da mesma forma.

– Bom. Meu pai ajudou.

– Sim. – O sorriso de Pietra se alarga. – E, por algum motivo que nunca consegui entender, ele ofereceu um *emprego* para aquela menina que estava assustando todos os clientes dele.

– Tive que treiná-la. – Há uma pausa em que minha mãe

morde o lábio, e seus olhos se fixam nos de Pietra ao dizer: – Ela era *tão ruim*.

Pietra ergue a mão em rendição.

– Eu sou de tomar chá, nunca tinha feito café na vida...

– Nem me fala do café... você não conseguia nem entender como ligar o *aspirador* – minha mãe diz, tentando conter o riso.

Pietra fica boquiaberta, fazendo-se de ofendida.

– Você está falando daquela sucata que sua mãe trouxe dos anos *oitenta*? Sério, eu quase achava que ele viraria um Transformer.

Minha mãe faz o que parece ser uma imitação de Pietra tentando descobrir onde é o botão de ligar de um aspirador, e Pietra dá uma gargalhada abrupta, dizendo:

– Mags, sua *escrota*.

Observo, fascinada. Meus pais se provocam, mas não dessa forma – não com essa brincadeira desregrada quase adolescente, o tipo de coisa que eu poderia dizer sem problemas para Connie ou Leo sabendo muito bem que não poderia dirigir isso a mais ninguém.

Pietra se debruça sobre a mesa e, quase como uma retaliação, dá um gole do vinho de minha mãe. Minha mãe deixa, relaxando com uma expressão presunçosa no rosto.

– Pelo menos você aprendia rápido.

Pietra revira os olhos, devolvendo a taça de vinho.

– Virei gerente do lugar em menos de um ano. Eu era *sua* chefe, se me lembro bem.

– Hum – diz minha mãe, erguendo os olhos para o teto. – Mas *seus* lattes nunca foram bons a ponto de formarem fila na rua.

– Faça-me o favor. Os meninos apaixonados por seus lattes só estavam tentando...

– Estão prontos para pedir? – pergunta a garçonete, salvando-me de quase me engasgar com minha Sprite.

A garçonete anota os pedidos de todos e se afasta. Fico com medo de que caia um silêncio, mas Pietra retoma na mesma hora, as bochechas coradas pelo vinho e a voz alegre daquela forma como os adultos ficam quando estão falando de um assunto sobre o qual quase se esqueceram há muito tempo.

– Trabalhei lá por anos. Até muito depois de fazer as pazes com meus pais. Seu avô começou a me deixar trabalhar com artistas locais. Expusemos algumas obras deles no café.

– Foi você que começou com isso? – pergunto.

Minha mãe faz que sim.

– Não era só isso. Por um tempo houve a Noitada em Bean Well. Noites de microfone aberto e miniexposições de arte. Teve até alguns *slams* de poesia.

– É tudo muito anos noventa – diz Pietra, retribuindo o sorriso de minha mãe. – E Maggie teve uma ideia... – Ela aponta para minha mãe.

– Foi por volta da época em que eu estava estudando para o vestibular e fazendo estágio no abrigo para mulheres. Eu sabia que queria trabalhar com famílias, e eu... quer dizer, *nós* tivemos a ideia de criar um híbrido entre um café e uma galeria de arte. – A voz de minha mãe é mais baixa, tímida. Passa por minha cabeça que essa deve ser a primeira vez que ela fala disso em anos. – Teríamos cursos. De arte e fotografia. E ofereceríamos aulas gratuitas para famílias em períodos de adaptação, para que elas tivessem algo em que pensar, um lugar onde pudessem se unir.

– Nós o batizaríamos de Magpie.

Um silêncio cai sobre a mesa. Savvy está olhando para mim,

mas não tenho coragem de retribuir o olhar. Bean Well não é uma parte da história dela como é da minha. Ela não cresceu devorando os bolinhos de Marianne, nem deixando o cachorro da sra. Leary adormecer em seu colo perto da janela, nem recebendo conselhos de vida gratuitos da série de baristas universitários que iam e vinham e ainda visitavam sempre que dava. Ela não tem os riscos no batente da despensa marcando sua altura a cada ano, nem uma cadeira favorita nem um lugar ensolarado nos fundos no qual vovô tirava cochilos e pelo qual ela o zoava. Ela nunca chamou aquele lugar de casa.

Minha mãe se debruça sobre a mesa e pega o pingente de Savvy, balançando-o para que gire e reflita a luz.

– Não sabia que você tinha guardado o seu – diz.

– Não guardei, na verdade – diz Pietra. Ela limpa a garganta. – Ainda estava no meu chaveiro quando eu mandei as chaves do Bean Well de volta para Walt. Depois de tudo que aconteceu, eu... não achei certo continuar com elas.

Toda a mesa fica tão tensa que parece que tem um sismo embaixo de nós, algo que vai retumbar ou explodir. Observo minha mãe concordar em silêncio com a cabeça, observo os olhos de Pietra perderem um brilho. Há um segundo em que penso que tudo vai vir abaixo de novo. Mas Pietra estende a mão e pega meu pingente, segurando-o perto do de Savvy.

– Uns dois anos depois que Savvy nasceu, Walt me mandou o pendente de volta – ela diz, com a voz suave. – Ele disse que respeitava que tínhamos cortado os laços, mas queria que Savvy tivesse algo para caso lhe contássemos a verdade. Ele me pediu para dar isso para ela. Para ajudar a explicar tudo quando ela tivesse idade suficiente.

– Meu pai me pediu para dar meu amuleto para Abby também. – A voz de minha mãe está trêmula. – Ele disse que achou que deveria ser dela, porque era um símbolo de como todos nós juntamos uns os outros. Mas não disse nada sobre contar para ela.

Fico olhando para o guardanapo em meu colo, contendo um levíssimo sorriso. Tenho quase certeza de que vovô sabia que nossos pais não nos contariam a verdade. Essa foi a semente que ele plantou para me aproximar de Savvy. A ideia é reconfortante e, por um momento, sinto como se ele estivesse aqui, ouvindo, rindo baixo de sua obra, dezesseis anos depois.

– Ele também me mandou uma foto – Pietra diz, baixo. – Do anúncio do nascimento de Abby.

Minha mãe leva a mão a boca, como se estivesse tentando não se engasgar de novo.

– Eu não sabia.

– Ainda estávamos muito furiosos. Mas... ficamos felizes em saber dela. De você – Pietra se corrige, voltando um olhar irônico para mim.

Minhas bochechas coram, envergonhada por ter quatro pares de olhos adultos sobre mim de repente. Fico aliviada quando Pietra continua.

– Se as coisas tivessem sido diferentes...

Eu e Savvy poderíamos ter crescido juntas. Poderíamos ter tido muitos jantares como este, em que nos recostássemos em nossas cadeiras e ríssemos sem nos preocupar. Poderíamos ter compartilhado muito mais das coisas inesperadas que compartilhamos agora.

– Sei que já falei isso antes – diz minha mãe, dirigindo-se a Dale e Pietra. – Mas eu sinto muito, de verdade.

Os lábios de Pietra se apertam, como se ela nunca vá estar pronta para aceitar completamente as palavras, por mais que as entenda. Ela volta a colocar o pingente na mesa e pousa a mão sobre ele.

– O amor nos faz cometer coisas que nunca imaginaríamos.

Pietra estende a mão com cuidado e coloca o pingente de volta em minha mão. Meus dedos o envolvem, sentindo um calor novo em sua forma.

– O que vocês quiseram dizer antes... sobre vocês juntarem uns os outros? – pergunto.

– Ah, ele devia estar se referindo a nós – diz Dale, recostando-se na cadeira de maneira exagerada.

Meu pai também está com uma expressão sarcástica.

– Estava me perguntando se um dia nossos nomes surgiriam.

– Na verdade, é como nos bons e velhos tempos, hein? Sua esposa esquecendo que você existe, a minha esquecendo que eu existo...

– Nem vem – diz Pietra. – O que Walt quis dizer é que, se não fosse por nós, nenhum de vocês dois nem estaria casado, para começo de conversa.

Encaro os quatro.

– Hum. Tipo, não é assim... que decidir se casar funciona?

As sobrancelhas de Dale se erguem, animado por fazer parte de uma conversa.

– Não, ela quer dizer que... seu pai estava fazendo um curso de arte com Pietra...

– Para impressionar outra menina, diga-se de passagem – minha mãe intervém.

– Eu ainda não tinha conhecido você! – meu pai argumenta.

Os olhos de Pietra estão brilhando.

– Você e essa outra menina teriam sido um desastre, mas assim que vi Tom soube que ele era de Maggie. Então o levei para o café...

– Ela me falou que tinha um desconto para estudantes.

– Não tinha – diz minha mãe, aproximando-se de mim e Savvy com ar conspiratório.

– E, quando cheguei lá, ela apenas... puf! Desapareceu. Me largou naquele café sozinho com Maggie, que olhou para meu livro do John Grisham e começou a falar sem parar sobre como ler escondida os "livros de assassinato" dos pais quando criança foi o que a fez se interessar por direito.

– Sorte a sua.

O sorriso de meu pai se suaviza.

– Sorte a minha.

– E sorte a nossa, porque Maggie retribuiu o favor. Quer dizer, foi menos romântico e definitivamente não foi intencional...

– Hum, Dale, foi *completamente* intencional – minha mãe interrompe. – Passei semanas falando sobre você para Pietra.

– Espera, quê? Então por que você esperou até estarmos no meio de um treino de corrida no dia mais quente do ano para me arrastar para tomar água em Bean Well? – Ele se vira para mim e Savvy para contextualizar: – Eu e Maggie fazíamos parte do mesmo clube de corrida.

– Porque você parecia o tipo de cara que ficaria, sei lá, planejando demais a coisa toda e ela acharia você forçado demais.

– Em vez disso, só achei você meio fedido – diz Pietra, olhando para Savvy para zombar dele com um sorriso.

– Enfim – diz meu pai. – Foi assim que nos conhecemos.

Há uma pausa em que ninguém diz nada, até Savy perguntar:

– Então vocês meio que... escolheram o marido uma da outra?

– Não – diz meu pai, sem pestanejar. – Elas se escolheram.

Os olhos de minha mãe e Pietra começam a lacrimejar tão rápido que fica claro que é nostalgia, ou aquele tipo específico de sentimentalismo que temos ao pensar em nosso melhor amigo. É silencioso e antigo. São anos de remorso e tristeza, e toda uma vida soterrada sob isso – uma vida em que minha mãe e Pietra eram duas pessoas completamente diferentes. Uma vida em que tiravam sarro uma da outra e sonhavam os sonhos uma da outra e traziam felicidade à vida uma da outra.

E, por mais caótico que tenha sido o final, percebo que ainda há um resquício disso. Dessa felicidade. Está em todas as partes de meu mundo – as coisas antigas, como andar de mãos dadas com meus pais para tomar sorvete quando eu era criança. As novas, como fazer torres imensas de Oreo com meus irmãozinhos. Até a maior novidade, sentada diante de mim agora, encarando meus olhos como um reflexo, nós duas chegando à mesma conclusão.

A amizade delas pode ter terminado anos atrás, mas continuou viva em nós por todo esse tempo.

Minha mãe estende a mão sobre a mesa ao mesmo tempo que Pietra, e elas a apertam, e há algo tão poderoso nesse instante que parece que algum tipo de feitiço se quebrou. É um *obrigado* ao mesmo tempo que é um *desculpa*, com esse peso mas sem as palavras. Prendemos a respiração depois, como se eles estivessem todos presos a algo por tanto tempo que não soubessem mais como agir sem se conter.

E então minha mãe olha para mim e Savvy e diz:

– Parece que elas também fizeram isso.

trinta e três

Só depois que todos comemos, bebemos e voltamos a nossos respectivos quartos de hotel, passa pela minha cabeça como é estranho estar desse jeito com meus pais. Eu me acostumei tanto com os passos de meus irmãos subindo e descendo pelo corredor, o estrondo de coisas que provavelmente não deveriam estar estrondeando, a trilha sonora instável de nossa vida estável. Na ausência disso – quando somos apenas eu, minha mãe e meu pai –, eu me sinto inexplicavelmente menor e mais velha ao mesmo tempo.

Acabamos nos sentando na mesma configuração em que estávamos da última vez que estive aqui, eles no sofá, eu na cadeira. Pressenti Uma Conversa longa antes de nos posicionarmos para ela, mas esta já parece diferente. Estamos mais relaxados. Mais leves. Há muito menos segredos e, para os adultos ao menos, muito mais vinho.

Não existe bem um silêncio para quebrar, apenas uma quietude contemplativa, mas minha mãe é quem a interrompe:

– Sei que os últimos dias foram difíceis para todos nós. E temos muitas coisas para processar e sobre as quais decidir, sobre como vamos seguir daqui para a frente. Mas antes de chegarmos a esse ponto, queríamos conversar com você sobre…

Abano a cabeça.

– Não precisa.

– Não – diz meu pai –, queremos mesmo. O que você disse sobre se sentir como a... – Ele se crispa.

– A filha substituta – completo, crispando-me em resposta.

– E eu...

– É o oposto do que pensávamos, do que pensamos.

– Eu sei...

– O que vivemos foi... inimaginável. Mesmo agora. Mas, quando você nasceu...

– Eu sei – digo, com mais firmeza.

Mesmo que eu não saiba em meu íntimo, consigo ver no rosto deles. Não preciso de uma explicação porque, na verdade, não existe motivo. É toda uma vida. São dezesseis anos de nunca ter dúvidas sobre para quem ligar ou se vão demorar para me buscar. Basta olhar para eles para saber que sou tanto deles como eles são meus.

– Sabe?

Olho para eles e então baixo os olhos, refletindo. Sinto que é importante falar a coisa certa, como se o resultado desta conversa vá significar mais para eles do que para mim. Então tenho que deixar que eles falem. Tenho que deixar que desabafem, para que eu também possa desabafar.

Eu me recosto, sentindo-me como às vezes me sinto quando saio do chão – para subir numa árvore, em uma escada de mão velha e periclitante ou no carro de alguém. Aquela sensação de sair de algo sólido, deixar algo para trás e pensar: *Não há como voltar atrás agora.*

Minha mãe respira fundo e, quando abre a boca, é como se

estivesse esperando para dizer as palavras há muito mais tempo do que espero para ouvi-las.

– Quando Savvy aconteceu... éramos jovens e estávamos confusos, e... Na verdade não me lembro de muita coisa daquela época. Ainda é tudo turvo para mim. Às vezes é mais fácil não pensar demais naquilo. – Ela une as mãos, como se estivesse tentando imprimir as palavras na forma de sensação, inclinando-se para a frente para que eu possa sentir também. – Mas com você... eu me lembro de cada momento. Você era *nossa*. Antes mesmo de existir de verdade.

Ela está ficando com os olhos cheios d'água, e fico completamente imóvel, sem saber se deveria falar alguma coisa. Mas meu pai está me observando por sobre o ombro dela, e algo na expressão dele me diz para esperar.

– Decidimos ter você juntos – diz minha mãe. – O dia em que você nasceu foi o mais feliz de nossas vidas. Como se... algo tivesse passado, talvez. Do meio de toda a escuridão. Aquilo por que estávamos esperando.

Pisco para conter as lágrimas. Não que seja difícil acreditar nela. Mas é avassalador ouvir tudo isso. Acho que na vida é possível se sentir amado sem olhar com atenção demais para os limites desse amor. É quase assustador ver que não existe limite nenhum – não precisa haver começo nem fim. Ele apenas existe.

Minha mãe abaixa a voz e diz:

– Mas, se eu estivesse em seu lugar, pensando o que você pensou, também ficaria chateada.

Os dois estão me observando – não, esperando. Esta é a parte em que devo falar meu lado das coisas. Botar tudo para fora. Conversar com eles como Savvy me mandou, como nunca conversei, na verdade, desde que vovô morreu e tudo passou a parecer caótico demais para começar a destrinchar.

Mas uma coisa é por fim ter a determinação. Outra completamente diferente é encontrar as palavras.

– Acho que fiquei... surpresa, só isso. – Limpo a garganta. – E brava, talvez.

Eles acenam, em sincronia como sempre fizeram. Espero que um deles diga algo, me dê uma chance de escapar para que eu não tenha que me aprofundar mais, mas nenhum dos dois faz isso.

Então mergulho.

– Tinha esse grande segredo sobre o qual eu nem imaginava. E sei que houve bons motivos para tudo rolar como rolou, mas isso me deixou abalada. – Desvio o olhar para não perder a coragem. – E sei que vocês não me veem como... uma substituta. Mas outra coisa em que não consigo parar de pensar é como Savvy é meio que... bom. Teria sido muito mais fácil lidar com ela do que comigo.

Meu pai quase começa a rir, mas, quando ergo os olhos abruptamente e o encaro, ele apenas solta o fôlego.

– Por que você pensaria isso?

Sinto que é patético falar isso em voz alta – talvez o pior seja que eu tenha que explicar isso para eles. Eu e meus pais mal conversamos sobre a existência de Savvy, então o salto de "descobri que tenho uma irmã" para "talvez eu tenha um complexo de inferioridade em comparação com minha irmã" deve ser mais chocante para eles do que é para mim, que tive um mês todo para marinar nisso. Mas sinto que é algo que tenho que dizer agora, num desses raros momentos em que não há nada que nos interrompa, e a vida real parece suspensa em algum lugar além das janelas chuvosas.

– Acho que ela é muito mais... nos eixos do que eu. E às vezes, do jeito como tudo ficou... as aulas particulares, e os cursos preparatórios extras, e tudo ficando tão intenso... meio que sinto que vocês não acham que sou a filha certa. – Acho que terminei, mas a última parte sai sem pensar: – Como se eu estivesse decepcionando vocês.

Nenhum dos dois intervém de imediato, e sinto meu rosto arder. Não quero acusá-los de nada, nem exagerar. Há pessoas com problemas mais graves do que pais reclamando de suas notas.

Mas parece maior do que isso. Como se não tivesse origem em minhas notas, mas em algo mais profundo – assim como os pais de Savvy e suas preocupações sobre a saúde dela. E, quando meus pais trocam um olhar enfático, como se estivessem tentando decidir qual deles vai falar primeiro, tenho certeza de que meu palpite está certo.

– Antes de tudo – diz meu pai –, nunca sentimos que você estava nos decepcionando. Todos precisam de uma ajudinha de vez em quando.

Fico inquieta, jogando meu peso de um lado para o outro no assento e criando coragem para olhar nos olhos deles.

– Só não sei direito se... preciso dessa ajuda.

Endireito a coluna, incorporando a Savvy que vive em mim. Incorporando algo com que também devo ter nascido e só estivesse tentando entender como usar.

– Sinceramente, isso só piorou as coisas. Andei tão ocupada que não tenho nem tempo para colocar tudo em dia depois de todas as aulas particulares. E, tipo, aqui... tivemos todo esse tempo. Tempo livre. E acompanhei tudo. Estou indo bem, até.

Eles não parecem muito convencidos de minha teoria, mas estão receptivos. Tanto que meu pai diz:

– Victoria mencionou isso.

– Mencionou? – Eu não sabia que ela notava nada em mim além de contrabando de chiclete e saídas escondidas antes do amanhecer.

Meu pai acrescenta:

– Ela também mencionou que você fez muitos amigos.

– Fiz, sim.

Não é uma tentativa de ficar. Considerando tudo – as mentiras, o punho quebrado, as consequências ainda muito confusas com que todos teremos que lidar –, tenho sorte de ter uma conversa tão calma, afinal de contas. Não vou tentar tirar vantagem disso me esforçando para voltar atrás.

– E isso também é ótimo. Acho que não tenho tantos amigos além de Leo e Connie há... muito tempo, na verdade – digo. Sinto um nó na garganta ao pensar nos dois, mas esse é outro vulcão de questões que não vou tocar nem chegar perto de tocar nesta noite.

– Isso me fez me sentir... sei lá. Animada para o que vai vir depois do ensino médio. Acho que nunca nem pensei muito nisso, mas foi bom conhecer pessoas novas. Ver coisas novas. E acho que... quero mais tempo para fazer isso. Não só depois do ensino médio.

Eles consideram o que falei, meu pai mais ativamente do que minha mãe, cujo olhar está na mesa entre nós.

– Então você quer só... parar com todas as aulas particulares? – ele pergunta.

Pressiono os lábios um no outro.

– Tipo, sim? – Olho de canto de olho para eles. – Tem alguma... pegadinha nessa pergunta?

– Não estou dizendo que vamos parar de nos preocupar com suas notas. – A voz de meu pai é contrafeita. – Queremos que você se forme.

Minhas orelhas ardem.

– Sim, claro. Isso consigo fazer.

– E você sabe que – ele acrescenta, tomando cuidado para não soar defensivo demais – poderia ter conversado com a gente sobre isso antes.

E lá está. A raiz mais profunda que pensei estar puxando, finalmente, trazida à tona. É uma em que eu não teria tocado semanas antes, mas sou muito diferente da Abby que eu era semanas atrás.

– É só que parecia que isso era muito importante para vocês – digo, com cuidado. – E, sinceramente… as coisas ficaram tão doidas depois que vovô morreu que eu não queria piorar nada. Não queria ser um problema.

– Filha, você nunca foi um *problema*…

Não pretendia interromper minha mãe com o olhar que lancei para ela, mas ela para de falar imediatamente.

– Sinto que fui, sim – digo, tentando ser delicada. – Tipo, vocês me levavam para todas essas aulas particulares. E, antes disso, eu impedi vocês de trabalhar em tempo integral e, antes, atrapalhei a faculdade…

– Abby, esses são *nossos* problemas. Não seus. Você entende?

Minha mãe não fala nada por alguns momentos, e não sei dizer se é porque não sabe como expressar ou está considerando se deveria falar alguma coisa. Mas é quase como se estivéssemos nos libertando de alguma coisa, algo que todos carregamos há muito tempo, e não faz mais sentido deixar esse peso sobre nós.

– Sabíamos que seria difícil ter você durante o curso de Direito, mas essa decisão foi nossa – diz minha mãe. – E uma parte enorme do por que conseguimos fazer isso foi saber que seu vô estava disposto a ajudar. Não sei se você sabe quanto você era importante para ele... ele tinha ficado tão reservado depois que perdemos minha mãe, mas, depois que você nasceu, tudo mudou. Ele mal conseguia esperar para te levar para os lugares e te ensinar as coisas. Era como vê-lo voltar à vida.

Aceno com a cabeça, porque minha garganta está presa demais para falar qualquer coisa.

Minha mãe sorri com tristeza.

– E sei que você e seu avô sempre foram próximos por causa disso. E nós estávamos por perto sempre que podíamos, mas parecia que nós... estávamos perdendo algumas coisas. Sentíamos que às vezes não estávamos dando o melhor para você.

– Como se talvez tivesse sido egoísta ter você quando tivemos. Em vez de esperar até podermos ter lhe oferecido mais – diz meu pai.

Essa ideia me parece tão ridícula que nem sei bem como reagir. Estou tão acostumada a ser quem eles precisam tranquilizar ou assegurar – agora que o jogo virou, sou totalmente péssima nisso.

– Eu nunca quis *mais* – digo. – Tipo, caramba. Tive dez anos de vocês só para mim.

Minha mãe sorri.

– Bom, as coisas ficaram mais calmas depois dos primeiros anos de trabalho, e conseguimos estar mais presentes – ela diz. – E a sensação passou. O medo de que *nós* estávamos decepcionando *você*.

Aperto o short com os dedos, desejando poder encontrar palavras para dizer que eles não me decepcionaram. Que sempre achei que fosse o contrário.

– Então, quando seus irmãos nasceram... é óbvio que as coisas ficaram caóticas – minha mãe se aprofunda. – E foi como se o padrão tivesse se repetido. Você estava mais velha, e mais independente, e ainda deixávamos o seu vô ficar de olho em você.

Concordo, e eles pausam. Eu me pergunto por quê, até sentir uma lágrima quente escorrer pela minha bochecha, caindo sobre meu joelho exposto. Minha mãe já se aproximou de mim antes de eu entender por completo o que está acontecendo, envolvendo-me em seus braços e me deixando encher seu ombro de catarro.

Não costumo ficar tão triste quando as pessoas falam de vovô, porque já passo a maior parte do tempo pensando nele. Sinto sua presença no peso da velha câmera pendurada em meu ombro, à margem de todas as fotos que tiro, observando as mesmas vistas e murmurando em aprovação. Ele é a pessoa com quem converso mentalmente quando preciso de uma pessoa imaginária para me ajudar a raciocinar direito.

Tive sorte de tê-lo quando era criança, e mais sorte ainda de participar das aventuras que tivemos depois que meus irmãos nasceram. Mas essas aventuras acabaram, e andei ocupada demais para pensar de verdade em como é assustador ter que escolher minhas próximas aventuras por conta própria.

– Sinto falta dele – digo.

É algo que todos já dissemos umas cem vezes um para o outro, mas dessa vez é diferente. É como se eu tivesse aberto uma parte de mim mesma para dar espaço para muito mais – um primeiro amor. Uma irmã. Um passado que em parte pertence a mim e em parte, não. E isso também me rasga o bastante para poder sentir todas as partes de mim que ainda sofrem por vovô, que ainda estão se acostumando com um mundo em que ele não existe.

— Eu sei – diz minha mãe, apertando-me mais uma vez antes de me soltar. – Eu também.

— Sinto falta das coisas que fazíamos juntos. Sinto… sinto falta de ter tempo para fotografar. Sinto que ainda meio que consigo estar com ele quando fotografo e, com todas essas aulas particulares, simplesmente não tenho… tempo nenhum.

— Acho que talvez pensamos que as aulas particulares fossem uma proteção – diz meu pai. – Algo com que poderíamos ajudar você mesmo quando não pudéssemos estar junto com você.

— O que estamos tentando dizer é que, às vezes… só temos essa sensação… – Minha mãe olha para meu pai, que acena com a cabeça. – Essa sensação de que ainda queremos dar a você tudo que pudermos. Preparar você. Como se pudéssemos estar presentes quando nem sempre podemos estar *presentes*.

— Cara – digo, sem pensar –, vocês *sempre* estão presentes. Tipo… nas coisas que importam. Estão presentes até demais.

Minha mãe está fazendo o mesmo que eu, apertando a saia de algodão entre os dedos.

— Tentamos estar.

— Vocês *estão*. – Mesmo quando não deveriam ter tempo, eles dão um jeito, seja nas noites passadas em claro me ajudando com rascunhos de trabalhos, seja nas festas do pijama que deram para mim e Connie e Leo quando éramos pequenos, seja nas longas conversas em passeios de carro sobre o que quer que passasse por minha cabeça, durante as quais às vezes só ficávamos dando voltas no quarteirão para eu continuar falando. – É só que... talvez eu ache que vocês poderiam ser um pouco, hum, *menos* presentes com as aulas particulares e tal.

– Podemos tentar – diz meu pai. – Quer dizer, logo depois da recuperação.

Eita. Tinha quase esquecido.

– Sim – digo, o tremor tão presente em minha voz quanto em meu rosto. – Depois de tudo isso.

Ele me observa, e me pergunto que sabor esse sermão vai ter, sabendo muito bem que está por vir faz muito tempo.

– Por que você não nos contou?

– Eu queria... bom, em parte foi por conta de Savvy. Eu queria muito conhecê-la.

Ou, pelo menos, lá atrás, entendê-la. Parece impensável que, apenas um mês atrás, ela era mais do que uma estranha para mim e que eu mal conseguia encontrar semelhanças com ela. É difícil me arrepender da mentira que me trouxe até aqui, se minha amizade com Savvy é o que aconteceu por conta dela.

– Mas a outra parte foi que... sabia que, se fosse para a recuperação, isso descambaria em mais aulas particulares, e eu nunca teria tempo para a fotografia. Acho que foi uma forma de garantir esse tempo antes que vocês descobrissem. – Minha voz sai tímida quando acrescento, apenas parcialmente sincera: – Mas desculpa por mentir.

– Nem sei direito como você conseguiu fazer isso – diz meu pai. – Todas as coisas que você hackeou... Para ser sincero, estou um pouco impressionado...

– Hum, talvez seja melhor não a encorajarmos – minha mãe intervém.

Meu pai sorri.

– Tenho um pressentimento de que isso não a impediria de todo modo. – Ele se inclina para a frente e diz aquilo que mais quero ouvir: – Abby, sempre soubemos que você é uma fotógrafa talentosa. Seu vô nos mostrava suas fotos mesmo quando você não mostrava, e elas falam por si só. Acho que só pensamos que fosse algo que vocês dois faziam por diversão. Você sempre foi tão tímida em relação a sua arte... Acho que nenhum de nós se deu conta de como você levava a sério.

Meu rosto cora, mas não estou tão envergonhada quanto pensei que ficaria. Então não fico surpresa por minha resposta, mas sim pela firmeza com que ela sai.

– Levo muito a sério.

– Ah... fico feliz – ele diz. – Se houver algo que possamos fazer para a ajudar, conte conosco. Mantenha a gente a par, fi- lhota. Diga o que estiver acontecendo antes de sair de fininho de vez em quando.

– Tá. Pode deixar.

Nesse momento, cai a ficha de que essa falta de comunicação é tanto culpa minha quanto deles. Talvez até mais minha. Eles viviam ocupados, mas eu vivia sendo... bom. *Preguiçosa* talvez seja a palavra errada. Mas nem tanto proativa, com certeza.

– Talvez se tiver algumas fotos que vocês olharam dos últi- mos meses... tipo, se gostarem e acharem que não ficaria estranho demais... talvez poderíamos expor algumas no Bean Well, como vocês planejavam? Antes de vendê-lo e tudo.

O rosto deles fica sério, mas, mesmo então, com todas as pistas contextuais da galáxia, não faço ideia do que vão dizer até meu pai abrir a boca.

– Abby, é o seguinte... o corretor ligou. Tivemos uma oferta ontem à noite. Muito maior do que estávamos pedindo.

Esqueci de prever essa. Estava tão preocupada com todo o resto que a possibilidade passou despercebida, silenciosa demais sob o ruído das últimas semanas para que eu pudesse pensar nela. Ela me ataca de viés, me deixa sem chão, por mais que eu esteja sentada.

– Sinto muito, amor – diz minha mãe.

– Não... claro. Isso é... é uma coisa boa, certo? – É o que consigo dizer. Cerro e descerro os punhos, deixando que relaxem.

– Quer dizer que alguém gosta muito do espaço. Vão transformá--lo em algo bom.

Os olhos de minha mãe estão lacrimejando. Ela está pensando em vovô, não no café. Mas, para mim, os dois sempre foram a mesma coisa.

– Tomara que sim.

Meu pai se levanta para ficar conosco, e os dois me apertam em silêncio, transformando-me em um sanduíche de Abby. O abraço dura tanto tempo que parece que pode me tornar invencível, como se todas as coisas além dele não pudessem me afetar enquanto estivermos aqui. Me faz me sentir pequena, e faz tudo ao redor parecer ainda menor. Eu me pergunto se chegará um dia em que vou ter idade suficiente para não sentir que este é o centro de meu universo.

– Só para deixar claro – digo –, sou muito feliz sendo filha de vocês.

– Só para deixar claro, não mudaríamos nada em você – diz minha mãe.

Meu pai espera três segundos antes de acrescentar:

– Exceto talvez começar a contratar seguro contra acidentes para todos os seus aparelhos eletrônicos um pouco antes.

Damos risada, a de meu pai calorosa e baixa, minha mãe gargalhando como fez com Pietra, eu mal conseguindo não bufar. Nada muda quando nos soltamos, assim como nada havia mudado antes de nos abraçarmos – nada importante, pelo menos. Talvez só a paisagem.

trinta e quatro

Meus pais acabam indo para a cama tão cedo que lá fora ainda está claro. Conecto meu celular no carregador e o uso para ligar para Leo, e não fico surpresa quando cai na caixa postal. Tento o telefone da secretaria do acampamento. Meu nome deve ter aparecido no identificador de chamadas, porque Mickey atende e diz:

– Ai, que bom. Posso colocar você no viva-voz antes que metade do acampamento se revolte? A Cabana Phoenix está surtando agora que você foi embora. Essa noite toda os *marshmallows* foram acompanhados de uma pitada de anarquia.

Rio com a cara na manga para não acordar meus pais.

– Na verdade... Leo está aí? Preciso muito falar com ele.

– Espera aí.

Ouço o barulho dela colocando o celular na escrivaninha, meu coração palpitando como se estivesse subindo pela garganta. Não sei bem o que planejo dizer, mas, pela primeira vez, não me preocupo com isso. Não tem como planejar o tipo de coisas que quero dizer agora.

– Ei, Abby. Leo está ocupado.

É abrupto, sem nenhuma piadinha para suavizar. Nem um *Tenta ligar mais tarde* ou mesmo um *Desculpa*.

– Está mesmo?

Mickey solta o ar.

– Posso saber o que foi?

Apoio a cabeça entre as mãos, amassando ainda mais o celular em minha bochecha.

– É só que minha vida virou um novelão a essa altura, nada de mais.

– Nem me fala. – Ela tamborila os dedos na escrivaninha, o barulho suave ecoando do outro lado da linha. – Não se preocupa. Vou enfiar juízo na cabecinha dele. Sei que não é da minha conta, mas estou decidida a fazer vocês dois pararem de ser trouxas e se declararem um para o outro logo de uma vez.

Nem me dou ao trabalho de abafar a gargalhada porque sai quase como se eu estivesse sendo estrangulada.

– Desculpa – diz Mickey, sem soar nem um pouco arrependida.

– Não precisa se desculpar. – Hesito, mas não tanto quanto deveria. – Além disso… já que estamos, hum, nos metendo na vida uma da outra… Savvy e Jo terminaram de vez.

Há uma pausa.

– Hum.

– Faça com essa informação… o que quiser.

Quase consigo sentir o calor das bochechas de Mickey sendo transmitido pelo telefone.

– É difícil ser uma pessoa da Corvinal.

– Você não disse que era…

– Os humanos vivem em constante evolução, Abby. Sempre mudando, em crescimento constante etc. – diz Mickey, parecendo sorrir.

– Vamos torcer.

Depois que desligamos, eu me sento com as costas na parede do quarto de hotel, meu celular ainda carregando. Estou conectada a um Wi-Fi decente pela primeira vez em semanas, então me pego fuçando nele – olhando as fotos que Connie pôs no Facebook de gelatos e pizzas e o que parece ser um dos primos dela de cara muito presunçosa posando perto de uma fonte italiana. Navegando por todas as contas de fotografia que sigo no Tumblr. Fazendo todo o possível para me distrair do fato de que a pessoa com quem mais preciso conversar é a que não tenho nenhuma forma de contatar.

Meus dedos pairam sobre o ícone do Instagram. Nem sei se estou logada. Clico nele mesmo assim, esperando que carregue, e...

Ah.

Ai, meu *deus*.

A princípio, penso que entrei na conta de outra pessoa por acidente, porque são tantas notificações que parece que o aplicativo vai quebrar tentando dar conta de todas. Sem falar no número de seguidores – são mais de vinte e seis mil. Quase vinte e sete.

Rolo a tela. Meu queixo cai.

É minha conta, sim. @*salvandoodiadeabbyday*, do jeito como Leo a configurou. Mas não são só fotos da vez em que eu e Leo nos encontramos antes do acampamento. São fotos das últimas semanas – especificamente, aquelas que joguei na pasta do Dropbox que todos compartilhamos para fazer nosso trabalho de Antropologia.

Clico na mais recente, postada dois dias atrás. Não há legenda, mas, embaixo de vários pontos-finais, há pelo menos uma dezena de hashtags de fotografia, nenhuma das quais nunca nem ouvi falar. É uma imagem da névoa pairando sobre o estreito, uma foto que tirei numa manhã sonolenta, tão cedo que nem Savvy estava acordada ainda. Uma manhã sonolenta em que eu, como era de se imaginar, estava pensando em Leo.

Tem milhares de curtidas. Dezenas de comentários. Eu me empertigo mais, raspando sem querer os sapatos no piso de linóleo do hotel, certa de que é uma alucinação.

Abro o grid e vejo dezenas delas – uma foto do alto da Árvore dos Desejos. Outra do pôr do sol brilhando através da fresta de um banco caindo aos pedaços que ninguém usa mais. Outra que tirei quando eu, Mickey, Leo e Finn perambulávamos depois do jantar, das brasas de uma das fogueiras sendo sopradas pelo vento.

Não tem nenhuma das mais engraçadas e espontâneas que tirei de Rufus ou das outras meninas da cabana, nem das posadas que tiramos para os Instagrams delas. Leo teve um olhar cuidadoso, escolhendo exatamente as que eu mesma teria escolhido – talvez até melhor do que eu. Uma foto dos caiaques descombinados alinhados na costa em seus tons de amarelo, azul e vermelho que desprezei assim que a tirei é a mais curtida das últimas três semanas.

Se isso é impressionante, a quantidade de mensagens em minha caixa de entrada é arrebatadora. Clico nelas, atingida por uma avalanche feita desde **por que não tem gente no seu feed, amiga? aposto que vc é gata** até **ai meu deus!! como posso SER igual a você** a uma em que clico rápido demais para processar, tão rápido que tenho que ler três vezes até a ficha começar a cair.

Olá, Abby,

Espero que receba esta mensagem – não conseguimos encontrar seu endereço de e-mail. Trabalhamos com um programa de bolsas através da Lentes de Aventura, e estamos patrocinando fotógrafos de paisagem adolescentes para fazer pequenas viagens e tirar fotos como embaixadores da vida selvagem. Ela é destinada a alunos do último ano do ensino médio. Não sei se você poderia participar neste ou o próximo verão, mas adoraríamos se considerasse a oportunidade. As datas de viagem são flexíveis e todas as despesas são pagas, com a expectativa de que suas fotos sejam usadas como parte de nossas campanhas no ano subsequente e incluídas em seu Instagram pessoal. Por favor, avise se quiser saber mais detalhes!

Saio da tela, respirando com dificuldade, apertando o celular entre minha mão e o chão como se algo fosse saltar para fora dele. Eu não fazia ideia. Não fazia *ideia*. Todo esse tempo, Leo não estava guardando minhas fotos – estava criando um lar para elas.

Meus olhos se fecham, mas é como se o mosaico de fotos estivesse tatuado em minhas pálpebras. Cada uma delas escolhida com cuidado, postada e cheia de hashtags. Um pequeno ritual a que Leo deve ter se dedicado, e que manteve mesmo quando não estávamos nos falando. Como se essas postagens não fossem apenas postagens, mas mensagens que significassem alguma coisa

– *Desculpa* ou *Ainda estou aqui* ou talvez até a esperança de que algo mais abarque todas elas, mesmo agora.

Não consigo entrar em contato com ele hoje. Ele não vai atender ao telefone, e está escuro demais para voltar às escondidas para o acampamento. Amanhã eu talvez tenha uma chance antes de ir embora, mas, se não... ele precisa saber a verdade. E sei exatamente como fazer com que ele saiba.

O computador de meu pai ainda está em cima da mesa. Faço o upload das fotos no cartão de memória da câmera de vovô. Levo apenas um segundo para encontrar aquela de que preciso. É a primeira vez que a vejo em alta resolução, a primeira vez em que consigo olhar para ela de verdade, mas mesmo nessa fração de segundo sei que ela é mais preciosa para mim do que qualquer foto que veio antes.

Clico em "Compartilhar" e fecho antes que possa ver as reações surgirem. Pego no sono com o celular em minha mão boa, desejando que ele veja e torcendo para que veja as mesmas coisas que eu quando vir.

trinta e cinco

Acordo na manhã seguinte com o punho latejando e três ligações de Connie. Esfrego os olhos, sabendo que meus pais acordaram faz tempo e saíram em busca do café da manhã pela maneira como a luz brilha pela janela. Acho que faz anos que não durmo até tão tarde.

Meus pais deixaram um copo d'água e um ibuprofeno na mesa de centro. Tomo sem demora e, antes que eu pense demais ou perca a coragem, retorno a ligação de Connie.

Ela atende no primeiro toque e começa a falar antes mesmo que a ligação comece.

– Desculpa. Estou falando sério, você sabe disso, mas vou começar com isso e terminar com isso e é possível que diga isso para todo o sempre.

Fecho os olhos, tentando fazer meu cérebro entender o que está acontecendo.

– É só que… o lance todo foi… tão besta. Juro que não achei que seria, tipo, um lance todo, sabe? Ou talvez seja isso. Eu estava com medo de que *virasse* um lance, e ou vocês me largariam para trás ou teriam um grande término complicado e a coisa toda iria pelos ares e eu teria que escolher um lado e, porra, Abby. Amo demais vocês dois.

Reabro os olhos.

– Então você… você me falou que Leo não gostava de mim.

– Sim. Mas o que você não sabe é que… depois disso, você ficou tão aliviada que… falei para Leo que você não gostava dele.

– Espera. Um segundo. Desculpa. Acabei de acordar, então não… sei direito o que está acontecendo. – Dou mais um gole de água e vejo que também tem uma banana. Eu a descasco como se não tivesse comido o equivalente a meu peso em comida tailandesa ontem à noite, torcendo para que faça o remédio fazer efeito mais rápido.

Então meus olhos se abrem por completo.

– Você falou para ele *o quê*?

– Você ficou puta.

Ainda estou com a boca cheia demais de banana para conseguir ficar qualquer coisa. Ou talvez seja porque, quando tento buscar a raiva que senti desde que entendi o que ela fez, não consigo encontrá-la. Se ainda existe, é meio como a fumaça que deixou como rastro, algo rarefeito demais para me apegar.

– Meio que sim.

Connie não está chorando, mas sua voz tem aquele decibel específico que o antecede.

– Estraguei tudo, não?

Eu me sento no sofá, tentando clarear a mente e decidir o que dizer. Deveria dizer para ela como isso me magoou. Deveria dizer que passei os últimos meses pisando em ovos perto dela e de Leo, guardando o tipo de dor sobre a qual eu não poderia contar para ninguém, muito menos para as duas pessoas mais afetadas.

Mas consigo ver que ela já sabe disso. E fazê-la se sentir pior não vai adiantar nada.

– Não, não estragou.

Acabei de testemunhar como uma vida inteira de amizade pode ser implodida por um mal-entendido. Não vou deixar que isso nos abale. Passamos por coisas demais e temos coisas demais pela frente para abrir mão disso por algo que acho – com todas as minhas esperanças – que ainda pode ser consertado.

– Vou dar um jeito nisso, juro. Falei com Leo ontem à noite. Estava tentando entrar em contato com você, mas alguém o achou no lugar e contei tudo para ele – ela diz às pressas. – Só... para ele saber. Por que motivo estava tudo esquisito. Se é que estava esquisito.

– Ô se estava – digo. Por mais estranho que pareça, é um alívio ser franca com ela sobre isso. Estou morrendo de vontade de perguntar o que Leo disse, e uma parte ainda mais vaidosa e estridente de mim quer saber o que Leo disse sobre *mim*, mas sei que não é sobre Leo que preciso perguntar. – Eu fiquei... brava quando você me contou o que fez. E não dei a chance de você se explicar.

Connie solta um suspiro.

– Bom... acho que parte do motivo foi que tantas coisas estavam mudando, e eu só queria... apertar a tecla pause, sabe?

– Sim – digo depois de um momento. – Eu sei.

O alívio de escutar isso parece animá-la, fazendo-a tropeçar nas próprias palavras.

– Meio que senti que vocês dois estavam indo a um lugar em que nunca estive e... para ser sincera, poderia nem querer ir – diz. – Acho que nunca curti ninguém antes, e eu... não queria que vocês se envolvessem e me deixassem para trás. Todos já andávamos tão ocupados.

É como se tivéssemos andado no mesmo carro há anos, e só agora olhássemos para baixo e víssemos o buraco na pista – como se pudéssemos nos convencer de que tudo ainda estava bem, como se estivéssemos seguindo na mesma direção de sempre. Tento me lembrar da última vez que eu e Connie conversamos uma com a outra, conversamos *de verdade*, sem lições de casa ou matérias extracurriculares ou uma tela de celular para atrapalhar, e não me lembro.

– Bom, quer saber? Vamos mudar isso. Passar mais tempo juntos este ano, como costumava ser – digo. – Vou ter mais tempo livre. Então, se você arranjar algum, podemos só… curtir.

– Vocês não vão me transformar em vela? – A voz de Connie é leve, mesmo que ainda haja um leve tremor presente. – Não vão me tornar o Harry de seu Rony e Hermione, a Peggy de seu Steve e Bucky, os enroladinhos de canela com pasta de amendoim e geleia de seus irmãos em relação a qualquer outra criatura viva…

– Vou precisar interromper você agora mesmo. – Dou risada. – Connie, ninguém jamais poderia transformar você em vela. Você já tem sua luz própria.

– Isso é fato.

Aperto o telefone junto ao rosto, como se ela pudesse sentir a intenção e isso fizesse minhas palavras valerem mais do que já valem.

– E, mesmo se as coisas mudarem… quer dizer… acho que o que estou tentando dizer é que as coisas vão mudar de qualquer jeito. Leo vai para a faculdade. Eu e você vamos nos separar daqui a um ano também. Mas isso não precisa ser algo ruim. Depois que Hermione e Rony ficaram juntos, Harry e Rony continuaram sendo melhores amigos.

– Você acabou de... se colocar voluntariamente como Rony nessa metáfora?

– Para você ver quanto eu te amo, sim, Con.

– Puta merda. – Ela funga ao telefone, aliviada. – E, Abby... tipo... sei que não sou nenhuma santa padroeira dos relacionamentos agora, mas acho que... enfim. Nem minha interferência impediu vocês de sentirem coisas um pelo outro. Acho mesmo que isso pode dar certo.

– Você sabe que ele vai embora.

E, de repente, Connie retoma todo seu esplendor de Amiga Mãe, as palavras tão firmes que consigo ouvir sua mão pousar no quadril para dar ênfase.

– Abby, você esperou a vida toda para sair de Shoreline e ver o mundo. Tenho certeza de que não há nenhum lugar aonde um de vocês vá que o outro não iria atrás.

Não tenho tanta certeza disso, mas sei que vou fazer de tudo para descobrir.

trinta e seis

Acaba que basta pedir uma carona para os meus pais para eu poder dar uma volta de despedida pelo acampamento. Sem falar que Mickey não estava brincando – havia grandes boatos circulando de que eu tinha sido comida por um urso, então Victoria incentivou uma visita rápida antes que a Cabana Phoenix virasse o lugar de cabeça para baixo em busca da verdade.

Penso que vou ver Finn na recepção com aquele jeito preguiçoso com que sempre esteve ali de manhã, mas ele não está lá.

– Ele vai voar para Chicago hoje à noite – Jemmy me informa, depois que ela, Izzy e Cam terminam de me esmagar em um abraço que só fica esquisito pelo cuidado que as três têm em evitar meu gesso.

– Pois é – diz Izzy, tirando a tampa de uma caneta com os dentes. Ela faz sinal para eu erguer o punho e começa a assinar o gesso azul brilhante. – Mas ele parecia bem feliz com isso.

Também fico. Tomara que as coisas se resolvam entre ele e a mãe. Tenho um pressentimento de que vou ter notícias dele e descobrir em breve.

– Não acredito que você vai embora. Metade do acampamento está nos abandonando – diz Cam.

Meu braço vai sendo virado para que todas possam assinar e, então, todas me encaram de modo solene. Fico com medo de que perguntem o que aconteceu. Com medo de que eu abra a boca e conte, porque estou louca para contar para *alguém* – Connie teve que desligar antes que eu pudesse contar qualquer coisa importante.

– Não suma – diz Izzy. Como se estivesse colocando um marcador de página na conversa; como se não tivesse que perguntar agora, porque elas vão perguntar depois. – Vou colocar você no grupo de mensagens quando todas tivermos voltado.

– Acho bom.

Meus pais ainda estão ocupados conversando com Victoria quando saio da primeira cabana para procurar por Leo. Não tenho que procurar muito – ele já está andando em direção à secretaria com longas passadas determinadas, parecendo castigado pelo vento e exausto e com uma cara de quem não dormiu muito. Nossos olhos se encontram e ele para tão rápido que meu rosto arde, percebendo que ele também devia estar procurando por mim.

E não sei como, mas, de repente, essa parece a coisa menos assustadora que vou fazer na vida. Corto a distância até ele, permitindo-me olhar completamente nos olhos dele pela primeira vez em meses, embebendo-me neles sem nenhum acanhamento ou medo.

Ele me encara em resposta, e já está lá. Não é algo de que nos damos conta de repente. É só algo que talvez sempre tenhamos tido, que se perdeu, e é por fim encontrado.

Estendo a mão.

– Quer dar uma volta?

Ele encara meus dedos, seus olhos perpassando o gesso do outro braço antes de pousarem em meu rosto. Mantenho a mão estendida, esperando.

– Sim. Vamos lá.

É quase constrangedor como o calor me perpassa rapidamente quando sua mão envolve a minha. A onda é silenciosa mas potente, o tipo de ardor que me estabiliza. Nenhum de nós diz nada, nem mesmo quando aperto seus dedos e ele repete o gesto rápido em resposta. Mas começo a andar, e ele me segue, e o ritmo é tão tranquilo que é como se estivéssemos andando assim desde sempre.

Eu o guio por uma trilha em que já caminhei com Savvy e Rufus, uma das que fizemos de manhãzinha que já conheço bem. Caminhamos de mãos dadas até eu ter quase certeza de que consigo sentir a batida do coração dele pela palma de minha mão tão alta quanto a minha.

– Vi o post no Instagram – ele diz, por fim.

– Acho que é minha melhor obra.

Leo solta uma risada abrupta, raspando o calcanhar na grama.

– Já vi o suficiente da sua obra para saber que *isso* é uma mentira.

Aperto a mão dele mais uma vez antes de soltar, acomodando-me em uma parte do gramado com vista para a água. Leo hesita, depois se senta a meu lado, olhando para a costa.

– Você leu a legenda?

– Tinha legenda? – Leo pergunta. Ele parece preocupado. – Não coloquei legenda em nenhum de seus posts...

– Aqui – digo, estendendo meu celular para ele. Eu já estava com a página aberta, para não termos que nos incomodar com ela carregando. Seguro o celular e deixo que ele leia, observando a expressão em seu rosto mudar.

Ele lê a legenda, meio a murmurando consigo mesmo. Depois de semanas fazendo aquele trabalho sobre Benvólio, sei a fala do personagem de cor: CALMA! IREI TAMBÉM. E, SE ME DEIXAR, NÃO AGIRÁ BEM.

Ele passou tempo suficiente com o próprio trabalho sobre *Romeu e Julieta* no penúltimo ano que também sabe.

– Abby...

Tiro o celular da mão dele, meus dedos perpassando os dele e se demorando ali. É o tipo de gesto deliberado que poderia ter me aterrorizado alguns dias antes, mas que agora me deixa leve – essa confiança que tenho em mim mesma de que vou dizer o que preciso.

– Então, vou começar a recuperação. Daqui a duas semanas.

Os ombros de Leo se afundam um pouco mais perto da grama, achando que eu fosse quebrar o silêncio com outra coisa.

– Reli o e-mail ontem à noite – digo a ele. – Vamos fazer um intensivo de *Romeu e Julieta*. O mesmo trabalho de novo.

Ele está concentrado como de costume, mesmo nesse momento em que fica subitamente claro para mim que pensa que vou desapontá-lo. Ele se recosta, como se estivesse se acomodando em algo – não no chão sob nós, mas na aceitação.

– Só... com uma tese diferente.

Fixo o olhar nele, observando-o. Observando a forma como seus olhos ardem enquanto observam a água, a curva de seu maxilar firme, o farfalhar do cabelo escuro em sua orelha. Observando até ele se dar conta de que não vou a lugar nenhum, e ele não tem escolha além voltar a me olhar.

– Eu estava pensando... Entendi errado da última vez. Ou, pelo menos, não entrei de corpo e alma naquilo. – Eu me aproximo, abaixando a voz. – Esse vai ser sobre por que todos precisamos de um Benvólio.

Leo solta um breve suspiro de surpresa, uma compreensão silenciosa que se espalha em seu rosto, faz seus olhos brilharem e curva os cantos de seus lábios.

– Sabe, você vai precisar de evidências para apoiar essa tese.

Sorrio em resposta.

– Acho que já tenho o suficiente.

Há um estalo inegável em sua expressão neste momento, algo que se aprofunda em seu rosto.

– Abby – ele diz. – Eu... Ainda vou embora em setembro.

– Sim. Para Nova York, não para Marte. – Abaixo a voz. – Você leu a citação. Estou falando sério, Leo. Não há nenhum lugar aonde você possa ir que me faria mudar de ideia.

Ele pressiona os lábios, com os olhos ainda perscrutando os meus.

– Você diz isso agora, Abby, mas é um ano. Milhares de quilômetros. E eu quero isso. Quero *você*. – Ele pega na minha mão, com tanta firmeza que sei que é sincero, mas leve a ponto de que seria fácil me desvencilhar. – Mas você é... você é um tipo de pessoa eterna para mim. Sempre foi. E não quero começar algo tão importante quando isso pode terminar por coisas que não conseguimos controlar.

Não posso alegar saber o que o futuro nos reserva – se nós dois temos o necessário para fazer dar certo ou que tipo de pessoas vamos ser depois de um, dois ou mais anos. Nem sei dizer onde vou estar, que dirá onde ele pode estar.

Mas o que importa não é o que eu sei. É o que eu sinto – e isso é mais profundo do que os quilômetros entre nós, mais resistente do que quaisquer adversidades que possamos enfrentar.

– A vida vai nos levar a muitos lugares – digo suavemente, apertando a mão dele. – Como você disse... coisas acontecem para as pessoas em momentos diferentes. Mas o que sinto por você... isso nunca vai mudar. Então, se você sente mesmo o que sinto...

– Eu sinto – ele diz. – Claro como o Day.

Nós dois começamos a sorrir, mas nossos sorrisos se enroscam um no outro, trazendo-nos mais para perto do que imaginávamos – até que não há como ficar mais perto.

Beijar Leo é tão natural que quase não noto o momento em que acontece, como não lembramos de abrir a porta ao chegar em casa ou como não acordamos no meio da noite com o mesmo barulho que já ouvimos mil vezes. Como se não fosse esse o momento importante, como se não definisse nada; é apenas um momento no meio de tantos outros. Um momento que nos traz ao seguinte, mas não é mais nem menos importante do que os outros porque, no fim, o resultado sempre será o mesmo.

O que não é natural é o que começa depois que acontece, porque não tem como fazer com que tudo se encaixe – não é apenas o nó em minhas entranhas, o calor que emana de mim, o formigamento de pele contra pele. É a avalanche avassaladora de sensações, e tudo em que elas têm origem. Joelhos se trombando no alto do trepa-trepa. Mensagens de madrugada embaixo das cobertas. Garfadas roubadas de pratos ainda em preparo. Essa corrente que esteve adormecida por toda minha vida, bradando e emergindo, colidindo com todas as partes de mim. Eu poderia beijá-lo sem nunca encontrar o começo, nunca encontrar o fim.

Eu poderia beijá-lo e me perder num mundo que já comparti-lhamos, agora iluminado por cores que nunca pensei que veria.

Quando nos separamos, estamos os dois sorrindo de orelha a orelha, testas pressionadas uma na outra, os olhos com brilhos idênticos.

– Nem sei dizer há quanto tempo queria fazer isso – diz Leo.

Uma confiança me perpassa, ardente, fazendo-me me sentir como se eu pudesse invocar o fogo, lançar raios a meu bel-prazer, controlar as marés.

– Então me mostre.

Leo ri, e eu também, e ele contém o riso com os lábios e, dessa vez, quando nos beijamos, sei que finalmente cheguei à única altura da qual ele não vai me mandar descer.

trinta e sete

Posso contar numa mão o número de vezes que vi uma pessoa bêbada de verdade, graças a nunca ter ido a nenhuma das festas do grêmio estudantil a que Connie sempre nos convida, mas imagino que seja esta a sensação: trançar as pernas como se a Terra tivesse saído um pouco do eixo, trocar olhares com a pessoa ao seu lado e rir sem motivo, roubar beijos de tantos em tantos passos simplesmente porque se quer. Quando eu e Leo começamos a voltar ao acampamento, tenho total noção de que estamos insuportáveis, mas não o suficiente para saber se se passaram cinco minutos ou cinco horas.

– Quer fazer uma paradinha? – Leo pergunta em determinado momento, virando a cabeça na direção de uma clareira mais à frente.

Faço que sim, mas mais porque eu provavelmente faria o mesmo se ele me perguntasse se eu queria nadar numa jaula junto com um tubarão faminto. Estou tão envolvida em nós e nessa estranha bolha de coisas que temos permissão de fazer – por algum motivo não paro de tocar no antebraço dele, como se essa fosse uma coisa totalmente normal de fazer –, que não noto aonde ele está me levando até estarmos bem na frente da Pedra da Pegação.

Cujo status atual é muitíssimo ocupado.

— Eita, porra — exclamo primeiro, sem um pingo de decoro.

O rabo de cavalo de Savvy nem lembra mais um rabo de cavalo, e a camisa de Mickey está tão torta que consigo ver um pouco da tatuagem temporária do Linguado perto da de Ariel em seu ombro.

— Ei — Mickey diz, com a voz esganiçada, vendo-nos primeiro.

Savvy dá meia-volta, boquiaberta como se estivesse pronta para iniciar o controle de danos. As regras de Victoria sobre romances entre funcionários devem ser algo na linha de "proibido". Quando ela me vê, seus olhos se arregalam.

— Bom, olhe só *vocês* — diz, e me passa pela cabeça que meu rosto deve estar tão vermelho quanto imagino. Ou isso ou não estou sendo nada sutil com meu novo talento de ficar agarradinha com Leo, o qual se manifesta em meu braço bom enroscado no tronco dele e o dele sobre meus ombros.

— Desculpa — diz Leo —, não sabíamos que esse lugar já estava, hum, ocupado.

— Esta é a glória de se tornar um clichê impenitente de acampamentos de verão — diz Mickey, fazendo sinal para assumirmos o lugar delas. — A capacidade de passar a tocha para os próximos. Fiquem à vontade, crianças.

— Não precisa. Tenho que levar esta daqui de volta — diz Leo, sua mão me apertando mais. Eu me afundo nele, e Savvy encontra meu olhar, nós duas parecendo um pouco delirantes.

— E preciso levar vocês *dois* de volta antes que o chef de cozinha peça uma equipe de busca antes do almoço — diz Savvy, olhando para Mickey e Leo.

Mickey espia o relógio.

– Ah, sim, já passou cinco minutos da hora em que a gente com certeza vai levar bronca – diz, as sobrancelhas se erguendo até o couro cabeludo. Ela se vira para Savvy, ficando na ponta dos pés para beijá-la de novo. Savvy retribui o beijo, mais tímida do que eu teria imaginado, mas Mickey termina puxando o elástico de cabelo quase caindo do rabo de cavalo de Savvy e soltando seus fios. – Obrigada, bebê – diz, prendendo um coque bagunçado com seu próprio cabelo.

– *Ei.*

Mickey se arqueia um pouco para bagunçar o cabelo de Savvy.

– Vejo você depois do almoço?

– De que cor marco o convite no Google Agenda?

– Cedo demais para fazer essa piada! – Mickey responde, já puxando Leo pelo braço em direção à trilha. Ele para por tempo suficiente para me beijar, meio na boca, meio na bochecha. O gesto é rápido, mas o sorrisão bobo no meu rosto e no dele dura muito mais do que deveria.

Savvy encosta o ombro no meu.

– Então…

Limpo a garganta, olhando nos olhos dela.

– Então.

– Estou orgulhosa de nós.

– Pois é. Não esperamos nem seis minutos depois de resolver o drama de nossos pais para enfiar a língua na boca de Mickey e Leo. – Savvy não diz nada de imediato, e há uma pontada que perfura a bolha, um lembrete do que há por trás desse arvoredo e da névoa matinal. – *Se é que* resolvemos o drama de nossos pais.

Savvy diminui o passo, observando Leo e Mickey e aumentando a distância entre nós e eles de propósito. Quando olho para ela, encontro uma leveza em sua expressão, um brilho em seus olhos – penso em quando nos conhecemos, na Rainha Quack e no breve vislumbre dessa menina que vi naquele dia e que estou começando a ver cada vez mais.

– Fizemos um trabalho melhor do que você imagina.

Retribuo o sorriso, mais porque não sei como parar.

– Ah, é? – É um bom pensamento. Um em que eu poderia passar horas encontrando defeitos, exceto que estou feliz agora. Feliz a ponto de ter esperanças. – Acha que um dia eles vão... não sei... voltar a se falar?

– Bom, eles já estão discutindo a logística, pelo menos – ela diz, com naturalidade. Suas palavras são práticas, mas seu tom é leve.

Olho para ela.

– Você está falando de nós?

– Sim – diz Savvy. – E, bom... meu pai me ligou hoje cedo.

O sorriso em seu rosto é transbordante, ameaçando explodir. Antes que ela diga alguma coisa, consigo senti-lo me perpassando – a sensação de conhecer a magnitude de algo sem nem mesmo conhecer sua forma, de reconhecer a alegria de alguém antes mesmo que se saiba o porquê.

– Ele e minha mãe compraram Bean Well.

Acho que ela nem terminou de completar a frase quando solto um tipo de grito agudo que teria feito Rufus uivar e pulo em cima dela. Nós nos abraçamos com tanta força que quase quebramos algumas costelas. E nos separamos com a mesma velocidade, com a mesma respiração ofegante, como se precisássemos olhar uma para a outra para acreditar. Nossos olhares se encontram e o momento se grava em meu coração, ocupando um lugar permanente em mim antes mesmo de acabar, e escuto a voz de vovô em minha cabeça – *Se você aprender a capturar um sentimento, ele sempre vai soar mais alto do que as palavras.*

Não sei se um dia vou sentir algo soar mais alto do que isso em mim.

um ano depois

Estou atrasada, mas, conhecendo Savvy, estou adiantada – porque, conhecendo Savvy, ela me disse que a reunião era meio-dia e meia quando na verdade é à uma. Dito e feito, quando entro em Magpie, fazendo o sino tocar tão alto que Ellie, a barista, ergue os olhos, assustada, e uma das mulheres com cara de escritora que se senta perto da janela quase derruba seu latte, eu a vejo junto de Mickey acampadas em nossa mesa de sempre nos fundos, sem a outra dezena de pessoas em nossa pequena comunidade crescente de Instagram.

– Mickey, são emojis suficientes para fazer alguém desmaiar – consigo ouvir Savvy dizer, ajoelhando-se no sofá para conseguir ver o que Mickey está digitando no celular por sobre o ombro dela.

– Não sou uma influencer, posso quebrar um cérebro ou dois.

– Sim, mas você precisa de seis arco-íris *e* uma faca?

– É meu humor de terça.

Antes de anunciar minha chegada, faço sinal para Ellie, que começa a preparar o chocolate quente que sempre peço e a tirar da vitrine uma das lendárias *ensaymadas* de Leo, que são recheadas de Nutella e com cobertura de parmesão – uma das muitas criações dele que entram e saem do cardápio sazonal de Magpie sempre que ele passa alguns dias em casa e quer testar algo fora dos limites da escola de culinária. Eu me pergunto quem ele ensinou a fazê-las, já que só deve voltar de sua viagem em família às Filipinas daqui a alguns dias.

– Minha nossa – diz Mickey, levando a mão a um colar de pérolas invisível. – Será... Não pode ser. Em carne e osso? A famosa fotógrafa Abigail Day, agraciando-nos com sua estimada presença...

– E aí? – diz Savvy, levantando-se e me esmagando num abraço. – Há quanto tempo.

Faz mesmo – quer dizer, pelo menos para os nossos padrões. Hoje em dia, eu e Savvy nos vemos a cada tantas semanas, entre encontros dessa comunidade de Instagram (batizada de "Savvy Tudo sobre Instagram"), sessões de estudo em que ela me leva junto com Connie para a biblioteca estudantil absurdamente linda da Universidade de Washington, e as poucas ocasiões em que ela ficou de babá de meus irmãos. (Ao contrário de mim, eles levaram com naturalidade o lance todo de "irmã-surpresa" – e, também ao contrário de mim, decidiram revelar o segredo de meus pais contando sem hesitar para seus professores, a maioria de nossos vizinhos e a mulher que escreve "Feliz aniversário" nos bolos do mercado, então a verdade já estava mais do que exposta.)

Mas passei as últimas três semanas no Alasca, perseguindo alces e baleias e ursos, pegando o ônibus serpenteante assustador pelas estradas estreitas do monte Denali e andando de caiaque sob a luz do sol infinita do verão. Tenho tantas fotos que tentar escolher algumas para enviar para o programa de embaixadores parece como escolher quais órgãos manter em meu corpo. Mas, mesmo ainda sentido a aventura em meus ossos, é um alívio voltar.

Antes que possa perguntar o que elas andaram aprontando, Mickey me entrega uma flor – uma flor vermelha, idêntica à que Savvy tem encaixada atrás da orelha.

– Ah… hum… obrigada? – digo, agradecida e confusa.

– É de Leo – ela diz. – É nosso aniversário de um ano, sabe? Seu e de Leo também. Se contarmos desde o dia em que todos começamos a ficar.

Eu a encaro.

– Já faz um ano?

– Sim. Enfim, como Leo não voltou ainda, falei para ele que daria uma flor para você em nome dele.

– Se não me engano, você disse que estava dando uma de Tuxedo Mask – Savvy intervém, roçando as pétalas da própria flor com os dedos.

– Para possuir mesmo que um *pinguinho* do charme dramático dele – diz Mickey, afundando-se no sofá rosa confortável.

Ergo a rosa perto do rosto, sentindo-a em minha pele. Sinto aquela mesma palpitação boba-alegre em meu coração a que ainda não estou acostumada – as pequenas formas como ainda sou surpreendida pelo Leo que eu conhecia em comparação com o Leo que agora conheço. O Leo com que cresci em comparação com o Leo que ajeita meu cabelo atrás da orelha, que pega no sono em noites de filme com a cabeça em meu colo, que às vezes me puxa pela mão enquanto andamos para me roubar um beijo. É o mesmo Leo de antes, mas é como se eu tivesse acessado uma outra dimensão dele, uma que, em um nível mais profundo, eu devia saber que sempre esteve lá quando eu não era capaz de ver isso por conta própria.

Ou talvez não seja Leo que mudou, mas eu que mudei. Sinto

que, no último ano, uma parte de mim veio à tona, como se só estivesse esperando até haver alguém para quem valesse a pena deixar espaço. Isso foi em grande parte por conta de Leo, mas havia mais espaço para preencher do que eu imaginava – espaço para Savvy e Pietra e Dale. Para Mickey e Finn. Para os pais que eu pensava conhecer mas que compreendo muito mais agora.

– Por falar em charme dramático, isso é para ser meio vaca, meio unicórnio? Ou só uma vaca fantasiada de unicórnio? – pergunto, olhando para um dos adereços novos perto do sofá.

– Suas origens permanecem um mistério, assim como as outras vacas de cerâmica da família dela – diz Mickey, apontando para o resto do espaço.

Olho ao redor e vejo o que mais mudou nas últimas duas semanas – as artes locais em exposição são vendidas e abrem espaço para novas com tanta rapidez que o lugar praticamente se transforma do dia para a noite. Em uma semana são riscos respingados de cores primárias em telas gigantes, no outro serão aquarelas pastel delicadas de paisagens do Puget Sound, e agora o lugar está tomado por vacas e vacas e vacas – uma vaca médica perto da janela, uma vaca astronauta em cima do balcão, uma vaca com o uniforme do Seattle Seahawks perto da janela. As únicas constantes são os grandes sofás e poltronas confortáveis e aconchegantes, as fotos enquadradas gigantes que tirei por toda Shoreline e Seattle (incluindo minha favorita, uma de uma pata de expressão altiva em Green Lake intitulada "Rainha Quack") e uma mesa do Bean Well original com os nomes de vovô e vovó entalhados na madeira.

– E aí? – diz Savvy. – Sei os detalhes básicos, mas quero ouvir sobre o resto da viagem. Você viu alguma coisa legal?

– Alguma coisa tentou te comer? – Mickey intervém, inclinando-se para a frente. Em seu pulso está a mais nova de suas tatuagens, a primeira em tinta permanente: um minicoração com os dizeres *Mick + Sav*, idêntico ao da árvore no Acampamento Reynolds. Esse é o primeiro ano em que ninguém da turminha delas vai passar o verão lá, mas, com Mickey começando o bacharelado em Pedagogia no outono, deve ser uma questão de tempo até ela voltar.

Coloco a rosa em cima da mesa, inclinando-me para a frente.

– Na verdade, logo depois de chegarmos, um urso apareceu *bem na frente* do ônibus...

– Hum, é a primeira vez que escuto *essa* história. – É minha mãe saindo da sala dos fundos, o espaço onde damos aulas e alugamos para grupos de encontro. Não tinha me dado conta de que ela estava lá.

– Eu falei urso? Eu quis dizer cervo. Um filhotinho de um ano de idade.

Minha mãe me lança um olhar de *não pense que não vou voltar a esse assunto mais tarde*, bem quando Pietra sai atrás dela, o rosto riscado de tinta.

– Tenho noventa e oito por cento de certeza que limpei o resto das manchas de tinta do grupo de recreação infantil, mas tomem cuidado com onde sentam, por via das dúvidas – ela nos informa, dando um apertinho rápido em meu ombro a título de cumprimento. – Maggie me mandou algumas fotos da sua viagem. Lindas como sempre.

Enrubesço.

– Vamos ter que abrir um segundo café para expor todas – diz minha mãe.

Isso é só parcialmente brincadeira, ainda mais agora que minha mãe está tão envolvida. Ela agora trabalha só meio período como advogada, e passa aqui todas as horas que não está trabalhando ou tentando colocar meus três irmãos na linha. Recebendo famílias que vêm aqui em busca de ajuda jurídica gratuita, como era a ideia do Magpie original, ou ajudando Pietra a administrar o negócio – que está dando muito certo. Recebemos algumas críticas em jornais e blogs de arte que nos levaram a ser mencionados em um artigo de "Treze pérolas escondidas na região de Seattle" que viralizou no ano passado, e o boca a boca dos grupos de encontro que vêm aqui definitivamente ajudou. O lugar costuma estar tão lotado que é difícil encontrar um lugar. Escutei murmúrios dela e de Pietra pesquisando um lugar para uma segunda unidade, mais próxima de Shoreline. Eu e Savvy já estamos pensando em uma paleta de cores que combine.

– Oi, oi, oi. – Uma voz vem da entrada, e Connie entra, vindo diretamente em minha direção e me esmagando num abraço. Nós nos falamos o tempo todo durante minha viagem ao Alasca para podermos planejar tudo sobre o apartamento para o qual vamos nos mudar no mês que vem, no distrito universitário. Connie vai estudar na Universidade de Washington, e eu vou fazer aulas na faculdade comunitária enquanto dedico mais tempo à fotografia e aos impressionantes cem mil seguidores da conta @salvandoodiadeabbyday no Instagram. – Perdi alguma coisa? – pergunta, com os olhos arregalados. – Você já contou tudo sobre a viagem?

– Só as partes assustadoras – minha mãe diz, com sarcasmo, dirigindo-se à cozinha.

– Desculpa o atraso – diz Connie, voltando-se para Savvy e

Mickey. – Eu estava usando aquela Técnica Pomodoro de produtividade de que você me falou, dividindo as tarefas em intervalos de vinte e cinco minutos e...

– Sim! – Savvy exclama. – E você amou, certo?

– Amei tanto que fiquei obcecada com, tipo, o tempinho *pequeno*, mas me esqueci do tempão que passei de verdade... Mas consegui fazer *muita* coisa hoje...

– Eu te falei! É uma das minhas técnicas favoritas. Ajuda muito na semana de provas.

Embora Savvy tenha relaxado bastante no último ano – seu Insta @comosemantersavvy agora mostra regularmente cabelos armados depois da chuva, os guias de estudo indescritivelmente feios que Savvy prepara para as aulas, selfies engraçadinhas com Mickey, e até meus irmãos encardidos em algumas ocasiões –, ela ainda é o tipo de pessoa que coloca meros mortais no chinelo com sua produtividade. E, numa reviravolta nada surpreendente que qualquer pessoa no mundo poderia ter previsto, colocá-la na mesma sala que Connie é tão perigoso que é possível que elas criem planos de negócios totalmente completos enquanto faço xixi.

– Acha que vocês podem deixar seu Pomo-não-sei-que-lá para depois e nos ajudar a arrumar aqui? – Mickey pergunta, ajudando-me a arrastar as duas para o balcão para podermos abastecer a mesa de docinhos.

Enquanto nos acomodamos, as pessoas começam a chegar. Primeiro Jemmy e Izzy, que vieram no mesmo carro; depois Finn e Cam, que andam pseudoflertanto um com o outro tão descaradamente e há tanto tempo que apostamos quando eles vão tornar oficial a ponto de pôr no Instagram; depois outras pessoas vão chegando por volta, ou pouco depois, do horário de início oficial, dando um ar relaxado para a coisa toda. Para ser justa, nos últimos meses, o grupo foi se tornando menos sobre estratégias de Instagram e mais sobre comer doces e atualizar todo mundo sobre a vida um do outro.

– E aí, Babalu? – Finn estende o braço e tira a rosa de minha mão. – Isso é para quê? – pergunta, segurando-a de ponta-cabeça para examiná-la.

Tiro-a das mãos dele.

– Foi Leo que mandou.

Finn franze a testa, olhando para trás em direção ao estacionamento.

– Mas por que ele se daria ao trabalho de mandar isso se ele...

Cam dá um pulo para a frente e tampa a boca de Finn com a mão. Os olhos dele se arregalam, e o que quer que ele fosse dizer é abafado pela palma da mão de Cam até ela tirá-la, gargalhando.

– Você acabou de me *lamber*?

A porta se abre, o sino tocando. Meu coração palpita antes que o resto de mim possa reagir – lá, à porta, está Leo, com um sorriso largo no rosto, uma mochila pendurada no ombro e um buquê de rosas na mão. Mas ele precisa depositá-las abruptamente na mesa vazia ao lado da janela quando começo a correr na direção dele com uma velocidade que incitaria terror em qualquer outra pessoa.

Colido com ele com tanta força que ele acaba me erguendo do chão e me girando para absorver o impacto, minhas pernas envolvendo seu torso e meus braços tão apertados ao redor de seus ombros que devo estar prestes a sufocá-lo. Recuo, sorrindo em resposta ao sorriso dele – o beijo tem gosto de canela e de calor e de *Leo*.

Ele me coloca no chão, deixando suas mãos em meus ombros, e meu corpo todo está zonzo de alegria.

– Você *veio* – digo, segurando seu rosto entre as mãos para me ancorar. Eu o beijo de novo, ignorando os gritos de Jemmy e Izzy e o pigarreio que parece claramente de minha mãe. – Como? Eu achei que...

– Acabamos adiantando tudo em uma semana para Carla conseguir voltar a tempo para o treino de líder de torcida – ele diz, as mãos descendo para minha cintura. – Chegamos hoje cedo.

Ele me puxa para perto, e repouso a cabeça em seu peito, escondendo o sorriso mais ridículo que já dei na vida. Não é a primeira vez que fazemos surpresas como essa, com ele aparecendo para passar um fim de semana em casa sem avisar ou eu voando até Nova York para as férias de primavera, mas a emoção nunca passa.

– Feliz aniversário de um ano, seus patetas – diz Connie, puxando a mim e Leo para outro abraço, um tão desajeitado e bobo quanto os que dávamos uns nos outros dez anos atrás.

Quando nos soltamos, olho ao redor do salão e sinto a força do que aconteceu um ano atrás, e uma gratidão impressionante por tudo que aconteceu desde então. Pela forma como meus dias já não se parecem em quase nada com meus dias na época; pelas pequenas coisas que se tornaram as coisas grandes que formam a vida que tenho hoje.

Foi um ano vagando por toda a cidade de Seattle com Leo nos fins de semana em que ele vem visitar e beijos embebidos em canela sob a chuva. Um ano com nossos pais deixando que eu e Savvy ficássemos de babás de meus irmãos durante suas saídas noturnas em dupla mensais, e meus irmãos basicamente declarando custódia compartilhada de Rufus. Um ano observando este lugar ganhar vida aos poucos, passando de Bean Well para Magpie a cada instalação nova, a cada sofá novo que um de nós encontrou num antiquário, a cada luminária que minha mãe e Pietra escolheram. Um ano ouvindo tantas histórias reveladas por meus pais – da doença de meu pai aos percalços do curso de Direiro, dos anos em que eles eram inseparáveis de Dale e Pietra às memórias novas que estão criando com eles agora.

Um ano criando minhas próprias memórias – as milhares que tenho salvas no rolo de minha câmera, e incontáveis outras gravadas em meu coração. Olho ao redor do salão, assimilando a visão de meus amigos, velhos e novos, reunidos ao redor da mesa; minha irmã, retribuindo meu olhar com um sorriso; o som de minha mãe e Pietra, gargalhando sobre algo em seus celulares do outro lado do café; a pétala aveludada da rosa de Leo entre meu polegar e meu indicador. Fecho os olhos, inspiro esse momento, e crio mais uma lembrança.

agradecimentos

Em primeiro lugar, obrigada a minhas irmãs mais novas, Maddie e Lily, a Florzinha e a Docinho dessa Lindinha, as guardiãs de meu coração. Amei crescer vendo todas as formas mágicas como ser uma irmã se transforma com o tempo. Passei de ficar dando ordem em vocês duas como se fosse meu dever, a aprender mais com vocês duas do que nunca aprendi com mais ninguém. É um privilégio inigualável ter irmãs, e sou infinitamente grata por ser a de vocês.

Obrigada também a nosso irmão mais velho, Evan, que é o melhor irmão de todos (e você vai ter que enfrentar as três irmãs dele e mais dois shih-tzus se discordar).

Este livro foi escrito antes da pandemia, mas todos os esforços para trazê-lo ao mundo foram feitos durante ela. Enquanto escrevo estes agradecimentos, ainda a estamos vivendo e, como todo mundo, não faço ideia de como o mundo vai ser nos próximos meses e anos, que dirá quando *Deu match* for publicado. Mas uma coisa com a qual nunca tive que me preocupar era o que aconteceria com este livro – todos na Wednesday Books trabalharam de modo tão incansável e criativo para dar vida a histórias em tempos incertos e sempre nos mantiveram como uma parte do processo que, por isso, não sei se um "obrigada" vai ser suficiente. Então, embora eu não tenha como expressar adequadamente minha gratidão por algo tão grande, vou agradecer obsessivamente a todos de lá da maneira que posso. Obrigada a Alex e Vicky por seu apoio e o tipo de sugestões que me fizeram abrir a mente uma centena de vezes. Obrigada a Mara, por manter meu lado humano na linha, e a Meghan e DJ por gritarem "Livro!" do alto de montanhas. Sou o ser humano mais sortudo por ter a chance de trabalhar com vocês.

Obrigada a Janna. É o maior eufemismo do mundo dizer que nada disso jamais teria acontecido sem você, mas, se eu expressar do jeito certo, vai ser em diversas frases em letras maiúsculas, e as pessoas vão se assustar.

Obrigada a minha sobrinha, Marcella, por nascer. Pude relaxar com seus pais por alguns dos dias mais legais de minha vida fazendo pesquisa para este livro e, então, você estava sendo gestada ao mesmo tempo que eu escrevia. No fim das contas você é muito mais fofa que essa história! Um primeiro rascunho impecável! Seus sorrisos de bebezinha são minha mais nova coisa favorita. Você vai ter um ano quando este livro for publicado, e acho que deveria ser ilegal deixar você crescer tão rápido.

Obrigada à família Barbee por todas as aventuras em Vashon. Aquelas memórias estão gravadas em meu coração para sempre, e muitas entraram neste livro.

Obrigada à 23andMe por me falar sobre minha monocelha. Não tenham dúvidas, eu já sabia.

Obrigada a meu vasto esquadrão de escritores. A Suzie e Kadeen, o tipo de amigos que nem pestanejam quando você grita numa cabana silenciosa: "VOU METER UM CONTROL F + SUBSTITUIR

NO NOME DESSES DOIS PERSONAGENS PORQUE DESCOBRI QUE ODEIO ESSES NOMES!", quando você já escreveu 310 páginas de uma primeira versão. A Gaby e Erin e Cristina, por conversas infinitas nos compadecendo por livros e angústias de escritor e por sempre me darem os melhores conselhos – vocês são as melhores amigas ~de letreiro~ que eu poderia querer. A minha alma gêmea, JQ, que agora conhece o mercado editorial de cabo a rabo porque ouviu todas as provações e tribulações em detalhes exaustivos, e é o tipo de pessoa corajosa que quero que tanto eu como meus personagens sejam. Aos outros autores da Wednesday, por quem eu morreria/mataria apesar de ser uma Lufa-Lufa até os ossos.

Muitíssimas graças a todos no AfterWork Theater. Eu estaria perdida sem vocês, e digo isso tanto no sentido emocional como no literal porque sou uma delinquente e não tiro o olho de vocês para me lembrar dos passos. Só deus sabe o que eu faria sem mãozinhas de jazz e Bud Lights pós-ensaio e histórias ridículas de elenco. É uma honra ser o Tiozão Estranho™ de todos vocês.

E, como sempre, obrigada a minha mãe e a meu pai. Vocês não só me proporcionaram uma vida incrível, mas os três melhores seres humanos para me guiarem por ela. Eu poderia escrever um zilhão de histórias e não chegaria nem perto da magia do que vocês fizeram por nós.

SUA OPINIÃO É MUITO IMPORTANTE

Mande um e-mail para **opiniao@vreditoras.com.br**
com o título deste livro no campo "Assunto".

1ª edição, jul. 2023

FONTES Electra LT Std 11/16,1pt; Nexa Rust Script 42/16,1pt;
          Helvetica Neue Std 10/16,1pt; Ed Gothic 11/13,2pt
PAPEL Polen Bold 70g/m²
IMPRESSÃO BMF Gráfica
LOTE BMF260523